Le retour aux Alizés

DE LA MÊME AUTEURE

Un été d'ombre et de lumière, Éditions De Borée, 2009 ; Presses de la Cité, 2021 ; J'ai lu, 2023.

Les Eaux noires, Belfond, 2012.

Un automne en clair-obscur, Calmann-Lévy, 2014.

La Mémoire des anges, Calmann-Lévy, 2015.

Le Pacte du silence, Calmann-Lévy, 2016 ; Charleston, coll. « Charleston Poche », 2021.

Après les ténèbres, L'Archipel, 2018 ; Éditions De Borée, coll. « Terre de Poche », 2021.

D'une vie à l'autre, L'Archipel, 2019.

Le Choix des apparences, Presses de la Cité, 2020 ; Charleston, coll. « Charleston Poche », 2021.

L'Impossible Pardon, Presses de la Cité, 2021.

Une si longue haine, Presses de la Cité, 2022.

Une journée à l'envers, Presses de la Cité, 2023.

MARTINE DELOMME

Le retour aux Alizés

UN ÉTÉ D'OMBRE ET DE LUMIÈRE II

ROMAN

J'AI LU

Ouvrage paru sous la direction de Julie Fallon

1

L'avion amorçait sa descente. Dans quelques minutes, Juliette Leroux retrouverait sa fille Isabelle. Elle suivit des yeux le large méandre que dessinait le fleuve au cœur de Bordeaux, sa ville natale. Elle avait presque oublié la beauté de la Garonne que bordait le port de la Lune. Le long des quais, les magnifiques immeubles du XVIIIe offraient leurs pierres blondes à la lumière voilée de cet après-midi de décembre.

Depuis son départ, décidé en quelques heures, trois années s'étaient enfuies. Elle était partie en laissant la gestion du vignoble familial à sa fille. Sans explication, simplement parce que le quotidien était devenu insupportable. Pour son entourage, elle avait rejoint l'homme qu'elle aimait à Montréal. Serait-elle revenue sans le décès brutal de Gérard, son ex-mari, le père d'Isabelle ?

Un choc, des secousses, Juliette ferma les yeux. Elle répondit par un sourire aux mots avenants de l'hôtesse et se dirigea vers la sortie. En attendant de récupérer ses bagages, elle chercha du regard Isabelle dans le hall d'accueil, mais ce fut Nicolas Frémont qu'elle aperçut. Nicolas, son ami d'enfance, l'associé de son ex-mari et l'adjoint municipal qui était devenu maire de Saint-Louis, charge qu'elle avait laissée vacante après son départ. Il la salua en agitant bien haut la main. L'instant d'après, il l'étreignait si fort qu'elle manqua suffoquer. Avait-il encore grandi ? Elle sourit. On ne grandit plus à cinquante ans. Mais c'était toujours la question qu'elle se posait lorsque, adolescents, ils ne s'étaient pas vus depuis un certain temps. Il s'était arrêté de grandir en approchant des deux mètres.

— C'est merveilleux de te revoir après tout ce temps, laisse-moi te regarder... Resplendissante ! Isabelle m'a demandé de venir te chercher. Elle était occupée au chai et je crois qu'elle est allée aider Marie pour l'organisation des obsèques.

Ils avaient rejoint la voiture de Nicolas et ce dernier entassa les deux valises de Juliette dans un coffre encombré de cartons à dessin et de dossiers. Tandis qu'ils quittaient Bordeaux par le pont d'Aquitaine, dans les brumes du fleuve, Juliette demanda des nouvelles de Marie, la seconde épouse de Gérard... Mais le chagrin d'Isabelle l'inquiétait davantage. Quoi qu'elle fasse, Marie restait la très jeune femme qui avait détruit l'unité familiale en lui soufflant son mari.

— Infarctus, expliquait Nicolas, il était terriblement stressé depuis quelque temps.

— Des ennuis avec l'entreprise ?

Il hésita un instant avant de répondre.

— La crise… Dans le bâtiment, personne n'y échappe.

— Tu vas t'en débrouiller seul maintenant ?

Il laissa échapper un soupir.

— J'essaierai. D'autant que la trésorerie ne permet pas d'engager quelqu'un pour remplacer Gérard.

Après avoir quitté la nationale 10, ils abordèrent l'immense vignoble du Blayais. Et Saint-Louis apparut, ouvrant son port sur l'estuaire et les coteaux plantés de vignes. En surplomb, gardienne de ce monde à part, majestueuse, la citadelle de Vauban campait sur son promontoire. Tout au long de ces trois années d'exil, Juliette s'était souvent remémoré ce paysage d'eau, de ciel et de vignes, un lieu chargé d'intenses émotions. Elle ne souhaitait plus y revenir car il portait l'empreinte des traumatismes du passé. Les contours du domaine familial, Les Alizés, se profilaient déjà à travers les rangées de ceps.

C'était une splendide propriété de trente hectares de vignes, située dans la double appellation Blayais et Bourgeais. Le vignoble produisait chaque année deux cent cinquante mille bouteilles de vin, toutes vendues au départ du chai. C'était la stratégie voulue par Lise Leroux, la mère de Juliette : commercialiser la production domaniale et ne jamais plier devant les négociants de la place de Bordeaux. Ce ne fut pas toujours facile, vendre une partie des vins au négoce assurait une bonne assise de trésorerie mais imposait aussi une certaine dépendance à laquelle Lise Leroux s'était farouchement opposée. Juliette n'avait jamais dérogé à la règle, même après la mort de sa mère, en 1997. À l'époque, le domaine familial était constitué de deux vignobles, Les Alizés et le château Saint-Benoît, en appellation Médoc, qui s'étendait sur l'autre rive de l'estuaire. Lise Leroux avait eu trois enfants : Juliette, Fabienne, et Stéphane. Fabienne était décédée deux ans après sa mère, et jusqu'en 2005, Juliette avait géré l'ensemble de la propriété.

Elle savait qu'Isabelle l'attendait au bout de ce trajet et cette pensée précipita les battements de son cœur. Elle avait tant souhaité et redouté ces retrouvailles qu'elle ne savait plus à cet instant ce qu'elle espérait, ni même les vraies raisons de son retour. Avait-elle saisi le premier prétexte pour s'enfuir une fois encore ?

Nicolas l'observait sans rompre ce silence. Il la voyait croiser et décroiser les jambes, tirer sur sa ceinture de sécurité. Elle n'avait guère changé… Quelques rides supplémentaires, mais il retrouvait cette bouche bien dessinée, le front haut et ces yeux immenses couleur d'amande mûre où jouaient des reflets or.

— Tu vois souvent Isabelle ? demanda-t-elle tandis qu'ils entraient dans Saint-Louis.

— Oui. Tu jugeras par toi-même, mais elle s'en tire fort bien aux Alizés. Avec Thomas, ils forment un couple très réussi, ce n'est pas si évident quand on travaille ensemble.

La voiture de Nicolas venait de franchir les grilles du domaine familial. Juliette ne put s'empêcher de jeter un regard sur les vignes qui grimpaient à flanc de coteau, les rangées de ceps dépouillés, à perte de vue. Elle avait toujours été persuadée que la vigne souffrait en hiver, et il fut un temps où elle se sentait souffrir avec elle. Elle réprima un sentiment de panique et tourna la tête vers l'estuaire et la citadelle dont les murailles glissaient doucement vers les prémices du crépuscule. Combien de temps lui faudrait-il pour réconcilier les deux femmes qui vivaient en elle ? Celle qui avait tout donné, celle qui avait tout abandonné. Elle aurait voulu n'être que celle qui revient, tout simplement. Mais comment oublier les événements tragiques qui avaient bouleversé sa vie, sa famille, et provoqué son départ ?

Le château lui apparut tel que dans ses souvenirs. C'était une chartreuse néoclassique dont la façade s'ornait d'un chapiteau. Deux pavillons coiffés de tuiles ocre et entourés de balcons sculptés flanquaient le corps de logis principal. Un escalier à double révolution menait au perron. Des jardins enserraient la demeure et une enfilade de cèdres et de statues menaient au mur d'enceinte qui dominait l'estuaire.

Juliette n'était pas descendue de voiture que, déjà, Tonia courait vers elle et la serrait dans ses bras, l'étouffait avec cette tendresse jetée à la volée qu'elle lui prodiguait depuis toujours. Tonia la fidèle, la tendre gouvernante et confidente des femmes qui s'étaient succédé aux Alizés... Tonia à qui elle avait confié Isabelle en partant et qui s'écriait, entre rire et larmes :

— Oh, ma grande, j'ai cru que tu ne reviendrais jamais !

Juliette se laissa bercer comme elle l'avait fait un peu plus tôt dans les bras de Nicolas. Tonia parlait d'Isabelle, des vignes, des Alizés, de son absence aussi. Elle paraissait plus âgée, plus fatiguée, mais était toujours aussi enjouée et malicieuse...

— Isabelle est dans le chai, je crois qu'elle t'attend.

Juliette entra dans le chai et, aussitôt, une odeur familière s'empara d'elle. Elle avait cru oublier ce parfum de bois et de vin accompagné de fragrances de fruits mûrs et de vanille. Les piliers soutenaient une voûte de pierre et, de part et d'autre de l'allée centrale dallée de marbre, s'élevaient sur quatre étages des rangées de fûts de chêne. Les appliques murales diffusaient une lumière dorée sur les barriques aux douelles blond-roux, alignées en une perspective de galbes cintrés, de courbes douces. Couvrant le mur du fond, une fresque représentait une scène de vendanges au Moyen Âge. Isabelle vit sa mère s'approcher.

— Maman...

Elle s'en était défendue de toutes ses forces, pourtant des larmes glissaient entre ses cils.

Juliette serra sa fille dans ses bras, elle ne pleurait pas, son émotion la portait au-delà.

— Tout va bien, je suis là, murmura-t-elle en la cajolant pour la première fois depuis si longtemps. Depuis ce jour où elle avait dit : « Je pars quelque temps, pour retrouver Erwan et faire le point. » Alors qu'elle prenait la fuite pour jeter un océan entre elle et cet univers qui avait été le sien depuis cinquante ans et qu'elle avait subitement rejeté.

Juliette observait sa fille, elle avait maigri, sacrifié ses cheveux qu'elle portait courts en un joli dégradé. Ces yeux d'ambre, ce visage carré, volontaire, le portrait vivant de son père ! Et c'était de lui qu'elle parlait.

— Il est mort après un dîner d'affaires. Marie l'a trouvé au matin, dans son bureau, déjà froid.

— Cela a dû être un choc. Vous étiez proches, avec papa et Marie ?

— Nous nous sommes beaucoup vus après ton départ. Papa s'inquiétait de savoir comment je m'en sortais à la propriété...

Sa voix s'était durcie et la phrase resta en suspens. Juliette croisa le regard de sa fille et crut y lire un reproche. Isabelle reprit :

— ... Mais après la naissance de Benoît, papa et Marie sortaient moins souvent.

— Et comment va Thomas, ma chérie ?

— Très bien, c'est un homme merveilleux, j'ai eu de la chance de le rencontrer. Il s'est beaucoup investi dans la vinification, mais je crois qu'il préférera t'en parler lui-même. Il effectue des livraisons cet après-midi, nous approchons des fêtes et, comme d'habitude, les restaurateurs envoient tous leurs commandes en même temps, et au dernier moment.

Isabelle guida sa mère en lui montrant les travaux d'agrandissement de la salle de dégustation et du chai de vinification, qui accueillait quatre nouvelles cuves.

— Bravo, tu t'en tires magnifiquement !

— Tu en doutais ?

— Pas une seule seconde, Isa.

Elle la serra dans ses bras, l'embrassa de nouveau, mais Isabelle se dégagea pour ranger les fiches qu'elle consultait et refermer le dossier. Juliette ne se lassait pas de la contempler. Le pantalon, le pull ajusté, la veste de daim… Elle la trouvait bien jolie en femme d'affaires.

Isabelle donna un ordre à un employé, sur un ton qui n'admettait pas de réplique. Juliette tressaillit, brusquement jetée dans une autre époque. Son peu de confiance en elle, ses frayeurs et le sentiment permanent d'être observée, jugée. Cette part d'elle-même qu'elle avait confinée, étouffée pendant ses trois années d'absence, elle la devinait encore présente, prête à renaître si elle n'y prenait garde.

— Tu es émue de retrouver tout cela ? demanda Isabelle. Je comprends, après tout ce temps.

— Tu m'en veux d'être partie si longtemps ?

Elle chercha le regard de sa fille. Isabelle se détourna sans répondre. Bien sûr qu'elle en voulait à sa mère. En partant, Juliette avait écarté la pensée que sa fille pouvait avoir besoin d'elle pour assurer la gestion du domaine. Mais, comme sa grand-mère, Isabelle était née pour diriger. Au fond, elle ne savait pas si elle en voulait à sa mère d'être partie ou de revenir. S'en irait-elle très vite, ou comptait-elle rester ? Elles firent encore quelques pas dans les chais et les bureaux, puis Juliette regagna Les Alizés, où Tonia l'attendait.

— Ta chambre est prête, ma grande !

— Merci, Tonia, je vais me changer, je dois rendre visite à Marie.

Juliette prit ses bagages, traversa le hall, le grand salon, de vastes pièces, hauts plafonds moulurés, parquets de chêne. Elle regardait autour d'elle, s'imprégnait de ce qui l'entourait. Les fenêtres à petits-bois ouvrant sur le parc, les meubles patinés et cirés avec soin, les riches tentures et les sols habillés de tapis précieux. Elle monta l'escalier en sentant peser sur elle le regard de Tonia.

Le lendemain matin, Juliette se leva tôt. Recrue de fatigue, elle avait coulé dans un sommeil lourd pour se réveiller deux heures plus tard, dans le sillage d'un cauchemar. Elle n'avait pas vraiment cherché à se rendormir, attentive aux bruits de la maison, à la rumeur du vent dans les arbres du parc. Elle était aux Alizés, elle devait se sentir chez elle. Isabelle et Thomas prenaient leur petit déjeuner lorsqu'elle les rejoignit. À sa vue, Thomas se leva et Juliette se rappela les mots de sa fille : « J'ai eu de la chance de le rencontrer. » Sa belle carrure, sa peau cuivrée de métis et, avec son accent canadien, cette manière directe de poser une question, celle-là même que personne n'avait osé poser :

— Et comment va mon oncle Erwan ?

— Bien, très bien... (Puis, s'adressant à sa fille :) Il est désolé de ne pas pouvoir assister aux funérailles de ton père, il m'a demandé de t'embrasser bien fort et de te dire qu'il pensait à toi, il va t'écrire.

Après un court silence, elle reprit, à l'intention de Thomas :

— Il paraît que tu t'es engagé dans l'aventure viticole ?

— Je me suis inscrit à la faculté d'œnologie en cours accélérés, j'ai eu mon diplôme, et j'ai fait ma première cuvée cette année. Tu voudras la déguster ?

— Avec joie, mais je suis d'ores et déjà certaine qu'elle est réussie.

Isabelle ajouta :

— Moi, je m'occupe de la commercialisation, surtout à l'export.

Elle tendit le pot de confiture de figues à sa mère. Celle-ci lui sourit.

— Merci... Tu te souviens que c'est ma préférée ?

— Non, c'est Tonia.

Il y avait comme un défi dans sa voix. Juliette choisit de l'ignorer.

— Et l'exportation se développe bien ?

— Oui, j'ai fait des tentatives en Asie, ça commence à produire ses effets. Ce ne sont pas des marchés faciles, le Japon notamment, mais c'est devenu nécessaire. Et nous recevons bien plus de visiteurs à la propriété que de ton temps !

— Je t'en félicite, ma chérie.

— J'essaie surtout de m'adapter. Nos dirigeants ici ont compris l'enjeu économique et les collectivités locales travaillent sur un grand projet d'œnotourisme. Je veux que nous figurions parmi les premiers viticulteurs à être prêts.

Tandis qu'elle parlait, Juliette observait le menton volontaire, les doigts serrant la petite cuillère qui pourtant décollait délicatement le blanc de l'œuf dans sa coquille. Isabelle ne montrait rien du chagrin qu'elle éprouvait. L'enterrement de son père, un jour comme les autres aux Alizés, où seul comptait l'avenir du vin. Depuis sa création sous le second Empire, le domaine s'était toujours transmis de mère en fille, et cet héritage de cinq générations avait tourné au matriarcat. Juliette revoyait sa grand-mère, sa mère surtout, et maintenant, c'était le tour de sa fille, toutes des maîtresses femmes, capables et autoritaires. Dans cette lignée, n'avait-elle pas été le chaînon défaillant ?

— Nous sommes convoquées chez le notaire cet après-midi, maman.

Dans le cimetière, en haut de la colline surplombant l'estuaire, la famille s'était rassemblée près de la tombe fraîchement ouverte. Marie, entourée de ses parents, épongeait ses larmes du coin de son mouchoir. Dans son long manteau de deuil, elle ressemblait à l'héroïne d'une tragédie antique. Thomas avait pris la main d'Isabelle et la serrait très fort. La jeune femme affichait une dignité parfaite tout en lui écrasant les doigts. Elle avait du mal à maîtriser son chagrin, à refouler les souvenirs. Elle avait aimé son père, il l'avait enchantée, il l'avait déçue. Elle se rappelait ce dimanche de la fête des Pères où elle lui avait offert un cendrier confectionné à l'école. « C'est mignon tout plein, merci, ma puce. » Puis il l'avait posé sur un coin de la bibliothèque entre deux livres qu'il n'ouvrait jamais. Désappointée, Isabelle l'avait repris et jeté dans la corbeille à papier. Il ne s'en était jamais aperçu. Avec le même détachement, il l'avait délaissée, quelques années plus tôt, lorsque Mark était mort. Elle était alors fiancée à un jeune pilote automobile qui s'était tué sur le circuit de Budapest. C'était pourtant cet homme-là qu'elle se retenait de pleurer aujourd'hui. Parce qu'il avait su, depuis, racheter ses erreurs. Il n'était plus là et la réalité se refermait sur son cœur blessé. Elle serra des mains, chacun déposa une rose sur le cercueil, geste théâtral voulu par la veuve. De temps à autre, Isabelle jetait un œil vers sa mère qui se tenait en retrait, près de Nicolas Frémont. Elle s'était éloignée de la cérémonie des condoléances et, pourtant, tous les habitants de Saint-Louis l'abordaient pour la saluer. De sa place, Isabelle pouvait saisir leurs paroles : « Quel plaisir de vous revoir, madame le maire... Allez-vous rester parmi nous ? »

Était-ce son intention ? Allait-elle reprendre sa place à la propriété comme si de rien n'était ? Isabelle frémit. Thomas l'avait prise par l'épaule.

— Je crois que nous pouvons partir, mon cœur, il est temps.

Alors, elle se laissa aller contre sa poitrine et libéra des larmes trop longtemps contenues.

Maître Odier avait repris l'étude d'Élise Renan décédée trois ans plus tôt, lors du scandale immobilier qui avait secoué Saint-Louis et toute la région. Après avoir adressé les paroles de circonstance à la famille endeuillée, il livra le contenu du testament de Gérard Courson. Les actions de son entreprise de construction étaient réparties entre sa femme et sa fille Isabelle, excepté 10 % qu'il léguait à Nicolas Frémont qui en détenait déjà 15 %. Il laissait sa voiture à sa fille, ses clubs de golf à Thomas, sa collection de montres anciennes à Nicolas, et à Juliette un tableau représentant le bassin d'Arcachon au soleil couchant. Hors succession, Marie bénéficiait d'une assurance vie de deux cent cinquante mille euros et de la maison dont elle avait désormais l'usufruit. Alors qu'ils quittaient l'étude, Nicolas se rapprocha de Juliette. « Il faut que je te voie, c'est urgent, tu peux passer au bureau ce soir ? »

Sur le chemin du retour, Juliette remarqua la nervosité de sa fille au volant.

— Ça va, ma chérie ?

— Oui, ne t'inquiète pas, j'en ai vu d'autres.

— Je sais, répondit Juliette en posant la main sur son bras.

Les nuages s'amoncelaient au-dessus de l'estuaire, le ciel plombé se confondait avec les eaux du confluent de la Garonne et de la Dordogne. Juliette aurait dû s'émouvoir du spectacle mais elle n'éprouvait plus rien.

— Quels sont tes projets ? l'interrogea sa fille. Tu comptes rester un peu ou repartir tout de suite ?

Juliette était rentrée depuis quelques heures à peine, elle n'avait pas mis les pieds dans les vignes alors que tout le monde s'attendait à la voir parcourir le domaine, comme si elle devait en reprendre possession après un long voyage. Mais elle n'était qu'en transit…

— Chaque année, tu me demandais de revenir pour les fêtes, nous sommes le 15 décembre, et je suis là. Je souhaite rester au moins jusqu'au début de janvier. Ça te fait plaisir ?

— Bien sûr, maman.

Juliette accentua sa pression sur le bras de sa fille mais celle-ci le retira.

— Tu me gênes pour conduire.

— Excuse-moi. Tu me prêteras ta voiture ce soir ? Je vais voir Nicolas.

— Je ne sais pas ce qu'il a d'important à te dire, mais tu peux déjà l'avertir qu'il ne devra pas compter sur mon aide pour l'entreprise de papa. Ça ne m'intéresse pas, et j'ai assez à faire avec le vignoble !

À dix-huit heures, Juliette pénétra dans le hall de l'entreprise Courson-Frémont. La décoration et le mobilier en chrome et en verre évoquaient un bloc opératoire, des maquettes d'immeubles et des revues économiques traînaient sur la table basse. Elle se dirigea vers la porte du secrétariat mais Nicolas se portait déjà à sa rencontre.

— Entre, je t'attendais.

Il avait préparé un plateau avec une bouteille d'entre-deux-mers.

— Je te sers un verre ?

Elle acquiesça et ils dégustèrent le vin blanc frais au bouquet de pêche et de citronnelle. Juliette apprécia la finesse, la petite note perlée en bouche. Il y avait si longtemps… En même temps, elle ne se privait pas d'observer Nicolas. Il avait beaucoup d'allure dans ce costume strict qui mettait en valeur sa robuste stature. Ses cheveux drus et crantés, grisonnant sur les tempes, étaient brossés en arrière, dégageant un large front. Juliette se souvint qu'enfant, son geste préféré consistait à pincer doucement les joues potelées de Nicolas. Il avait conservé ce visage poupin, malgré la barbe naissante qui le vieillissait avec infiniment de charme.

— Tu me donnes combien d'années en plus ? demanda-t-il.

Elle rit et remarqua alors les plis au milieu du front.

— Nico, tout va bien ?

— Inutile qu'Isabelle soit au courant de ça. Nous avons de sérieux problèmes, Juliette. Gérard était davantage impliqué que moi dans la gestion et j'ai été atterré lorsque le banquier m'a appelé pour me signaler des traites en retard.

— La baisse de votre activité est si importante ?

— Tu sais que le commercial est mon domaine. C'est un peu plus difficile, certes, mais nous avons du travail ! Or, Gérard a fait de grosses dépenses, et nous avons un découvert énorme.

— Le banquier va t'aider ?

— Il sait que je ne suis pas un financier. Il aurait sûrement aidé Gérard, il lui faisait confiance.

— Tu connais la raison pour laquelle Gérard dépensait tant d'argent ? Une autre femme ?

— Ça m'étonnerait, il aimait Marie et il était fou de son fils.

Ils buvaient leur vin avec les gestes lents et précis des amateurs. Nicolas lui parut terriblement las et soucieux. Les plis se creusèrent encore sur son visage, il se mit à tapoter le bras de son fauteuil avec son crayon. Toutefois, lorsque son regard croisa celui de Juliette, il sourit.

— Je dois me battre, Juliette. Essayer de comprendre où est passé le fric, et négocier avec le banquier. J'ai un gros contrat en vue, l'emporter fournirait déjà un début de solution.

Il marqua une pause et proposa de remplir à nouveau les verres.

— J'ai cinquante et un ans, ça fait vingt-cinq ans que je travaille avec Gérard. Si la boîte coule, à mon âge, je suis foutu…

— Il te faudrait quelle somme en attendant de réaliser ce contrat ?

— Cent cinquante mille euros. Je vais tenter l'impossible, mais ce n'est pas gagné. D'autant que je suis seul maintenant, Marie ne s'étant jamais intéressée à l'affaire. Et je doute qu'elle commence aujourd'hui.

À part soi, Juliette pensa qu'il ne pourrait pas davantage compter sur Isabelle. Elle aurait aimé se substituer à sa fille pour aider Nicolas, mais comment faire ?

— As-tu parlé à Marie de tes problèmes ?

— Non, je n'ai pas osé.

— À partir du moment où l'on accepte une succession, on souscrit au passif comme à l'actif. Nous irons la voir demain matin.

— Ce n'est peut-être pas le moment.

— Il n'y en a jamais pour ces affaires-là. Passe me prendre à dix heures et emporte avec toi les documents bancaires.

Ce matin-là, un vent de nord-ouest humide et froid soufflait de l'estuaire, les vagues heurtaient les remparts de la citadelle qui émergeaient des brumes. Dès les premières lueurs du jour, Isabelle quitta la maison et prit le chemin de la colline de Moulinblanc dont les vignes donnaient naissance à la cuvée *Carpe Diem*, le fleuron de la gamme des vins produits aux Alizés. En décembre, la vigne se reposait. Débarrassés des fruits depuis les vendanges et des feuilles perdues au vent d'automne, les ceps portaient encore leurs branches nues, longues et noueuses, ployant sous les bourrasques. Le sol constituait ses réserves d'eau. Dans quelques semaines viendrait la taille, prélude à un nouveau cycle végétatif.

Isabelle aimait respirer l'air frais du petit matin et les embruns iodés venus de l'océan si proche. Elle prit son temps pour admirer le lever du jour et les premiers rayons de soleil irisant les vénérables pierres de la citadelle. Elle savait qu'à son retour au chai Thomas serait là, déjà au travail. Comme chaque jour depuis le départ de sa mère. Et chaque jour, elle avait remercié le ciel de la présence de Thomas.

Trois ans plus tôt, Juliette était partie retrouver Erwan Morris, l'oncle de Thomas, qui était rentré au Canada. Erwan avait vécu dix ans à Saint-Louis, où il travaillait à la centrale électrique. Geoffrey, son fils, l'avait rejoint mais il avait été assassiné et jeté du haut de la citadelle quelques jours à peine après la disparition de Fabienne, sa fiancée. Fabienne était la tante d'Isabelle, la sœur cadette de sa mère. Il avait fallu toute la ténacité du commissaire de police en poste à Saint-Louis à l'époque pour démêler cet imbroglio et mettre au jour un vaste réseau de ventes illégales de propriétés viticoles avec commissions occultes et trafic d'influence. L'enquête avait mené à l'arrestation de Philippe Marot, propriétaire d'une prestigieuse agence immobilière à Bordeaux et considéré comme responsable de la mort de Geoffrey Morris et Fabienne Leroux. Geoffrey, qui travaillait pour l'agence Marot, avait découvert le trafic et s'apprêtait à confier ce dossier à Fabienne, journaliste au quotidien régional *L'Aquitaine*. Après qu'eurent été élucidées les circonstances de la mort de son fils, Erwan Morris était reparti à Montréal avec l'intention de divorcer pour épouser Juliette.

C'était dans cette période trouble que Stéphane, le jeune frère de Juliette, avait demandé que soit réglée la succession de leur mère, décédée huit ans plus tôt. Leur père, François Leroux, enseignant à la retraite, avait pris le parti de Stéphane contre Juliette, d'où l'éclatement de la famille et la scission du vignoble : la propriété en Médoc pour Stéphane, Les Alizés pour Juliette et Isabelle. Les Alizés qu'elles auraient sans doute été contraintes de vendre sans la découverte providentielle du testament de Fabienne en leur faveur. Depuis, les deux branches de la famille étaient irrémédiablement brouillées. Isabelle avait alors compris combien sa mère avait dû se battre pour sauver Les Alizés. Par reconnaissance envers elle, qui avait tant souffert et qui l'avait aimée au-delà de tout, elle avait renoncé à partir à l'étranger, et projeté d'acheter un autre vignoble dans la région de Nîmes. Travailler à ses côtés, agrandir le domaine, développer l'exportation, participer à des concours viticoles… Des idées de conquête comme on en a à vingt ans.

C'est dans ce moment-là, si riche de tendresse et d'espoirs, que sa mère avait déserté. Et au fil du temps, Juliette ne se décidant pas à rentrer, les rêves d'Isabelle s'étaient effondrés.

Tandis que lui revenaient ces événements, la jeune femme s'était dirigée vers le chai. Comment Juliette avait-elle pu l'abandonner au moment de leurs retrouvailles ? Sans même se justifier ou s'excuser. Bien sûr, elle téléphonait toutes les semaines, n'omettait jamais de prendre des nouvelles de Thomas. Mais Isabelle avait perçu son indifférence quand elle parlait des Alizés, comme si les vignes ne l'intéressaient plus. Très vite, un dialogue truffé de non-dits s'était instauré entre elles. Isabelle n'avait jamais avoué à sa mère le sentiment de panique qui s'était emparé d'elle au début. Sa crainte viscérale de ne pas être à la hauteur de la tâche qui lui était tombée dessus.

Certes, elle avait grandi aux Alizés, secondé sa mère pendant les vacances. De là à prendre la direction du domaine aussi vite… Il est vrai qu'elle avait des atouts. Sa connaissance du vignoble, le fruit de ses études en gestion et marketing, et Jean Soriac, le maître de chai, qui lui apportait son expérience et ses conseils comme il l'avait fait avec Juliette, sans compter le personnel au bureau et dans les vignes. Et Thomas. Son amour, son compagnon, son meilleur allié. Isabelle se savait volontaire, habile et capable de décider, d'ordonner. Elle avait rapidement pris la mesure de ses responsabilités. Seul restait le souvenir de la terreur des premiers jours, cela, elle ne le pardonnait pas à sa mère. Autour d'elle, on lui disait souvent qu'elle avait eu de la chance de recevoir une telle marque de confiance. Elle acquiesçait d'un sourire aimable, mais n'en pensait pas moins. En réalité, sa mère l'avait bel et bien abandonnée, elle lui avait refilé le bébé sans savoir ce qu'elle en ferait.

Elle n'était revenue que parce que son père était mort, et elle éludait toutes les questions sur sa vie au Canada et avait décidé de prolonger son séjour jusqu'aux fêtes. Resterait-elle plus longtemps ? Avait-elle l'intention de reprendre sa place à la propriété ? Cette perspective mettait

Isabelle en colère. Sa mère lui avait manqué, elle avait douloureusement appelé son retour de ses vœux, mais elle n'était plus disposée aujourd'hui à partager de nouveau ses rêves. Cette nuit, elle avait confié à Thomas la violence des sentiments qui l'agitaient.

« Moi, je sais que tu es heureuse de diriger toi-même le domaine, alors pourquoi en vouloir à ce point à ta mère ?

— Parce que ! » avait-elle répondu avec ce ton autoritaire de petite fille qui exige.

Puis elle s'était blottie entre les bras de Thomas et s'était endormie sous ses caresses.

Le salon était douillet, coquet avec ses rideaux fleuris assortis aux coussins du canapé, des portraits de bébé sur tous les meubles et le piano entre les baies vitrées. Ils étaient assis tous les trois autour de la table basse et Marie versait le café dans les tasses.

— Mes parents ont repris un vol pour Nancy ce matin, et je vais les rejoindre avec Benoît pour les fêtes. Je dois préparer nos bagages.

Malgré le chagrin, la fatigue, elle restait belle, une ligne parfaite, un visage à l'ovale harmonieux, et de longs cheveux blond cendré. Juliette se demanda quel pouvait être son âge à présent. Trente-trois, trente-quatre ans ?

— Rassure-toi, Marie, nous ne serons pas longs. Que comptes-tu faire maintenant ?

— Jamais je ne pourrai rester dans cette maison. Elle est entièrement payée par l'assurance décès que Gérard avait souscrite et comme j'en ai l'usufruit, je préfère la louer. Ça me fera un complément de revenus. J'ai décidé de retourner vivre à Nancy, près de ma famille.

Juliette ne chercha même pas à dissimuler son mouvement d'humeur. Elle prit les documents des mains de Nicolas.

— Nous devons te parler de la société. Gérard a laissé des impayés et un trou important dans la trésorerie.

— Je n'y suis pour rien !

— Là n'est pas la question, Marie. Ça fait vingt-cinq ans que Nicolas travaille comme un dingue avec Gérard et il peut se retrouver sans rien du jour au lendemain. Gérard t'a mise à l'abri avec cette maison et une assurance vie conséquente.

— Tu ne vas pas dire que je suis favorisée quand même ! Je te rappelle que je viens de perdre mon mari.

— Je n'ai jamais dit cela. Se retrouver seule avec un bébé, ce n'est le rêve de personne. Mais ça arrive à des femmes qui n'ont ni situation, ni confort financier. En ce qui concerne la société, il s'agit simplement de la loi. Quand on accepte une succession, on ratifie le passif comme l'actif. Tu dois aider à la résolution des problèmes de l'entreprise.

— Mais je n'en veux pas de cette société !

Dans son affolement, elle renversa sa tasse. Le café se répandit sur le tapis. Nicolas l'aida à éponger et, lorsqu'il regarda Juliette en coin, elle lui adressa un clin d'œil.

— Je ne veux rien avoir à faire avec ça, répéta Marie en s'asseyant.

— Dans ce cas, je te conseille d'appeler le notaire et de le rencontrer d'urgence. Avant ton départ.

— Qu'est-ce que je dois lui dire ?

— Que tu renonces à tes parts.

Elle se précipita sur le téléphone.

Un peu plus tard, lorsque Juliette prit place en voiture à côté de Nicolas, elle s'écria :

— Exit les branches mortes !

Il ne répondit pas, il la fixait des yeux avec un sentiment étrange. Elle assumait ses cinquante-trois ans, élégante, un jean serré dans les bottes de cuir, une ceinture aux motifs argentés, le col de la veste doublé de fourrure enrobant ses boucles brunes. Et ses yeux si beaux... Il la revoyait lorsqu'elle était venue l'embrasser avant son départ pour Montréal, le regard vide, le visage décomposé. Elle lui avait dit partir pour quelques semaines, expliqué son besoin de changer d'air.

— Qu'est-ce que tu as fait au Canada ? demanda-t-il enfin. Il m'avait semblé voir s'enfuir une martyre poursuivie par les fauves, et tout à l'heure j'ai cru voir un fauve prêt à dévorer la martyre.

Juliette éclata d'un grand rire sonore.

— Marie la martyre ? Elle m'a quand même volé mon mari il y a quelques années. Mais tu as raison, je ne suis pas restée inactive à Montréal. Au début, je m'ennuyais, alors je suis allée voir notre importateur de vins et il m'a présentée à son beau-frère qui gère une banque d'investissement. Il cherchait une assistante pour assurer le premier contact avec les clients potentiels. J'ai d'abord joué le rôle de débroussailleuse. Recevoir, écouter, assembler les pièces, constituer les dossiers. Je me suis passionnée pour ce travail, et j'ai progressé. Jusqu'à étudier la faisabilité, les garanties.

— Et Erwan ? Je suis peut-être indiscret, mais tu n'en parles pas depuis ton retour…

— Parce qu'il n'y a rien à dire.

— Il va bien ?

— Oui, je pense. Mais, dis-moi, Nico, l'anniversaire de ta petite Marion, c'est bien le 19 décembre ? Dis-lui que j'organise un dîner pour elle aux Alizés. Je n'ai pas fêté l'anniversaire de ma filleule depuis trois ans.

Il comprit, à cette diversion, qu'elle n'avait décidément pas envie de parler de sa vie au Canada.

2

Depuis la fenêtre de son bureau, Erwan Morris regardait la ville blanche, écrasée par sa carapace de glace. Bordant le parc du Mont-Royal s'alignaient d'imposants immeubles qui faisaient rempart aux bourrasques de neige. Montréal était si belle à l'approche de Noël, malgré les moins dix-huit degrés qui s'affichaient ce matin-là.

Il revint vers son bureau. Il disposait d'une demi-heure avant de compter les gouttes, préparer le thé, accueillir le médecin. Il se servit une tasse de café brûlant qu'il but à petites gorgées. Ses arômes se mêlaient à l'odeur poussiéreuse d'un bouquet de fleurs séchées oublié dans un vase, au coin de la cheminée. Il s'installa dans son fauteuil et se laissa aller, les yeux mi-clos, cherchant refuge dans ses rêves éveillés. D'habitude il attendait la nuit et le silence de sa chambre, à peine troublé par le bruit du vent dans les arbres, pour penser à

Juliette et accéder à une sorte de détachement paisible. Mais son coup de fil, un quart d'heure plus tôt, l'avait bouleversé : « Je vais rester à Bordeaux pour les fêtes… Prends bien soin de toi, je t'aime… »

Comment aurait-il pu en douter ? C'était bien l'amour qui les avait rapprochés, un grand amour né des épreuves qu'ils avaient traversées et qui les avaient si profondément marqués que leurs visages en portaient encore la trace.

Trois ans plus tôt, Erwan avait décidé de rentrer quelques semaines à Montréal pour officialiser sa séparation d'avec Karen et revoir les lieux où son fils Geoffrey avait grandi, ressusciter son souvenir. Ce retour-là s'apparentait à un pèlerinage. Mais, sur place, il avait trouvé sa femme amaigrie, diminuée. Elle lui en avait fourni l'explication sans détour : maladie de Charcot. Une maladie dégénérative qui, sous sa forme sévère et invalidante, attaquait les fonctions neuromusculaires et cérébrales. Karen était alors dans la première phase, elle souffrait d'une grande fatigue, perte de poids, raideurs, et elle savait que c'était incurable. Elle qui avait rêvé d'implanter dans le monde entier les succursales de la chaîne de magasins héritée de ses parents, elle, si habile à maîtriser les bilans comptables, se trouvait confrontée à un chiffre sans appel, à ce seul petit nombre d'années qui dorénavant constituaient son destin.

Plus rien ne subsistait entre Erwan et elle, sinon de l'amertume et un amour figé dans le passé. En le revoyant, elle déversa sur lui toute sa rancœur, jusqu'à lui reprocher la mort de leur fils. À trente ans, elle avait éprouvé un irrépressible désir de maternité, elle y voyait l'aboutissement d'une vie pleinement réussie. Avec la naissance de Geoffrey, alors qu'elle ne croyait pas en Dieu, elle s'imagina accéder à une forme d'immortalité. Ce qui n'avait pas empêché la femme d'affaires qu'elle était de laisser à son mari et à une escouade de nourrices, gouvernantes et baby-sitters le soin de s'occuper de l'enfant.

« C'est de ta faute s'il est mort, pourquoi l'as-tu incité à venir en France ? »

Il avait renoncé à se justifier une fois encore. À lui redire que Geoffrey ne lui avait pas demandé la permission de débarquer en Gironde. Qu'il n'était pour rien dans son décès, que le coupable était en prison. Et qu'à l'aune de leurs vingt-sept années de tendresse et de complicité, il souffrait tout autant qu'elle de sa disparition. « J'ai tellement besoin de mon fils ! avait-elle crié. Tout ce que je te souhaite, c'est de crever tout seul toi aussi, le moment venu. »

Il s'était entendu lui répondre qu'elle n'était pas seule, qu'il était là. Et il avait repris sa place dans cette froide et grande bâtisse qui lui pesait avec ses plafonds trop bas, son luxe suranné, ces enfilades de pièces où leur fils avait vécu jusqu'à ses dix-huit ans. Il était revenu tenir son rôle d'infirmier parmi les ombres et les fantômes hideux qui tournoyaient devant les fenêtres étroites, calfeutrées tout l'hiver.

Un jour, Juliette était arrivée à Montréal. Elle s'était installée dans un appartement de la rue Sainte-Catherine, et Erwan avait cru retrouver ces nuits vécues comme un miracle, le bonheur inouï qu'ils avaient partagé en France. N'était ce téléphone qu'il gardait sans cesse à portée de main. Très vite, leurs rencontres s'étaient résumées à quelques heures dérobées à la maladie de Karen. Il mesurait le sacrifice consenti par Juliette, et l'égoïsme qui l'avait poussé à l'accepter. Une pensée lui vint qui le fit tressaillir. Deux images opposées : la solitude qu'elle s'était imposée par amour pour lui, et ses retrouvailles actuelles avec sa fille et ses vignes. Il prit peur. Il contempla le visage aimé dans le cadre de bois qu'il avait posé sur son bureau, à l'abri de la curiosité de Karen qui ne quittait plus le premier étage. Il pensa à tous les moments qui leur étaient volés, les joies de chaque jour, se réveiller près d'elle, l'aimer, inventer des projets. Il réalisa que Karen le privait de la seule chose qui vaille à cinquante ans. Le temps.

Il avait besoin de revoir Juliette. De goûter sa présence, de s'imprégner, de se gorger à nouveau de son bonheur, de vivre à côté d'elle.

Besoin de raviver ses souvenirs. La revoir à n'importe quel prix, pour qu'ils n'oublient pas combien ils s'aimaient. Alors surgit la solution, évidente : la rejoindre à Bordeaux pour les fêtes du nouvel an. Juste trois ou quatre jours pendant lesquels une infirmière s'occuperait de Karen. Comment n'y avait-il pas pensé plus tôt ? L'idée lui semblait tellement simple et magnifique.

Il consultait les horaires des vols sur Internet lorsque arriva le docteur Galland. Il le conduisit au premier étage dans cette immense pièce qui servait à la fois de chambre, de salon et d'infirmerie, où Karen reposait dans un lit encombré de coussins. En les accueillant, celle-ci eut un frémissement des lèvres, comme si elle réprimait un cri. Dans sa progression, la maladie paralysait les membres inférieurs et Karen passait maintenant du lit au fauteuil roulant, du coin de la cheminée à la fenêtre.

Erwan ranima le feu dans l'âtre, ajouta une bûche et se retira. En longeant le couloir, il se regarda dans le miroir qui surplombait la desserte. Ce pantalon de velours déformé, ce pull trop grand dont les mailles s'étiraient... Il se négligeait et devrait renouveler sa garde-robe avant de partir pour la France. Juliette avait un don pour organiser des soirées sobres et chics.

Sa résolution prise, un sentiment d'allégresse l'envahit comme il n'en avait pas éprouvé depuis longtemps. Il s'installa à son bureau et rédigea la liste des choses à faire avant son départ. D'abord, l'infirmière. Le médecin le rejoignit peu après.

— J'ai les résultats du dernier électromyogramme. Je suis désolé, monsieur Morris, mais la maladie a atteint un stade irréversible.

Il ne l'ignorait pas. Karen elle-même ne lui avait laissé aucune illusion à ce sujet. Il laissa le médecin poursuivre.

— La dégénérescence du système nerveux provoque déjà une atrophie des muscles des jambes et du bassin. Il faut s'attendre à une aggravation dans les mois à venir. Cela risque d'être long et pénible.

Du bout des doigts, Erwan tapotait son bloc-notes. Billet d'avion, cadeau pour Juliette... Son regard se posa sur le portrait, attirant l'attention du médecin sur ce visage de femme qu'il avait déjà remarqué : un peu marqué, mais joli avec ses yeux verts, ses cheveux bruns, et ce sourire...

— J'ai besoin de votre avis, docteur. Puis-je m'éloigner trois ou quatre jours pour le nouvel an ? Je trouverai la meilleure infirmière qui soit pour veiller sur ma femme durant mon absence.

— C'est une excellente idée. Vous avez besoin d'un répit. Je pense pouvoir vous recommander quelqu'un de confiance. Vous pourrez partir tranquille.

Il fut tenté d'ajouter qu'il n'en aurait sans doute plus l'occasion par la suite. Mais il savait que c'était inutile. Erwan s'était réfugié derrière un demi-sourire triste et résigné. Ils s'étaient compris.

3

— Comme vous vous ressemblez ! dit Tonia à l'adresse d'Isabelle et de sa mère, tandis qu'elles préparaient le dîner d'anniversaire de Marion, la filleule de Juliette.

D'un sourire, Isabelle remercia Tonia d'avoir souligné cette ressemblance. Les pommettes, le sourire peut-être. Un court instant cette constatation lui fut douce et rassurante, mais elle ne put s'empêcher de répliquer :

— Merci, mais je n'ai pas l'intention de ressembler à qui que ce soit !

— On te croit volontiers, renchérit Juliette, tu as suffisamment de caractère pour cela.

Chacune retourna à sa tâche sans rien ajouter. Juliette avait concocté le menu : feuilletés de petits légumes à la coriandre, gigot d'agneau, fromages et salade. Tonia décorait son gâteau au chocolat avec quatorze bougies. La grande table, nappée de blanc, était recouverte en son centre d'une surnappe lilas. Pas de porcelaine ni d'argenterie, mais le service anglais en faïence bleue, des couverts stylisés aux manches colorés et de jolis verres aux pieds torsadés. Isabelle dressait des bouquets pour chaque convive dans des coupelles, et Juliette disposait les bougeoirs.

Toutes trois s'affairaient en silence, enfermées dans leurs pensées. Tonia repoussait d'année en année son départ à la retraite. Elle avait passé sa vie au service de Lise Leroux, puis de Juliette, sa fille, et enfin d'Isabelle, partageant les drames, les secrets, et les bonheurs de chaque génération de femme, mais elle avait toujours eu une préférence pour Juliette qu'elle avait vue affronter les trahisons et les malheurs avec courage alors qu'elle s'imaginait faible. Le regard de Tonia s'attarda de nouveau sur Isabelle et sa mère, si semblables et si différentes. Elle avait perçu la gêne qui s'installait entre elles, la tension que recouvraient leurs silences.

— Que diriez-vous d'un thé, les filles ?

Après son départ, Juliette plaça les cadeaux pour Marion sur une petite table.

— Maman, c'est vrai que Marie compte s'installer à Nancy près de sa famille ?

— C'est ce qu'elle m'a dit.

— Je me demande si elle me laissera voir Benoît de temps en temps.

Juliette comprit que sa fille s'était attachée au bambin. Après tout, c'était son demi-frère.

— Ça dépendra de ta capacité à lui faire des cadeaux. Si Marie y trouve un intérêt financier, ne t'inquiète pas, elle te laissera le voir.

Le cynisme de la remarque fit tiquer Isabelle. Encore une manifestation du changement survenu. Juliette le sentit et reprit d'une voix adoucie :

— Ton père te manque beaucoup, j'imagine ?

— Non, maman, pas autant que tu peux le penser.

Elle avait bien conscience que c'était sa mère qui l'avait élevée, avec attention et tendresse, durant ces nombreuses années où son père fuyait tout dialogue, toute confrontation avec elle. « La mort appartient à ceux qui partent », songea-t-elle. Voici longtemps qu'Isabelle avait décidé de ne pas laisser le deuil ruiner sa vie. Jamais.

Les convives étaient passés du salon à la salle à manger. Il y avait là Nicolas, sa femme Françoise, leurs jumeaux Charles et Lucas, et Marion. Assise en face de Juliette, sa marraine, la jeune fille avait l'impression d'être la reine de la soirée. Bien sûr, elle avait remarqué que sa mère buvait trop de champagne, suggérant qu'on débouche une seconde bouteille qu'elle avait emportée à table en s'exclamant :

« Ce champagne est délicieux !

— Tu les trouves tous délicieux », avait murmuré Marion.

Juliette avait entendu sa remarque, et la confusion fit rougir sa filleule. Elle avait si peur que tout le monde comprenne. Sur le gigot, Juliette proposa un château Les Alizés 2000 qui fut apprécié. Françoise tendit de nouveau son verre mais Nicolas la dissuada d'un geste. S'ensuivit un silence que Juliette rompit très vite :

— Alors, Nico, ce sont les élections municipales en juin prochain, tu seras candidat à ta succession, j'espère ?

— Bien sûr ! À moins que tu ne veuilles reprendre les rênes de la mairie ?

— Quelle idée ! Non, je ne crois pas. Ta liste est prête ?

— Pas encore. Justement, je voulais demander à Thomas de se lancer avec moi. En position éligible, bien sûr.

— Il n'en est pas question !

Tous les regards convergèrent vers Isabelle qui reposa sa bouchée de fromage dans son assiette.

— Le travail ne manque pas aux Alizés et je n'ai pas envie de me retrouver seule.

— Mais, Isabelle, c'était le cas de ta mère, souligna Nicolas. Elle a assumé son poste d'élue durant deux mandats tout en gérant Les Alizés. Tu n'es pas d'accord avec moi ?

Françoise lança un regard de défi à son mari et se servit un autre verre de vin qu'elle but d'un trait. Avant de lancer :

— Juliette a toujours forcé l'admiration.

— Ma mère a peut-être un admirable sens du sacrifice, mais pas moi, reprit Isabelle, je refuse l'esclavagisme. J'ai besoin de Thomas. Du moins tant que je m'occuperai du domaine !

Elle planta son regard dans celui de sa mère qui lui sourit sans mot dire, se contentant d'adresser un signe à Tonia. Thomas se pencha vers Isabelle et posa un baiser sur sa joue.

— Je te propose que nous en reparlions plus tard, tous les deux.

Françoise éclata de rire.

— Ne te laisse pas embobiner, ma petite ! Tu ne sais pas dans quoi tu t'engages. Je ne te parle pas des réunions jusqu'à plus d'heure pendant que toi, tu regardes la télé comme une conne, et de ces meetings débiles où tu dois jouer les potiches parce qu'il paraît que c'est ton rôle d'épouse... Et, pire que tout, ce temps perdu, ce dévouement de saint, et pour qui, pour quoi ? Pour rien.

Juliette vit Nicolas se décomposer au fil des reproches que Françoise lui assénait tout en s'adressant à Isabelle. Il posait un regard triste sur ses enfants, tout en resserrant ses doigts sur son verre. Juliette s'avança alors vers Tonia et lui prit le gâteau des mains pour le poser devant sa filleule. Marion souffla ses quatorze bougies sous les applaudissements.

— Tout le monde aime le chocolat ? demanda Juliette.

Elle glissa un œil amusé vers Isabelle.

— Tiens, à ce propos, il faut que je vous raconte une histoire. Quand Isa avait cinq ou six ans, elle nous voyait toujours ouvrir dix ou quinze bouteilles pour nos séances de dégustation et goûter un peu de chacune. Et le jour où Tonia lui a préparé son gâteau d'anniversaire, elle nous a déclaré : « Quand je serai grande, je serai œnologue de chocolat ! »

Ce fut un éclat de rire général et Thomas posa un nouveau baiser sur la joue de la jeune femme.

— Je peux vous certifier qu'elle raffole toujours autant du chocolat. Quand nous allons au salon viticole de Bruxelles, elle en fait une cure et en rapporte des tonnes !

— Oh ! Tu exagères !

— À peine…

La discussion s'envola. Où fabriquait-on les meilleurs chocolats ? Les uns votèrent pour la Belgique, d'autres pour la Suisse. Juliette croisa le regard attendri de Nicolas qu'elle déchiffra sans peine : « Merci d'avoir réveillé le souvenir de ces années où nous étions heureux »…

Lorsqu'ils prirent congé, Nicolas demanda à Isabelle si elle accepterait de venir au bureau afin de trier les papiers de son père.

— Je peux m'en charger, proposa Juliette… Si tu veux bien, ma chérie.

Isabelle acquiesça.

— Avec plaisir. Je vis un rythme infernal en ce moment, et comme je te l'ai déjà dit, ça ne m'intéresse pas.

C'était le dernier jour d'école avant les vacances de Noël, l'excitation des jumeaux était à son comble. Nicolas préparait le petit déjeuner, un œil sur la pendule, l'autre sur les tartines glissées dans le grille-pain.

— Du calme les garçons, vous feriez mieux de manger, on va finir par être en retard.

Marion entra à son tour dans la cuisine et Nicolas remarqua sa petite frimousse contrariée.

— Ça ne va pas, ma puce ?

— J'ai essayé de réveiller maman, mais elle dort comme une bûche.

Il se demanda si Marion avait entendu l'agitation, cette nuit. Françoise avait vomi pendant des heures avant de s'écrouler, épuisée, sur le rebord de la baignoire. Il l'avait portée dans le lit, elle lui avait serré la main si fort qu'il avait cru qu'elle allait enfin lui parler, mais lorsqu'il s'était penché pour lui caresser les cheveux, elle l'avait repoussé. Jusqu'à quatre heures du matin, il l'avait veillée, en proie à ce sentiment de désarroi qui l'assaillait à chaque fois. Et toujours la même question : en quoi était-il responsable ? Il regrettait tellement de ne pouvoir aider sa femme, la délivrer de ses démons. Mais ils ne se parlaient plus, ne se comprenaient plus, au point qu'elle préférait boire plutôt que lui confier les raisons de ses tourments.

— Laisse-la se reposer, Marion, elle se réveillera plus tard.

— Mais papa, j'ai besoin qu'on signe le chèque pour la classe de neige de février. C'est le dernier jour, et si on ne paie pas aujourd'hui, ils ne m'inscriront pas !

Nicolas s'exécuta et remit le chèque à sa fille. Elle lui demanda s'il viendrait les chercher le soir.

— Ce soir, ça me sera difficile, je quitterai le bureau assez tard, mais maman ira.

Marion haussa les épaules.

— Cette semaine, elle nous a laissés attendre deux fois jusqu'à six heures, et même plus !

— Bon, je vais appeler mamie. Allez, en route maintenant, vous êtes en retard et moi aussi.

En chemin, il se répéta tout ce qui l'attendait ce jour-là. Le rendez-vous avec Juliette au bureau, obtenir une rencontre avec le banquier début janvier. Il lui restait à peine quelques jours pour faire progresser le dossier Sogepa, la bouée de sauvetage de la société, puis la réunion du conseil municipal le soir. Et ne pas oublier d'appeler sa mère afin qu'elle se charge de ses petits-enfants…

Avant de se rendre à l'entreprise de son ex-mari, Juliette fit un détour par la mairie. Comme autrefois, elle gara sa voiture dans l'emplacement réservé aux élus et au personnel, puis contourna le bâtiment à pied en direction du square Montesquieu.

Le temps était froid et sec, on annonçait de la neige pour la semaine suivante. Tout ce qui l'entourait lui semblait familier, mais comme altéré par le temps, les jardins rincés par la pluie de la veille, les pensées recroquevillées dans leurs massifs, et la fontaine qui ne coulait plus. Ses bottes martelaient le sol gelé. Elle gagna le mur d'enceinte au-dessus de l'estuaire. À présent, aucun voile, aucun nuage ne troublait le bleu du ciel, si limpide. Les murs de la citadelle prenaient des reflets rose argenté sous les faibles rayons du soleil. Juliette humait les parfums de l'hiver, tout en restant étrangère à la luminosité exceptionnelle de ce matin-là et à la fraîche morsure du vent sur sa peau.

Étrange soirée. Que se passait-il chez les Frémont ? Cette tension palpable, et le penchant de Françoise pour la boisson. Elle avait conservé d'eux l'image d'un couple paisible, d'une famille épanouie. Et, tout au long du dîner, elle avait perçu l'agressivité d'Isabelle. Lui en voulait-elle à ce point d'être partie ? S'était-elle trompée en la croyant prête à gérer Les Alizés ? Elle lui avait toujours donné l'impression d'être comme sa propre mère, de ces femmes de tête qui ne doutent jamais avant d'agir.

Isabelle semblait plier les gens et les choses à sa volonté. À l'instar de sa vie avec Thomas. Juliette l'avait toujours trouvé beau garçon, avec sa peau ambrée de métis, sa démarche sûre, son sourire avenant. Elle se rappelait l'arrivée du jeune homme quelques semaines après le décès du fiancé d'Isabelle. Thomas avait su prendre sa place auprès d'elle, avec calme et pondération. En témoignait l'assurance tranquille avec laquelle il avait réagi la veille au soir.

Le vent avait forci, porté par la marée, chargé de relents acides. Au pied de la citadelle, de courtes vagues déposaient leurs corolles d'écume. Juliette tourna les yeux vers les vignes qui entouraient Saint-Louis. Dès l'adolescence, elle avait appris de sa mère la générosité exacerbée de cette terre à laquelle elle avait tout sacrifié jusqu'au moment de son départ. Ce qui l'avait arrachée à ses racines était encore trop douloureux, comme si chaque cri, chaque sanglot restait noué aux ceps de la vigne, rivé à leur lit de cailloux. Quelque chose de pernicieux l'obsédait, quelque chose de sombre qui ne voulait pas lâcher prise.

Elle n'était plus nulle part chez elle, pas plus ici que dans le petit appartement de Montréal. Dépossédée de ses origines, étrangère dans son pays d'adoption, elle était devenue une apatride condamnée à se contenter du moment présent.

Elle eut envie de boire un café mais, consultant sa montre, s'avisa qu'elle avait oublié l'heure. Lorsque, un peu plus tard, elle se gara devant les établissements Courson-Frémont, Nicolas descendait de voiture. Il portait un pardessus sombre et une écharpe. Elle sourit en pensant à son propre manteau noir et au châle qui l'enveloppait. Ils avaient la même allure.

Ils burent leur café en évitant d'évoquer la soirée de la veille. Une certaine gêne s'était glissée entre eux.

— Tu sais, Marion était ravie de ses cadeaux, finit-il par dire. Merci pour cette soirée, c'était une bonne idée.

— J'espère...

Il posa la main sur la sienne.

— Ne t'inquiète pas, Juliette, tout était parfait.

Il souriait. Beaucoup de reflets argentés dans l'ondulation naturelle de ses cheveux sombres. Il avait changé et vieilli. Apparemment, il souffrait, quelque chose l'avait quitté. Était-ce la confiance, l'espoir ? Cependant, de toutes les personnes que Juliette avait retrouvées, Nicolas lui semblait la plus vivante.

— Tu veux encore du café ?

— Tout à l'heure, Nico. Si tu me montrais les papiers de Gérard ?

Une seule grande fenêtre donnant sur le parking éclairait le décor minimaliste de la pièce, avec ses murs blancs et ses dalles de sol noires et plastifiées. Sur les étagères s'alignaient dossiers, manuels d'informatique, dictionnaires. Le meuble de bureau, un grand plateau en verre fumé, accueillait des casiers à tiroirs, deux téléphones, des portraits d'Isabelle et de Benoît. Un coffre avait été aménagé derrière le fauteuil. Dans un coin, une table ronde et quatre chaises métalliques. Rien que l'essentiel. Projets, ébauches de contrats, courriers et factures remplissaient les tiroirs. Nicolas prit une clé dans le tiroir du bureau et ouvrit le coffre.

— Je n'ai pas encore regardé à l'intérieur. Je trouvais que c'était plus correct qu'un membre de la famille soit présent. Mais apparemment, cela n'intéresse ni Isabelle, ni Marie.

Le coffre, en revanche, renfermait des documents plus personnels : une copie du testament déposé chez le notaire, des analyses de sang, un bilan de santé. Visiblement, Gérard savait que son rythme de vie comportait des risques, il les avait assumés. Nicolas ouvrit un dossier rangé au fond du coffre. Il fut surpris d'y découvrir le titre de propriété d'un terrain situé entre la commune de Saint-Louis et celle de Prignac, près des grottes des Aubiers. L'achat avait été réalisé au nom de la société. Le dossier incluait aussi une proposition de reprise par le Conseil régional d'Aquitaine, mais à un prix nettement supérieur.

— Tu as remarqué, Nicolas ? demanda Juliette. C'est le terrain de l'ancienne cave coopérative. Gérard ne t'avait rien dit ?

— Non, il aurait pu m'en parler, c'était l'argent de l'entreprise.

— Je ne comprends pas le but de cet achat. Et toi ?

Nicolas réfléchissait.

— Je ne le vois pas spéculer, ça ne lui ressemblait pas. Il envisageait peut-être d'investir dans un projet local. Nos collectivités, avec les instances régionales, ont l'intention d'implanter un complexe d'œnotourisme des deux côtés de l'estuaire, les appellations Blayais-Bourgeais d'un côté, le Médoc de l'autre, avec le bac qui relie les deux rives.

— Et Saint-Louis est partie prenante dans ce projet ?

— En gérant une commune viticole, comment pourrions-nous l'éviter ?

— Ça n'a pas l'air de t'enthousiasmer.

— Tu as été maire trop longtemps pour ne pas comprendre. Les grandes idées médiatiques sont l'apanage des politiques, à eux les lauriers en cas de succès, mais si les résultats ne sont pas ceux escomptés, on laissera le maire se débrouiller seul face au mécontentement des administrés.

Juliette eut un petit clappement de lèvres et secoua la tête.

— Il y a quelque chose qui cloche dans cette opération immobilière. J'imagine mal Gérard s'investir dans un projet lié au vin. Il avait horreur de cela. Chaque fois qu'au cours d'un dîner officiel il était contraint de déguster… Je revois encore sa tête !

— Socrate buvant la ciguë ?

— À peu près, oui…

Le souvenir de cet homme qu'ils avaient aimé chacun à leur manière déclencha leurs rires. Puis ils se regardèrent, un peu émus, avant de reprendre l'examen des papiers. Soudain, Nicolas s'arrêta sur un document.

— Tu avais raison, Juliette. Regarde, il avait une tout autre idée en tête, il avait préparé une lettre de refus pour le Conseil régional.

En quelques phrases courtes aux mots choisis, c'était un non sans ambiguïté.

— Que comptes-tu faire, Nico ?

— J'avoue que ma première réaction serait de revendre ce bien et d'assainir les comptes de la société.

— Je sais que c'est facile à dire, mais peut-être serait-il préférable de ne pas se précipiter. On peut laisser passer les fêtes et tenter de recueillir d'autres éléments d'information.

— Et d'abord rencontrer le notaire qui a rédigé l'acte de vente. Gérard lui a peut-être confié ses intentions.

Ils regagnèrent le bureau de Nicolas et ce dernier emplit leurs tasses de café.

— Nicolas, consentirais-tu à me faire une petite place ici ? Si tu es d'accord, je vais rester quelque temps pour t'aider à éclaircir la situation et voir ce que nous pouvons envisager pour la société.

Il s'arrêta de boire et sa tasse resta levée à hauteur de leurs visages.

— Rien ne pourrait me faire plus plaisir. Mais... Erwan ?

— Il n'a pas vraiment besoin de moi en ce moment.

— Moi, si ! Content de te garder, tu m'as manqué. Je me suis senti un peu isolé après ton départ. Je restais le seul de notre petit groupe. Tu te rappelles notre club ?

— Le Cercle des invincibles ! Nous avions copié notre règlement sur le Club des amis de Tintin.

— Aider les personnes âgées à traverser la rue, porter leurs sacs à provisions, défendre les animaux...

Ce souvenir les émut au point d'embuer leurs yeux. De belles histoires d'enfants, des amitiés d'adolescents.

— Nous ne sommes plus que tous les deux, aujourd'hui.

— C'est vrai, répondit Juliette.

La vie avait dispersé et décimé les membres du Cercle des invincibles. Élise Renan, la notaire, était morte au cœur de la tempête trois ans plus tôt, Olivier Jouvain, propriétaire d'un vignoble en faillite, s'était suicidé en laissant sa femme Hélène et leurs deux enfants.

— J'ai cru comprendre qu'elle était partie ? dit Juliette.

— Oui, elle a travaillé un temps avec ta fille, et elle s'est mise en ménage avec le commissaire Lenoir. Il a été muté à Toulouse l'année dernière.

Juliette hésita à prononcer le nom de Jean-Pierre Deltec, le meneur de la troupe. Qu'était-il devenu ?

— Jean-Pierre est parti en Afrique peu de temps après ton départ pour le Canada. Tu te souviens ? Il avait toujours rêvé de missions humanitaires...

Comment l'aurait-elle oublié ? Elle ferma les yeux un instant. Avant de s'interroger à haute voix :

— Sait-on à quel moment on devient adulte ?

— Quand on ne croit plus au père Noël ?

— Non, quand la vie nous assène la énième claque et qu'on ne sait toujours pas comment réagir.

Nicolas remarqua chez Juliette une crispation à la commissure des lèvres. Son regard s'était échappé vers la fenêtre et l'horizon des vignes. Elle tremblait. Il lui prit la main.

— Pourquoi es-tu partie ?

— Pour me prouver qu'au moins une fois, j'étais capable de tout abandonner. Je me demande si j'ai eu raison de revenir. Je crois qu'Isabelle m'en veut beaucoup. J'ai cru bien faire en lui laissant le domaine, j'étais tellement sûre qu'elle en rêvait. À présent, je ne suis plus sûre de rien.

— Elle pensait sans doute que tu rentrerais beaucoup plus tôt. Mais crois-moi, ma grande, elle était prête ! Les Alizés sont devenus sa vie.

— Et quelle est ma place dans cette vie ? Je ne sais plus.

Au fond, elle se demandait si elle n'avait pas redouté l'idée de travailler avec sa fille.

— Juliette, quoi que tu décides, je reste ton ami.

Elle observa ces beaux yeux noirs qui parfois se figeaient, ce visage marqué par la barbe toujours renaissante et le sourire, si las à cet instant.

— Moi aussi, Nicolas, je suis ton amie.

À son retour aux Alizés, un message l'attendait dans la boîte mail de son ordinateur : *Si tu veux bien de moi, je viens passer le nouvel an avec vous. Je t'aime. Erwan.*

4

Ce samedi matin, en l'absence de personnel, Thomas effectuait une livraison en Charente. Isabelle lui prépara les factures et attendit son départ pour mettre la cafetière en route. Ils s'étaient disputés la veille ou, plus exactement, elle s'était emportée quand il lui avait confié son intention de rejoindre la liste électorale de Nicolas Frémont.

« Je serai conseiller municipal, rien de plus ! Mais l'expérience me tente, et puis j'ai l'impression, vu l'ambiance familiale, que Nicolas a besoin d'un coup de main.

— Je m'en fous !

— Isabelle, pourquoi réagis-tu comme ça ? Ça ne m'empêchera pas de travailler avec toi. D'ailleurs, Nicolas l'a dit lui-même, ta mère a bien réussi à gérer sa propriété et les affaires de la ville.

— Ah non ! Tu ne vas pas t'y mettre, toi aussi. Ma mère a peut-être réussi à tout concilier, mais on ne peut pas dire que sa vie de famille soit un succès. »

Elle était partie s'enfermer dans la salle de bains en claquant la porte. Lorsqu'elle était revenue, peu après, Thomas était assis, nu, les bras et la tête appuyés sur le montant du lit. Tandis qu'elle se brossait les cheveux, elle l'observait dans le miroir, avec son sourire désarmant, si lumineux, apaisant. Elle s'approcha et blottit sa tête au creux de son épaule.

« Isabelle, tu sais à quel point je t'aime, j'ai envie de suivre Nicolas. Veux-tu me faire confiance ? »

Elle murmura « Oui » en l'entourant de ses bras, cherchant sa bouche, ses mains, son corps.

Elle s'était servi une grande tasse de café et croquait un biscuit. Avec toutes ces commandes en cours, la secrétaire n'avait pas eu le temps de relancer les règlements de factures du mois précédent, et elle tenait à ce que ce soit fait avant la trêve de Noël.

— Chic, du café ! (Juliette embrassa sa fille et se saisit d'une tasse.) Quel froid ce matin ! Où est Thomas ?

— Parti livrer un client en urgence.

Juliette n'osait pas demander à sa fille comment elle allait. Cette nuit, elle avait cru entendre des éclats de voix.

— Tu t'occupes des factures ? Je peux t'aider ?

— Non. À moins que tu veuilles t'en charger à ma place ?

— Isabelle, tu pourrais changer de ton ! J'ai l'impression que tu me considères comme ton ennemie.

— Pardon, mais tu fais tout pour ça. Thomas accepte la proposition de Nicolas pour la mairie, tu es contente ?

— C'est une idée de Nico, je n'y suis pour rien ! rétorqua Juliette.

Ainsi, Thomas lui avait tenu tête. C'était certainement nouveau pour Isabelle qui, jadis, obtenait tout de son entourage en l'absence de son père.

— Le temps qu'il perdra avec ses obligations, je devrai m'employer seule à la propriété.

— Seule ?... Avec un maître de chai, du personnel dans les vignes, une secrétaire, des stagiaires, et l'assistante commerciale que tu viens d'engager ? Tu m'en diras tant...

— Il fallait bien que je m'organise puisque tu m'as laissée me débrouiller.

— Tu ne demandais que ça !

— C'est ce que tu t'es dit pour soulager ta conscience ?

— Je t'interdis de me parler comme ça ! Tu as du culot de me reprocher de t'avoir laissé ma place alors qu'aujourd'hui tu crèves de trouille que je te la reprenne. Tu crois que je ne comprends pas tes allusions : « Quels sont tes projets, maman ?... Tu restes jusqu'à quand ? »

Juliette avait violemment haussé le ton et son visage s'était crispé sous l'effet de la colère. Isabelle ne reconnaissait plus la mère dont l'affection inconditionnelle l'avait parfois encombrée. Elle apparaissait si différente. Même sa démarche et sa voix s'étaient transformées.

— Je ne sais pas ce que tu as vécu au Canada, maman, mais tu as changé.

— Parce que je suis moins sotte qu'avant ? Sache que je ne m'occuperai plus des Alizés, tu t'en tires très bien « toute seule ». Et puis, j'ai travaillé une bonne partie de ma vie avec ta grand-mère, qui était un tyran, je n'ai pas envie de renouveler l'expérience avec toi.

Isabelle piqua un fard et farfouilla dans ses papiers pour se donner une contenance. Éviter la réplique cinglante et la cassure qui auraient pu les séparer pour de bon.

Mais sa mère ne lâchait pas prise :

— Ça m'attriste de trouver chez toi les mêmes traits de caractère. Tu n'as pas à interdire à Thomas de se présenter à la mairie. Quant à moi, je resterai ici le temps qu'il faudra pour aider Nicolas à sauver la boîte de ton père.

— Eh bien, ne comptez pas sur moi !

— Je sais, mais je te rappelle au passage que même si tu te plains de ton sort, tu as entre les mains un domaine florissant que quatre générations de femmes se sont battues avant toi pour amener où il est. Ce n'est pas le cas de Nicolas, ton père et lui ont créé cette entreprise en partant de rien, et je considère que c'est mon devoir d'être à ses côtés. Mais, rassure-toi, je ne m'imposerai pas ici, je ne compte pas m'incruster aux Alizés.

— Et où iras-tu ?

— Je ne sais pas. Ah, encore une question ! Je peux disposer d'un véhicule de la propriété pour mes déplacements ?

— Tu peux prendre la voiture de papa. Je n'en veux pas.

Juliette donna quelques coups de fil puis elle prit la route de Bordeaux avec le désir de se détendre et de flâner à la recherche de cadeaux de Noël. La route serpentait entre les vignes. Leurs branches décharnées se dressaient dans le brouillard. Un vertige la saisit. Elle repensait à tous ces matins où les premiers rayons du soleil la voyaient arpenter seule les rangs de vignes, les règes, comme on disait dans le pays, inspectant les feuilles nimbées de rosée, brisant çà et là une vrille gorgée de sève. Pendant des années, sa vie avait commencé et fini à cet endroit, entre ciel et terre. Elle avait maintenant la certitude que cette période était révolue. Au-delà des coteaux absorbés par la brume s'esquissait une autre histoire dont elle venait à peine de tracer les contours.

Aussitôt après sa dispute avec Isabelle, elle avait appelé Marie qui avait accepté de lui louer Les Cèdres. Elles avaient arrêté la date du 27 décembre pour officialiser la location. Chacune y trouvait son intérêt. Juste avant de prendre l'autoroute, elle fit un détour par l'entreprise Courson-Frémont. Nicolas était absent, mais il avait laissé à sa secrétaire les clés du bureau de Gérard pour qu'elle s'y installe. Les étagères étaient vides et propres, un tapis recouvrait les dalles qu'elle avait trouvées si impersonnelles et laides. Et sur le coin du bureau l'attendaient un bouquet de fleurs et un mot : *Voici ton bureau, je suis heureux de travailler avec toi. Toute l'équipe te souhaite la bienvenue. Nico.*

Sa maison, sa voiture, et maintenant son bureau. Juliette pensa qu'elle n'en finissait pas de se couler dans l'univers de son ex-mari.

Arrivée à Bordeaux, elle laissa sa voiture dans un parking pour profiter du tramway. Elle observait sa ville comme si elle n'avait jamais pris le temps de la voir. Bordeaux resplendissait dans ce matin d'hiver. Elle redécouvrait l'ordonnancement classique du cours de l'Intendance, puis les allées de Tourny, du nom du munificent intendant de Guyenne qui avait embelli la ville sous le règne de Louis XV, avant d'atteindre les quais et la place de la Bourse qui s'érige en demi-cercle face au fleuve, tel un rêve de pierre. Juliette descendit du tram. Pour la première fois, elle marchait lentement, attentive à la beauté des immeubles, au luxe des vitrines. Les passants étaient nombreux autour d'elle à s'émerveiller du décor, mais elle était la seule à contempler la lumière sur les toits, le soleil polissant les façades ornées de mascarons. Tout à ce spectacle, elle bouscula par mégarde une femme qui lâcha son sac. Juliette le ramassa, s'excusa, frappée par le regard haineux que lui décocha l'inconnue. Se connaissaient-elles ? Elle aurait juré que oui, sans pouvoir mettre un nom sur cette physionomie. Elle regarda la femme s'éloigner. La démarche lourde, les cheveux courts, gris, le manteau fripé. Elle chercha en vain dans ses souvenirs. Une ancienne employée, peut-être.

Juliette entra dans une librairie et s'attarda devant les ouvrages exposés avant de choisir une belle édition de *L'Histoire de Bordeaux* pour Thomas et des livres illustrés pour les garçons de Nicolas. Au moment de remonter la rue Sainte-Catherine, la grande artère commerçante du centre-ville, elle ressentit une vive émotion. C'est dans la rue Sainte-Catherine à Montréal qu'elle avait trouvé un appartement quand elle avait débarqué, ses bagages à la main, et qu'elle avait entendu Erwan lui dire : « Je suis désolé, mon amour, Karen est très malade, je ne peux pas l'abandonner... » Elle avait consenti à vivre en solitaire, recluse même, tant elle redoutait que le téléphone ne sonne en son absence. Elle espérait ses appels, et lui ne pouvait se libérer qu'à l'improviste. Chaque instant leur était compté. Et, pour meubler l'attente, tous ses rêves « d'après », quand ils se retrouveraient.

Mais Erwan annonçait sa venue pour le nouvel an. Quatre jours ! Elle se promit qu'ils ne seraient pas séparés une seule seconde. En longeant la rue Porte-Dijeaux, elle remarqua une galerie de peinture et poussa la porte. À l'intérieur régnait une ambiance feutrée, à l'écart du bruit et de l'agitation de la rue. Un homme s'avança vers elle. La cinquantaine, svelte, avec des yeux gris, des cheveux blonds qui lui tombaient dans le cou. Il lui proposa de faire le tour de la galerie. Il s'agissait de l'artiste. Les couleurs flamboyantes de ses toiles animaient les cimaises de pulsations ocre et rouge sang. Un long moment, Juliette examina les tableaux, jetant par instants des coups d'œil en direction de leur auteur, cherchant dans son attitude, son regard, l'explication de l'œuvre. Elle l'imaginait crucifié devant ses toiles, en proie à d'indicibles angoisses d'où avaient jailli ces formes évanescentes, sensuelles et provocantes, ces visages extatiques ou suppliants. Une toile la fascinait : des ombres, des corps diaphanes dansaient dans les voiles d'une aurore boréale, alors qu'au loin jaillissait un embrasement, on aurait dit l'explosion d'un volcan. L'artiste avait intitulé son œuvre *Carpe Diem*. Elle s'approcha de lui.

— Depuis combien de temps exposez-vous ?

— Plus de vingt ans, mais peu en France, hélas. Plutôt aux États-Unis et au Canada.

— Au Canada ? Dans quelle région ?

— Montréal. Vous connaissez ?

— Je viens d'y séjourner trois ans. J'aime beaucoup cette toile. Le titre m'a interpellée, et ces formes, ces couleurs qui s'opposent, ce condensé d'angoisse et d'espoir. On se trouve devant un univers fantasmagorique et pourtant familier, comme si on le portait en soi.

Il semblait flatté et lui sourit, ému par ces mots. Peut-être la voyait-il sous l'apparence d'une héroïne de roman, élégante et fragile, et en même temps si conformiste. Elle avait certainement un mari, des enfants, un amant peut-être. Quelqu'un qui occupait ses songes et ses journées, qui répondait aux attentes de son cœur, de son corps ; quelque part, une vie.

— Racontez-moi comment tout cela vous vient.

— Je peins avec l'espoir de sortir de mon ignorance.

Il se mit alors à parler d'abondance, et elle ne se lassa pas de l'écouter, devinant dans son discours un désir sincère de soulever un coin du voile, de trouver par là un semblant d'apaisement. Puis il posa la main sur son épaule :

— J'aimerais poursuivre cette conversation avec vous. Que diriez-vous d'un déjeuner ? La galerie ne tardera pas à fermer.

Elle se raidit pour ne pas trembler au contact de cette main posée sur elle. Elle imaginait le déjeuner en tête à tête, les arrière-pensées, les interrogations, les confidences. Un trouble profond s'était emparé d'elle. Quelle femme était-elle sans le regard d'un homme ? Elle hésitait.

— Peut-être n'êtes-vous pas libre ?

— Je suis libre, s'entendit-elle répondre d'une voix légère.

À cet instant, la propriétaire de la galerie entra avec deux visiteurs dans ses pas.

— Libre... Mais pressée !

Effervescence autour d'eux, la galeriste s'immisça :

— Patrick, ces personnes souhaitent s'entretenir avec vous.

Elle n'avait pas dit « clients » car ce n'était pas l'usage dans ces lieux, mais son regard évaluait Juliette avec l'œil du commerçant avisé. Bon chic bon genre, une petite-bourgeoise.

— Madame ?

Juliette désigna le tableau dont elle avait déjà noté le prix. L'artiste, happé par les nouveaux venus, s'était éloigné. Elle régla par chèque. On lui livrerait *Carpe Diem* à sa nouvelle adresse. Ce serait le cadeau de Noël d'Erwan.

Sur le chemin du retour, Juliette se remémora sa conversation avec l'artiste, surprise de s'être entendue déclarer qu'elle était libre ! Elle n'était pas libre, et ne le serait plus jamais puisque Erwan existait. Mais, pour la première fois depuis longtemps, elle s'était sentie disponible.

Nicolas redressa les branches du sapin qui croulaient sous les décorations. Les jumeaux n'avaient pu se résoudre à choisir entre toutes les boules et les guirlandes emmagasinées au fil des années. Mais, depuis l'ouverture des cadeaux, Charles et Lucas n'avaient d'yeux que pour leurs nouveaux jeux électroniques. Marion regardait un film, assise près de son grand-père qui somnolait, les mains jointes sur son ventre. Nicolas se reprochait de tourner en rond alors qu'il avait tant à faire à l'entreprise. Il avait proposé son aide à la cuisine où sa femme et sa belle-mère préparaient un en-cas. À sa vue, elles avaient interrompu leur conversation, lui signifiant qu'il était de trop. Au moins, Françoise n'avait pas bu durant ces fêtes de Noël, elle ne buvait jamais quand ses parents étaient là. Heureusement, car il n'aurait pas pu revivre la crise de l'avant-veille. En rentrant avec les enfants, il l'avait trouvée endormie sur la table de la cuisine, à côté des légumes qu'elle n'avait pas épluchés et d'un poulet cru. Elle s'était éveillée la voix pâteuse, les yeux égarés. Plus tard, dans l'intimité de la chambre conjugale, il lui avait suggéré une fois encore de se faire soigner.

« C'est ça, tu veux te débarrasser de moi ?

— Mais non. Tu sais que je tiens à toi, jamais je ne voudrais une chose pareille, mais je pense que tu as besoin de te faire soigner.

— Oh, la ferme ! »

Il soupira en revivant la scène, puis son regard fit de nouveau le tour du salon, les jumeaux surexcités, Marion riant avec son grand-père qui s'était réveillé, et le sapin qui chancelait sous le poids des guirlandes. Il regarda sa montre, se leva et se retira dans son bureau.

Après avoir embrassé Isabelle et Thomas, Juliette choisit un livre dans la bibliothèque et monta dans sa chambre. Enfin, Noël était passé. Elle pensa que c'était l'une des dernières nuits où elle dormirait aux Alizés, dans cette chambre avec ses tentures damassées, ses tapis précieux et cette immense cheminée de marbre aux moulures dorées. Elle respira l'odeur de vieux bois ciré et celle des sachets de lavande que Tonia glissait dans les armoires. Sa chambre depuis trente ans. Au moins, pendant ces deux jours, avait-elle évité les prises de bec avec Isabelle. Le jour de Noël, Jean Soriac, le maître de chai, était venu déjeuner avec son épouse. On avait servi de jeunes vins du domaine, et Juliette avait complimenté Thomas pour sa première cuvée d'expert.

À présent, elle avait revêtu une chemise de nuit confortable, augmenté le chauffage, et s'était allongée avec son livre et sa tisane. Les branches d'un marronnier, agitées par le vent, raclaient les battants d'un volet. Elle pensa aux Noëls d'antan que sa mère transformait en événements mondains. La famille au grand complet et une kyrielle d'amis qui s'étaient éloignés de Juliette après son divorce et la mort de sa mère. Seule, ils la trouvaient sans doute moins intéressante. Et ces trois réveillons au Canada... Elle achetait du saumon, préparait des crêpes au sirop d'érable et ouvrait une bouteille des Alizés. Une bougie sur son plateau, la vidéo d'un film à grand spectacle. C'était romantique à vomir, avec le téléphone à portée de main pour joindre sa fille et attendre l'appel d'Erwan. La voix, les vœux d'Erwan. Aimée, mais seule.

Son portable sonna.

— Erwan ?

— Euh… Non, désolé ma grande, c'est Nicolas. Déçue ?

— Pas du tout. Tu as passé de bonnes fêtes ?

— En famille, oui. Et toi ?

— De même. Au fait, Nico, je ne t'ai pas encore remercié pour le bureau de Gérard. Tu vas rire ! Isabelle m'a également laissé sa voiture et j'emménage dans la maison de Marie après-demain.

— Quoi ?! Tu quittes Les Alizés ? Juliette, ça ne va pas ?

— Mais si, tout va bien, je t'assure. J'ai besoin d'indépendance pour sortir et travailler à mon rythme. Je vis encore un peu à l'anglo-saxonne, tu sais…

— Est-ce que tu veux que je t'aide à emménager ?

— Volontiers ! D'autant que je dois faire vite, Erwan arrive lundi, pour quatre jours.

Karen était secouée de sanglots. Les larmes lui brûlaient les paupières, c'était la seule forme de vie qui lui restait. Se sentir pleurer. Comment pouvait-il la croire aussi bête ? « Je pars pour quatre jours… » Quasiment les mêmes mots qu'il avait employés treize ans auparavant : « Je pars quelques mois pour réfléchir, prendre du recul… » Soit la manière polie de dire qu'on fout le camp. Il lui avait fallu dix ans pour revenir, et c'était avec la seule idée de divorcer. S'il partait maintenant, elle savait qu'il ne reviendrait pas, l'autre l'attendait là-bas. Karen avait tout deviné quand sa rivale avait débarqué à Montréal trois ans plus tôt, comme elle avait compris lorsqu'elle était repartie à la mi-décembre. Le visage d'Erwan était un livre ouvert. Elle savait quand il rentrait d'un de leurs rendez-vous, il portait sur lui une odeur de sexe mêlée au *N° 5* de Chanel, et sa figure respirait le contentement du mâle repu. Elle avait souvent cherché à en savoir davantage, sur elle. « La salope... Bien campée sur ses jambes, en pleine forme. » Comme Erwan ne tombait pas dans le panneau de la dispute, elle l'accablait de remarques cruelles : « Petite et insignifiante, ah, je la vois bien, c'est tout ce qu'il te faut. » Elle les haïssait tous les deux, elle avait souhaité leur mort, elle la souhaitait encore.

Il la quittait une fois de plus, il l'abandonnait. Elle l'imaginait à sa descente d'avion, à Bordeaux, la cherchant des yeux dans le hall d'accueil, les baisers envoyés du bout des doigts, et la scène des retrouvailles, les effusions au milieu des bagages.

Rivée à son fauteuil, pantelante de souffrance, mutilée dans ses élans de femme, Karen avait peu à peu perdu la mobilité de ses membres inférieurs, du bassin. Seuls les bras, la tête se pliaient à sa volonté, mais c'était provisoire. Que n'aurait-elle donné pour marcher une fois encore, une seule fois, explorer le bureau d'Erwan, ouvrir sa messagerie à la recherche de lettres d'amour, de photos, savoir à quoi elle ressemblait, cette garce, et se faire mal jusqu'à perdre conscience.

Les bourrasques de neige s'abattaient sur la ville depuis le milieu de la nuit. La circulation était difficile sur le pont Jacques-Cartier. Erwan avait perdu un peu de temps dans les boutiques des galeries marchandes, mais il avait trouvé des cadeaux pour Isabelle, Thomas, et même Tonia. Et pour Juliette, après avoir examiné les vitrines de cinq joailliers, il avait opté pour un collier en or avec un médaillon serti de saphirs représentant des myosotis. Ce matin-là, il avait imprimé son billet d'avion électronique.

Les essuie-glaces ne parvenaient plus à chasser la neige du pare-brise. Sous la tempête, il essayait de se remémorer les strophes d'un poème de Victor Hugo qu'il avait appris adolescent. Il neigeait. Il était question d'hommes s'abritant dans le ventre de chevaux morts, de solitude à l'instant de mourir. Juliette, elle, aurait su. Ses connaissances en littérature et en poésie l'avaient toujours impressionné.

Mais quels mots pouvaient traduire la terreur face à la mort, cette terreur qu'éprouvait sans doute Karen ? Et que pouvait-il faire de plus ? Elle souffrait, il ne pouvait pas la soulager, elle pleurait, il se sentait incapable de pleurer avec elle. Erwan arriva chez lui en même temps que l'infirmière. C'était une jeune femme gracieuse et souriante, à la voix posée. Il l'invita à faire le tour de la maison, une chambre avait été aménagée pour elle, contiguë de celle occupée par la malade. Il avait rédigé une liste de numéros d'urgence et établi le programme des visites : les livraisons du supermarché, la femme de ménage tous les matins, le médecin chaque jour entre treize et quinze heures. Il avait tout programmé avant son départ, comme un aviateur déclenche le pilotage automatique. En cas de difficulté majeure, il pourrait rappliquer en moins de dix heures.

Ils entrèrent dans la pièce où reposait Karen, émaciée, livide, les mains croisées sur son drap. Depuis qu'il lui avait appris son départ, elle refusait de s'alimenter.

— Laisse les volets fermés, la lumière du jour me fait mal, dit-elle d'une voix brusque.

Elle n'avait pas répondu au salut de l'infirmière et pointait un doigt accusateur vers son mari.

— C'est lui qui l'exige, moi, je n'ai pas besoin de vous, allez-vous-en !

— Karen, sois raisonnable, c'est seulement pour quatre jours.

— Je ne veux pas d'elle, trop jeune. Regarde-la, une incapable !

En raccompagnant l'infirmière, Erwan présenta ses excuses. La jeune femme le tranquillisa en affirmant qu'elle avait l'habitude d'un tel comportement. « Tout ira bien, monsieur, je vous assure. » Mais il n'était pas rassuré. Il le fut encore moins en retrouvant Karen. Il lui tendit le bouquet de fleurs qu'il avait acheté le matin même.

— Tu pourrais attendre le cimetière pour investir !

Elle savait qu'elle était injuste et méchante. Elle aurait voulu l'impossible : qu'il l'accompagne dans cet enfer.

— Karen, je sais que tu souffres, mais tu n'es pas obligée de te comporter comme ça.

— Et comment devrais-je me comporter pour te satisfaire ? Te laisser partir sans rien dire ?

— Je reviens mardi prochain, y a-t-il autre chose à dire ?

— Non, surtout pas. Va-t'en, va retrouver ta catin.

Elle renversa le plateau qu'il avait posé sur le lit, le thé et la confiture de myrtilles s'étalèrent sur le tapis. Erwan ne supportait plus cette persécution mesquine et ces injures envers Juliette.

— Retourne dans ce pays maudit où tu as provoqué la mort de mon fils. Assassin !

Il serra les poings. S'il était parti, elle en avait été la première responsable.

— Salaud ! Tu as toujours été jaloux de ma famille. Tu crois que je ne devine pas pourquoi tu restes là ? Ça te fait jouir de me voir dans cet état, de me rabaisser.

— Ne me reproche pas d'être là, surtout ! Tu as été invivable, avec ta famille, avec ton fric. La vérité, c'est que tu n'as même pas une amie pour te supporter.

Il s'apprêtait à sortir de la chambre quand un hurlement de Karen l'arrêta, elle s'agrippait aux montants du lit après avoir tenté de se lever, s'écroulant sur elle-même. Erwan revint l'installer de nouveau contre ses oreillers, essayant de la calmer par de légères pressions dans le dos. Mais elle suffoquait, il la voyait perdre sa respiration. Il se maudit d'être tombé dans le piège.

— Ça va passer, respire à fond, doucement.

Elle luttait pour retrouver l'air qui lui manquait. Tout en la maintenant assise, Erwan composa le numéro du médecin sur son téléphone portable. Celui-ci prit aussitôt la décision d'envoyer une ambulance et de la faire hospitaliser.

Erwan reposa sa femme au creux du lit, la douleur semblait décroître, le souffle lui revenir. Tandis qu'il rassemblait le nécessaire de toilette et quelques effets pour son admission à l'hôpital, il aperçut par la fenêtre un avion, puis un autre, décollant dans le ciel de Montréal.

Les épaules voûtées, il sortit de la chambre, gagna son bureau et annula son vol pour la France.

5

Des bancs de brume dérivaient sur le fleuve et, malgré le soleil naissant venu sertir les attaches noueuses de la vigne, un froid aigre s'infiltrait partout. Isabelle retrouvait ce paysage enraciné dans l'hiver avec le sentiment de lui appartenir tout entière. La terre grumeleuse qui craquait sous ses pieds portait désormais son empreinte. Depuis trois ans, elle avait marqué son territoire et l'avenir des Alizés. Sa mère ne pourrait pas l'effacer.

Elle échangea quelques mots avec le maître de chai, qui s'était porté à sa rencontre, puis retrouva Thomas qui prélevait du vin d'une barrique. Du seuil, elle l'observa en train de remplir le verre, juger de sa limpidité à la lumière du plafonnier et, d'un geste souple du bras, lui imprimer un mouvement circulaire avant d'en humer le contenu. Le temps qu'il prenait pour sentir, sentir encore. Avant de goûter enfin. Elle surprit son hochement de tête, satisfaction, plaisir. Ayant remarqué sa présence, il se tourna vers elle et lui adressa ce sourire de connivence qu'elle savourait à chaque fois comme la plus belle preuve d'amour.

— Ravi de te voir, mon cœur. Je voudrais que tu goûtes ce vin dans la matinée, et celui-là aussi. Et que tu me donnes ton avis. Maintenant, je dois retourner au château, j'ai promis à ta mère de l'aider à charger ses cartons, tu ne m'en veux pas ?

— Bien sûr que non, file !

Elle refusait de se disputer avec Thomas à cause de sa mère, mais depuis deux jours, elle réfrénait sa colère. Juliette avait organisé son déménagement sans demander l'avis de personne, sans même imaginer que l'on puisse contester ses choix.

Les meubles, les tapis, les lampes, Juliette avait prélevé à sa guise tout ce qu'elle emportait chez Marie. Dans la bibliothèque, elle avait pris les livres qui lui plaisaient, laissant vides des rayonnages entiers. Et elle avait ordonné que tout soit entreposé dans le jardin d'hiver.

À présent, les déménageurs chargeaient le camion. Tonia, au bord des larmes, suivait Juliette pas à pas. Elle avait préparé des paniers avec des bocaux de confit et de légumes.

— C'est gentil, Tonia, mais je n'ai pas l'intention de me laisser mourir de faim.

— Je ne peux pas croire que tu quittes Les Alizés.

— Je pars à trois kilomètres et huit cents mètres, très exactement.

— Mais tu es chez toi ici ! Qu'est-ce qui t'arrive ? Tu n'es plus du tout comme avant.

— Avant quoi ?

— Avant… avant que tu t'en ailles !

Juliette s'étonnait qu'on puisse chercher chez elle les marques d'un avant et d'un après. Comme si renoncer ne l'avait pas affranchie du passage du temps.

— J'irai t'aider, reprit Tonia, au moins deux matinées par semaine.

Juliette regardait sa silhouette de plus en plus tassée, ses mains déformées par l'arthrite.

— Tout ira bien, Tonia, je t'assure.

— Au fait ! Il y avait une lettre pour toi ce matin, elle a été déposée directement dans la boîte.

Il s'agissait d'une enveloppe marron, sans adresse au dos, anonyme. Le nom de la destinataire était rédigé en lettres bâtons. À l'intérieur, une feuille blanche avec ces simples mots : *Retourne d'où tu viens, sale garce*.

Marie paraissait soulagée que Juliette soit la nouvelle occupante de la maison. C'était une belle bâtisse girondine à étage, ouverte sur une terrasse bordée de balustres de pierre et entourée de jardins. À l'arrière se trouvaient la piscine et les dépendances. La vue portait jusqu'à l'horizon, du côté de la forêt et de l'estuaire. En suivant Marie qui lui montrait les lieux, Juliette pensa qu'elle n'aurait pas de vignes sous les yeux. Elles finirent la visite par le bureau de Gérard.

— Tout est resté en l'état. Je le revois encore, effondré sur le sous-main. J'ai manqué de courage pour vider cette pièce. Et j'ai bien assez de meubles comme ça. Tu pourras voir avec Nicolas ? Je crois que les papiers qui sont dans les casiers concernent la société.

Elle remit les clés à Juliette, elles avaient signé le bail la veille chez le notaire. Une dernière fois, Marie embrassa du regard la maison, puis elle partit.

Juliette rentra dans son nouveau logis pour y disposer mentalement les meubles. Elle revint dans le bureau de son ex-mari et s'arrêta dans l'embrasure de la porte. Elle demanderait aux déménageurs de pousser le bureau près de la fenêtre et de descendre les casiers métalliques dans la cave. En attendant, elle entreprit de vider leur contenu dans un carton. Elle trierait plus tard avec Nicolas.

Cependant, une chemise cartonnée portant la mention *Cave coopérative* attira son attention. Sur la première page du dossier apparaissait une photo du bâtiment délabré, et, juste à côté, une maquette qui le montrait rénové, flanqué de rotondes de verre et d'acier, avec des jardins paysagers et deux piscines circulaires entourant l'édifice. Le dossier, d'une cinquantaine de feuillets, contenait le titre de propriété. Celle-ci comportait un ensemble immobilier de deux mille mètres carrés sur trois étages avec dépendances, et dix mille mètres carrés de terrain, prairies et bois, qui s'étendaient jusqu'au fleuve. Juliette se demanda si, finalement, Gérard ne s'était pas engagé dans le projet d'œnotourisme. Mais, en feuilletant les pages suivantes, elle fut vite convaincue du contraire. Des documents géologiques attestaient que la cave coopérative avait été construite sur les fondations de thermes romains alimentés par des sources proches. On prenait les eaux à cet endroit dès l'Antiquité ! Au début du XXe siècle, un projet de rénovation avait vu le jour avant d'être abandonné au profit d'une cave coopérative. D'après les documents que Juliette découvrait, les sources existaient encore, elles traversaient des couches de granit et coulaient quelque part dans les bois, à proximité. L'idée de Gérard lui apparut incroyable, démesurée, mais lumineuse : restaurer les thermes !

Au premier coup de klaxon des déménageurs, elle appela Nicolas et changea leurs plans.

— Ne viens pas m'aider à déballer les cartons. Retrouvons-nous plutôt dans trois heures à l'ancienne cave coopérative. Je viens d'en récupérer les clés !

Ils s'engagèrent dans l'allée principale qui conduisait au bâtiment désaffecté et se trouvèrent plongés dans un tunnel végétal. La route avait dû être assez large pour des véhicules industriels, mais elle se réduisait maintenant à un passage encombré de ronces et de fougères. L'herbe des pelouses n'était plus qu'un lichen racorni par le gel. Des sentiers à peine visibles menaient de part et d'autre de la bâtisse à des constructions annexes, qui semblaient sur le point de s'écrouler avec leurs fenêtres aux carreaux brisés, leurs murs lézardés, leurs portes en partie dégondées qui battaient au vent.

Après s'être équipés de torches, Juliette et Nicolas gagnèrent l'édifice principal. On y accédait par une double volée de marches usées. La porte, gonflée par l'humidité, résistait, il fallut les solides coups d'épaule de Nicolas pour l'ébranler et la débloquer. Une galerie, distribuant plusieurs pièces, courait autour d'une grande salle où des barriques étaient entreposées en désordre. Une odeur de moisi, mêlée aux relents de vin aigre, leur sauta aux narines. Mais cette salle d'honneur avait conservé de superbes ornements d'époque. Des murs recouverts de céramique blanc et bleu, et une toiture aux armatures en fonte fixées avec des rivets, dans le style Baltard, avec un puits de jour et des verrières ouvrant sur le ciel. Juliette et Nicolas poursuivirent leur exploration, découvrant de nouvelles salles, un enchevêtrement de couloirs et de remises où s'entassaient du mobilier de bureau et du matériel d'embouteillage à l'abandon. Nicolas en resta bouche bée.

— Comment Gérard a-t-il pu acheter une ruine pareille ? Il était devenu fou ?

— Je n'en suis pas si sûre.

Elle lui montra la maquette du bâtiment rénové.

— Il avait l'intention de restaurer cette masure ! Mais pour quoi faire ?

— Cette masure, comme tu dis, est construite sur les vestiges de thermes gallo-romains, et il voulait relancer l'activité thermale.

— De l'eau, ici ? Au milieu des vignes ?

— Des sources. Je t'ai dit qu'il n'aimait pas le vin.

Leurs pas les conduisirent à l'entrée des caves, en sous-sol. Nicolas dut à nouveau jouer des épaules pour ouvrir la porte. L'escalier en colimaçon s'avéra glissant et périlleux. Juliette trébucha, il la rattrapa de justesse et garda une main sur son épaule pour assurer ses pas. Un mince filet de lumière filtrait par des soupiraux.

— Quel bourbier, murmura Nicolas.

Ils avançaient dans une boue noire, un véritable lisier. Les écoulements d'eau avaient creusé des rigoles le long des murs. Des piles de bouteilles stagnaient dans des bacs aux pierres détrempées.

— Regarde, Nico !

La cave se prolongeait sous le bâtiment principal en s'amenuisant, avant de s'ouvrir sur une salle au plafond voûté que soutenaient des colonnes coiffées de chapiteaux ornés de lauriers, de lions et de bustes sculptés. Sur les murs, des pans de mosaïques laissaient deviner un décor de vasques et de fontaines, une étole drapée couvrant une épaule féminine. Ils finirent par s'engager dans un couloir faiblement éclairé par un semblant de jour. Juliette s'appuyait sur le bras de Nicolas.

— J'ai l'impression qu'on va se retrouver dehors.

— Tu fais dans la divination maintenant ?

Il leur restait à franchir une porte métallique aux huisseries rongées par la rouille. Il ne fallut pas longtemps à Nicolas pour faire céder le battant. La porte donnait sur l'arrière de l'édifice, au milieu des bois, et lorsqu'ils sortirent, la lumière les éblouit. Une énorme toile d'araignée s'était prise dans la chevelure bouclée de Juliette et s'étirait jusqu'aux épaules de Nicolas. Elle s'enroulait de l'un à l'autre comme des cheveux d'ange venus des profondeurs du temps pour les rapprocher. Ils voulurent s'en dégager mais leurs contorsions n'aboutirent qu'à resserrer les mailles de l'espiègle filet. Dans ses tentatives, Nicolas referma son bras autour de Juliette. Silence embarrassé. Ils se regardèrent, mi-souriants, mi-attendris. Et soudain, Juliette prit peur. Créer une diversion, vite.

— Heureusement qu'Isabelle n'est pas là !

Tandis qu'ils se débarrassaient des filaments accrochés à leurs vêtements et dans leurs cheveux, elle raconta la phobie de sa fille pour les araignées.

— Si tu savais le nombre de fois où je l'ai trouvée pétrifiée devant une malheureuse petite bête pas plus grosse qu'une pièce de monnaie.

Ils éclatèrent de rire.

Devant eux s'ouvrait un sentier caillouteux bordé d'arbres et de buissons. Des pins élancés jetaient une touche de vert au milieu des ramures nues des frênes et des marronniers. Au fur et à mesure qu'ils avançaient, le chemin devenait plus pentu et il déboucha brusquement sur les ruines d'un théâtre antique. Autour de la scène en demi-lune, des plis de terrain suggéraient la présence de gradins ensevelis sous un fouillis d'herbes sauvages et de fougères déchiquetées par le vent. En surplomb saillaient des blocs rocheux et moussus entre lesquels l'eau jaillissait, ruisselait, perlait dans une fine vapeur.

— Elle paraît chaude.

— Vérifions...

Ils avancèrent avec prudence sur les pierres humides. Nicolas tenait Juliette par la taille tandis qu'elle se penchait vers l'eau, la main tendue.

— Elle est chaude !

Soudain, un rayon de soleil apparut au-dessus du coteau et un rai de lumière embrasa les fougères et les rochers épars, le vent exhalait des odeurs végétales et résineuses en un souffle vivifiant.

Retiré du monde, l'endroit dégageait une impression de paix. Ils restèrent un long moment silencieux et admiratifs.

— Que c'est beau ! Tu ne trouves pas ? murmura Juliette.

— Magnifique. Mais qu'allons-nous faire de tout cela maintenant que Gérard est mort ? Le plus sage serait de reprendre contact avec le Conseil régional en croisant les doigts pour qu'il soit toujours acquéreur.

Juliette ne répondit pas, elle continuait de regarder autour d'elle. Quelque chose la retenait là, dans ce décor onirique et pourtant si paisible. Nicolas, lui, poursuivait son idée :

— Je préférerais remettre la société à flot et respirer un peu !

— Est-ce que tu penses pouvoir attendre jusqu'à la mi-janvier ? Laisse-moi au moins ce temps pour étudier le dossier de Gérard. Après tout, nous ignorons tout de son projet, de ce qu'il avait conçu, et où il en était.

— J'ai rendez-vous avec le banquier le 5 janvier, j'essaierai de négocier un délai en lui présentant le contrat que j'ai en cours.

Juliette, qui n'avait jamais agi par impulsion, ne put y résister à cet instant-là.

— J'ai quelques actifs que je peux réaliser, Nico, je vais te prêter... disons, quarante mille euros, ça t'aidera auprès du banquier. Non ! Je te défends d'ouvrir la bouche pour refuser. Ma fille est aussi partie prenante dans la société, d'accord ?

Il prit sa main et la serra très fort dans la sienne.

— Merci, Juliette.

Bras dessus, bras dessous, ils traversèrent les vestiges du théâtre romain et regagnèrent leurs voitures.

6

S'installer aux Cèdres fut aisé pour Juliette, elle se sentit d'emblée chez elle dans cette maison spacieuse et confortable. De larges baies ouvraient sur la silhouette argentée des épicéas et le dessin majestueux de l'estuaire. Chaque meuble rapporté des Alizés avait trouvé sa place. Les tapis, les rideaux, les bibelots, tout s'agença naturellement.

Ce matin-là, elle retourna sur le terrain de l'ancienne cave coopérative et se laissa charmer à nouveau par la beauté des lieux. Il avait plu durant la nuit, l'air était doux, chargé d'odeurs d'humus et de terre détrempée. Chaussée de bottes en caoutchouc, Juliette gagna le théâtre gallo-romain dont les gradins herbeux semblaient monter à l'assaut du ciel gris. Les nuages étaient si bas qu'ils nimbaient le sommet du promontoire où coulait la source. Elle passa un long moment à la recherche de houx et de fougères pour décorer la maison.

Lorsqu'elle revint aux Cèdres, elle remarqua la présence d'une petite berline blanche, garée près de l'entrée. Malgré les vitres teintées, elle était sûre qu'il y avait quelqu'un au volant. Intriguée, elle fit quelques pas pour s'en approcher, mais le véhicule démarra aussitôt pour s'éloigner en direction du bourg de Saint-Louis.

Juliette avait établi la liste des convives pour le réveillon du nouvel an, Isabelle, Thomas, les Frémont, des amis vignerons et ses anciens colistiers à la mairie de Saint-Louis. Une vingtaine de personnes acceptèrent son invitation. Pleine d'impatience et d'excitation, elle guettait le message d'Erwan annonçant son heure d'arrivée à l'aéroport de Bordeaux. Pour tromper son attente, elle composa le menu, commanda le chapon, les huîtres et prépara elle-même le foie gras et la bûche, succulent mélange de chocolat, de marrons et de gingembre.

Tout était prêt. C'est alors qu'elle reçut l'appel d'Erwan qui annulait son voyage. Elle se servit un verre de vin blanc frais, celui-là même qui portait la griffe de Thomas, et elle s'effondra en larmes sur le canapé au milieu des décorations destinées à la table du réveillon. Elle avait tellement imaginé leur bonheur d'être à nouveau ensemble, ces jours de liberté, ces nuits enfin partagées, mêlées de tendresse et de passion, tant de caresses restaient inachevées, tant d'espoirs déçus. Depuis qu'ils étaient séparés, le désir qu'elle avait de lui s'était encore exacerbé. Mais il ne viendrait pas. Le bonheur, une fois de plus, leur était interdit. Elle vida son verre, vida ses larmes, puis elle se releva.

Il était quatre heures du matin, ce 1er janvier. Les invités étaient partis et Juliette avait remis la maison en ordre. Elle alluma des bougies parfumées pour chasser les odeurs de tabac froid, de parfums capiteux, avant de se préparer un plateau avec une grande tasse de café auquel elle ajouta du lait, une habitude qu'elle avait prise au Canada. Cet appartement de Montréal d'où chaque 31 décembre à minuit elle souhaitait la bonne année à Isabelle, sans la détromper quand celle-ci l'imaginait au milieu d'une joyeuse assemblée, alors qu'elle était seule devant la télévision avec son café au lait. Au moins ce soir avait-elle pu embrasser sa fille, la serrer dans ses bras. Elle était entourée, mais la fête avait été gâchée.

Françoise avait bu, beaucoup trop bu, elle avait passé son temps à dénigrer son mari, sans rien lui épargner. Nicolas à qui tout réussit, qui gagne des élections et emporte des marchés. Et, s'adressant à Juliette :

« Tu n'es pas au courant ? Pas une bonne âme pour te raconter mes déboires ? »

Et elle avait bu encore.

Le couple s'était éclipsé juste après l'échange des vœux, Thomas avait dû aider Nicolas à soutenir Françoise. Gênés, les invités n'avaient pas tardé à prendre congé en exprimant leur plaisir de revoir Juliette. Chez la plupart d'entre eux, ces mots étaient sincères.

Elle ranima le feu dans la cheminée, approcha un fauteuil, et porta à ses lèvres la tasse de café qui avait refroidi. Toute la soirée, elle avait attendu un appel d'Erwan. Cinq heures. Le sommeil la fuirait jusqu'à l'aube, elle aurait une sale tête tout à l'heure pour le déjeuner aux Alizés. Elle se sentait triste, découragée.

Le dossier des thermes était dans le bureau, elle le prit, et se cala dans le fauteuil pour le consulter. Peut-être finirait-elle par s'endormir ?

Elle arriva aux Alizés en fin de matinée et proposa son aide à Isabelle qui attendait une douzaine de personnes. Mais sa fille avait commandé le repas chez un traiteur.

— En revanche, maman, si tu veux t'occuper des vins avec Thomas…

Ils décantèrent les rouges, les goûtèrent, apportant chacun leur commentaire, puis ils vérifièrent la température des blancs et du champagne.

— Tu as des nouvelles de Nicolas ? demanda Thomas.

— Non, heureusement que les enfants étaient chez sa mère, hier soir.

— Je crois, hélas, qu'ils ont l'habitude de ces scènes.

Isabelle et Thomas expliquèrent à Juliette ce que Françoise entendait par ses « déboires ».

— À deux reprises, elle a essayé de monter sa propre affaire, une boutique de vêtements, puis une agence de décoration intérieure, à chaque fois sans succès.

— Et elle en veut à Nicolas, ajouta Thomas, comme s'il était responsable. Il y a un peu de jalousie de sa part. C'est vrai qu'il paraît tellement plus créatif, plus brillant.

— Il ne paraît pas, coupa Isabelle, il l'est !

Juliette sourit, les affirmations péremptoires de sa fille... Elle croisa le regard amusé de Thomas.

Les invités étaient tous de la génération de sa fille, des amis d'université surtout. Ils buvaient sans façon, demandaient des sodas quand le vin attendait dans les carafes, riaient beaucoup. Juliette répondait à leurs questions, ils voulaient tout connaître de Montréal. Alors qu'elle avait si peu envie d'en parler. Puis quelqu'un orienta la conversation sur les prochaines élections municipales. Thomas dit qu'il était heureux d'y participer.

— C'est un honneur pour moi qui habite ici depuis si peu de temps, je ne vais pas bouder mon plaisir.

Juliette jeta un coup d'œil vers sa fille et vit le sourire affectueux qu'elle adressait à Thomas. Ainsi, elle acceptait son engagement. Juliette se dit que c'était le plus beau cadeau qu'elle aurait reçu durant ces fêtes.

Elle s'échappa au moment du café, laissant ces jeunes gens à leurs histoires et à leurs rires.

Elle repassa chez elle, se rafraîchit et changea de tenue. Elle avait les traits tirés et les yeux légèrement bouffis. Décidément, les nuits blanches, ce n'était plus de son âge ! Pour chasser l'ennui, elle décida d'aller à l'entreprise et prit le dossier des thermes que Gérard avait conservé à son domicile.

En quittant Les Cèdres, elle avait glissé dans sa voiture le tableau qu'elle voulait offrir à Erwan. Il prendrait place dans son nouveau bureau.

Sur le parking de la société Courson-Frémont, elle aperçut la voiture de Nicolas et le retrouva devant ses dossiers.

— Tu travailles aujourd'hui ?

— Le dossier Sogepa. Je n'ai pas droit à l'erreur face au banquier la semaine prochaine.

Elle lui fit la bise et le prit par l'épaule.

— Ça va, Nico ?

— Oui, les enfants sont restés chez ma mère, et Françoise se repose. J'ai fait du café, tu en veux ?

Elle avait du mal à surmonter la fatigue causée par sa nuit blanche. Elle disposa les tasses tandis qu'il prenait un paquet de sablés au chocolat dans le bureau de la secrétaire.

— Je n'ai pas mangé à midi, dit Nicolas.

— Et moi, très peu. Isabelle avait choisi un menu exotique chez le traiteur. Les magrets fumés accompagnés de gelée de litchis, ma foi… Même en rentrant d'Amérique…

Il fit semblant de s'apitoyer, et tous deux s'esclaffèrent. Le café était délicieux, les sablés croustillants.

— Je suis désolé, Juliette, j'ai bien peur que Françoise n'ait gâché ta soirée.

Mais c'était une autre femme, de l'autre côté de l'océan, qui l'avait gâchée bien avant.

— Laisse tomber, Nico, vous étiez là, Isabelle, Thomas, et toi. Au moins, je n'étais pas seule.

Il l'interrogea du regard. Elle se servit une autre tasse de café, reprit un sablé et pensa qu'il saurait l'écouter, lui.

Il ne la quitta pas des yeux tandis qu'elle racontait son arrivée à Montréal, la maladie de Karen, son repli dans cet appartement qui ressemblait à une bonbonnière.

— Au début, j'ai cru affronter la première dépression de ma vie, toutes ces heures à me réfugier dans les bibliothèques, les livres empruntés à la chaîne, les promenades en solitaire dans les musées, les magasins où déambulaient des gens bêtement heureux. Et mes soirées musique apaisantes et pathétiques.

Il lui avait pris la main. Imperceptiblement, son bras vint l'entourer, les rapprochant tous deux.

— C'est le travail qui m'a sortie du trou, après ma rencontre avec Gary Stafford, le beau-frère de notre importateur de vins. Je me suis immergée dans les livres de comptes de huit à onze heures par jour avec un bonheur que je te laisse imaginer. D'autant que les finances, c'était nouveau et passionnant. Sans le décès de Gérard, je ne sais pas si je serais revenue.

Elle sentait le bras de Nicolas autour d'elle, percevait sa respiration, comme un souffle léger dans le silence. Mais à cet instant, son esprit s'était tourné vers le projet de son ex-mari. Durant sa longue nuit d'insomnie, l'étude du dossier l'avait transportée, ressuscitant la vision des thermes gallo-romains. Elle avait laissé divaguer son imagination.

— Tu sais que son idée de thermalisme n'était pas si extravagante.

Se dégageant du bras de Nicolas, elle s'empara du dossier qu'elle avait apporté.

— J'ai découvert des éléments passionnants dans le préambule historique. Jusqu'à la fin de l'Empire romain, l'activité thermale était florissante. Les fouilles du XIXe siècle ont permis d'exhumer des éléments de piscines en marbre près du théâtre de verdure. D'après certains vestiges, une galerie à colonnades et double chapiteau menait à un temple dédié à Mercure.

Nicolas se pencha vers les feuillets imprimés pour lire à son tour.

— Des restes de bas-reliefs avaient été répertoriés à l'époque. Nous n'avons rien vu de tout cela l'autre jour. Et ce sanctuaire dont il est fait mention ?

Ils échangeaient les documents, lisaient en silence. Les invasions barbares avaient précipité le déclin des thermes, mais les sources avaient continué de couler pendant des siècles.

La restauration avait débuté en 1920, en pleine vogue du thermalisme, alors qu'à la même époque naissait en Gironde le mouvement coopératif viticole. Les travaux de réfection avaient été interrompus pour laisser place à un bâtiment destiné aux exploitants du cru. On l'avait agrandi à plusieurs reprises jusqu'à son complet abandon.

Leurs pieds se heurtèrent.

— Oh pardon…

— Non, c'est moi…

Elle lui montra les photos illustrant la transformation de l'édifice en établissement thermal, avec un casino et un centre de conférences aménagés dans les parties annexes. Les plans prévoyaient la création d'un parc thermal avec promenade de santé et parcours de golf en lisière du bois.

— Il avait déjà recensé les organismes officiels pour l'analyse des eaux et les déclarations d'utilité publique.

— Mais où pensait-il trouver l'argent ?

— Tu le connaissais, c'était un financier, il n'avançait pas ses pions au hasard. Nico, je veux étudier la faisabilité du projet.

Le regard inquiet de Nicolas se posa sur le dossier. Les échéances… Son rendez-vous avec le banquier. Elle devina ses pensées.

— Il s'agit juste d'une étude, rien de plus. Tu auras l'argent que je t'ai promis, il sera disponible mercredi. Et je resterai le temps qu'il faudra pour t'aider à sauver l'entreprise.

Depuis qu'elle lui avait avoué la vie qui était la sienne au Canada, il comprenait pourquoi elle n'était pas impatiente de repartir. Il s'apprêtait à la remercier une fois encore, mais le téléphone l'interrompit. En voyant le numéro s'afficher, il décrocha aussitôt.

— Françoise ? Tu t'es bien reposée ?

À l'autre bout du fil, Françoise restait muette. Elle se sentait mal, la tête bloquée dans un étau. Au-dessus de la console, le miroir lui renvoyait un visage ravagé. Elle avait appelé car elle s'inquiétait pour les enfants.

— Ils sont chez ma mère, tu ne te rappelles pas ?

Non, elle ne se rappelait pas. Elle se souvenait seulement d'avoir maudit cette soirée chez Juliette avant même qu'ils ne s'y rendent. Elle savait qu'elle avait bu, qu'elle n'avait pas pu s'en empêcher malgré ses résolutions, malgré la promesse faite à son mari. Elle avait dû trop parler, comme d'habitude. Maintenant, c'était le trou noir, les nausées, les remords. Le combat reprenait.

— Tu ne te sens pas bien, Françoise ?

Comment pourrait-elle se sentir bien avec ce dégoût d'elle-même, ce mal-être qui ne se dissipait qu'avec l'alcool ?

— Je ne sais pas.

— J'arrive.

En raccrochant, il sembla blessé, abattu.

— Rentre vite, lui glissa Juliette.

Elle l'encouragea d'un sourire. Il prit soudain conscience du réconfort que lui procurait sa présence, de ce regard bienveillant qui les liait depuis l'enfance.

Après le départ de Nicolas, Juliette accrocha le tableau dans son bureau à la place de la pendule. Elle pensa au peintre, à ses toiles si expressives et si troublantes. « Erwan… » Elle répétait ce prénom en silence, le perdait avec son souffle. Erwan avait sa place auprès d'elle, dans cette maison, et il n'était pas venu. Son absence la laissait désemparée.

Ils n'avaient jamais réellement vécu ensemble. En Gironde, ils avaient chacun leur demeure et, à Montréal, ils en étaient encore aux affres délicieuses des amours naissantes. Combien d'heures perdues à désirer sa venue, à quêter ces miettes de bonheur ? Si au moins cette attente pouvait affaiblir son amour. Elle se souviendrait longtemps de son sourire, elle en ferait le reflet de ce qui aurait pu être et qui n'arrivait jamais, et elle finirait par oublier. Mais elle l'aimait toujours autant.

Étrangement, cette pensée lui insuffla un élan nouveau. Elle avait déjà vécu cela au Canada, après les premières semaines de désœuvrement, ce besoin subit, impérieux, de bouger et d'agir. Elle se replongea dans le dossier des thermes.

7

Les enfants avaient beau se tenir à carreau et Nicolas veiller à tout, le petit déjeuner restait le moment le plus périlleux. Il suffisait d'un rien pour qu'éclate une scène et, de jour en jour, l'ambiance se détériorait. Françoise brûlait les toasts, renversait le sucre, quand elle ne bousculait pas le chien. Sa tenue était de plus en plus négligée, une robe de chambre en tissu-éponge fané, des cheveux dont les racines attendaient une coloration, des ongles au vernis écaillé.

Elle demanda à son mari s'il passerait la journée à l'extérieur.

— J'ai une série de rendez-vous, et ça se terminera par une réunion du conseil municipal ce soir.

Elle se leva un peu brusquement, fit grincer les pieds de la chaise en la repoussant, mais elle s'abstint de récriminer encore. La journée serait longue, si longue à traverser.

— Veux-tu que je prévienne ma mère pour la sortie de l'école ?

— Non, ça ira.

Après leur départ, elle rangea la vaisselle, nourrit le chien. Elle devait cesser de boire, elle devait se contrôler. La litanie que lui répétaient son mari, sa sœur, sa mère : « Boire ne fait qu'aggraver ta dépression. » Cette déprime latente qui la minait depuis toujours, ces pensées qu'elle ressassait indéfiniment. Et ces désillusions qui lui rendaient l'avenir insupportable. Fille d'un brillant physicien, elle était devenue la femme du maire. Toujours dans l'ombre, à côté. Elle avait cherché à conquérir son indépendance, à se réaliser dans un domaine qui serait le sien, et elle n'avait rencontré que des échecs. Plusieurs fois, elle avait essayé de reprendre sa place auprès de Nicolas, de tenir le rôle que l'on attendait d'elle, mais il y avait ces regards qui lui faisaient honte. Tous ces rêves qu'elle avait peu à peu étouffés. Le devoir, le bien, le mal avaient cessé de figurer des repères quotidiens pour devenir des abstractions. Et Nicolas qui ne comprenait pas. Toujours actif, aimable, content de son sort, et toujours à se dépenser pour les autres sans jamais, au fond, penser à elle.

Les premiers verres de vin qu'elle avait bus en douce pour se donner du courage… L'anxiété qui s'estompait comme par magie, la sensation de tout maîtriser. La vie devenait si facile dans l'étourdissement. Elle haranguait un auditoire imaginaire, le fan-club de Nicolas, le représentant de la chambre de commerce, de sa banque, parce qu'un jour, bien sûr, elle se lancerait à nouveau dans les affaires. Et elle parlait, parlait... Au chien qui la considérait d'un œil morne, à l'horloge qui l'approuvait de ses battements. Puis venaient les effets pervers, nausées, migraines, agressivité. Arrêter, ne plus se donner en spectacle, protéger les enfants. Et d'abord, jeter ces bouteilles...

Il était à peine dix heures et demie, et cette interminable journée d'hiver la mettait au défi. Elle avait si peur du vide, elle allait perdre pied. Un verre, rien qu'un verre...

Du plus loin que Juliette s'en souvienne, février était un mois glacial et pluvieux dans la région. Celui-ci ne dérogeait pas à la règle. Une alternance de jours froids et brumeux, suivis d'orages et de trombes d'eau qui transformaient le vignoble en un immense champ de boue. Depuis plusieurs semaines avait débuté la taille de la vigne, et c'était un art de sculpter les ceps, choisir les sarments qui porteraient les grappes, éliminer les branches inutiles. Les employés saisonniers emboîtaient le pas aux tailleurs, arrachant les bois secs. Les uns étaient assemblés en fagots destinés aux barbecues et grillades. Les autres, entassés au milieu des rangs, étaient broyés et mêlés à la terre. Juliette observait de loin ces travaux qu'elle n'avait plus à superviser, réalisant combien tout cela lui était devenu indifférent.

Elle avait déjà imprimé sa façon de travailler à l'entreprise Courson-Frémont. Elle arrivait tôt, partait tard, fuyait les repas d'affaires, se contentant pour déjeuner d'un sandwich à la volaille, accompagné d'un thé qu'elle laissait toujours refroidir sur le coin de son bureau. Elle courait après le temps, le dépassait parfois.

Après le départ du personnel, elle retrouvait Nicolas, ils prenaient un verre, faisaient le point de la journée. Juliette avait reçu les résultats du laboratoire qui avait effectué les prélèvements et les analyses des eaux de la source. Riches en bicarbonate, chlorures, sulfate, elles présentaient un excellent potentiel dans le traitement de certaines pathologies du foie et des reins. En outre, leur forte teneur en magnésium et calcium permettait d'envisager des soins décongestifs et sédatifs très intéressants pour les patients en surpoids.

Forte de ces données, Juliette avait rencontré le docteur Christophe Paulin, le responsable du cabinet médical qui avait remplacé Jean-Pierre Deltec, son ami d'enfance. Séduit par l'idée de créer un centre de thermalisme à Saint-Louis, le médecin se montra néanmoins prudent, il fallait procéder à des tests d'efficacité pour s'assurer que l'eau possédait bien ces vertus thérapeutiques.

— Les cures thermales sont dans le collimateur des gestionnaires de la Sécurité sociale. Résultat, les conditions d'obtention du décret d'utilité publique sont de plus en plus draconiennes. Mais qui ne tente rien n'a rien.

Paulin avait promis de contacter les organismes médicaux officiels. Mais la démarche la plus difficile fut de rencontrer le banquier pressenti par Gérard pour soutenir le projet. Juliette obtint un rendez-vous informel, sans remise de dossier, juste pour en discuter. Elle avança l'appui des collectivités locales. Un peu vite, mais leur concours lui semblait évident.

Or ce matin-là, Juliette et Nicolas avaient rendez-vous au Conseil régional. Ils roulaient lentement, prisonniers des embouteillages sur le pont d'Aquitaine. Juliette réprima un bâillement, puis un autre. Elle semblait avoir l'esprit ailleurs.

— Je me trompe ou tu es soucieuse ?

— Non, fatiguée, je dors très mal. Un imbécile m'appelle toutes les nuits sur le téléphone fixe. Aucun numéro ne s'affiche. À chaque fois je demande qui est à l'appareil, j'entends un souffle, une respiration pesante comme celle d'un asthmatique, et ensuite ça raccroche.

— Tu devrais peut-être prévenir la gendarmerie.

— J'ai ma petite idée. Mon père et mon frère ont certainement appris mon retour. Et ils ont trouvé un moyen de m'empoisonner la vie.

— Tu es sûre que ça vient d'eux, ces plaisanteries stupides ?

— Oh oui ! Et tant qu'ils se cantonneront à cela, je ne me plaindrai pas. Au moment de régler la succession de ma mère, ils m'ont prouvé de quoi ils étaient capables.

— Pourquoi ne décroches-tu pas ton téléphone ?

— Le réseau de mon portable n'est pas très bon au milieu des bois. Et avec le décalage horaire, Erwan m'appelle souvent très tard.

Au Conseil régional, Juliette et Nicolas se laissèrent guider par un appariteur dans le dédale feutré des salons d'apparat et des couloirs moquettés. L'immeuble imposant se dressait au cœur d'un quartier moderne, un de ces ensembles sur dalle où le vent s'engouffrait en hiver par les coursives et les allées vides de piétons. Ils étaient attendus par le directeur adjoint des services économiques qui les fit patienter vingt minutes avant de les recevoir.

— Jérôme Valès. Entrez, je vous en prie. Asseyez-vous.

Brèves poignées de main. Ils avaient affaire à un énarque grand teint, en uniforme de technocrate, costume rayé bleu marine, chemise oxford, et des mocassins noirs qui battaient la mesure quand l'interlocuteur prenait trop de temps à formuler ses doléances. Sourire courtois, mais dans les yeux resserrés et sombres, l'assurance du pouvoir. D'emblée, il affecta d'ignorer Juliette, ne s'adressant qu'à Nicolas :

— Vous m'avez devancé, monsieur le maire, en sollicitant ce rendez-vous.

Il fit glisser le dossier posé dans l'angle de son bureau et l'ouvrit.

— Nous avions déjà pris contact avec votre associé qui venait d'acquérir un terrain situé sur votre commune. Entre les grottes des Aubiers et l'estuaire, pour être précis.

— Le terrain de l'ancienne cave viticole, oui.

— Le Conseil régional avait fait une proposition de rachat à M. Courson, vous êtes au courant ?

Nicolas acquiesça, et Jérôme Valès déroula alors son argumentaire :

— Voyez-vous, la Région entend conduire un grand projet, un projet structurant centré sur l'œnotourisme afin d'aider au développement viticole des deux rives. Vous n'êtes pas sans savoir que la filière connaît de graves problèmes de commercialisation. Tout doit être mis en œuvre pour optimiser le potentiel de rentabilité de notre terroir, en particulier à l'export.

Le ton était condescendant, le jargon bureaucratique, et la voix cassante. Juliette avait peine à contenir un sourire narquois. Elle avait déjà pratiqué des importants de son espèce quand il lui fallait quémander des subventions pour la commune.

— Toutes les collectivités territoriales, CCI, CG, DER, et les syndicats viticoles seront partie prenante. Ce programme d'œnotourisme verra les circuits de visite partir du Blayais et rejoindre le Médoc via le bac de l'estuaire. Ces circuits pourront s'étendre vers les Graves et le Sauternais. La Région souhaite promouvoir les appellations du département, sans faire de jaloux. Exploitants et collectivités piloteront le projet au bénéfice de tous. En somme, du gagnant-gagnant.

— En quoi ce terrain vous est-il indispensable ? intervint Nicolas.

L'énarque croisa les mains et se pencha légèrement en avant. Il devait se montrer pédagogue.

— Du fait de sa localisation, proche de l'embarcadère. Ce site devrait accueillir les équipements moteurs du projet, centre d'affaires, école du vin, lieux d'exposition et de stages de dégustation. Nous allons tripler la capacité hôtelière de la rive droite en y implantant des établissements haut de gamme, des boutiques, un pôle de conférences, un golf. Et il se trouve que la commune de Saint-Louis offre toutes les infrastructures souhaitables, une gare ferroviaire et une bretelle d'autoroute qui place l'aéroport de Bordeaux-Mérignac à trente minutes.

Juliette et Nicolas se regardèrent, pris de court par la tournure de l'entretien. Ce fut Juliette qui monta au créneau. Connaissant mieux le dossier que Nicolas, elle parla sans détour du but de leur visite. Les thermes qu'elle présenta comme un vecteur de développement économique non moins pertinent, et qui avait l'avantage de diversifier les activités locales. Son exposé fut rapide, concis. Lorsqu'elle se tut, un silence s'installa dans le bureau.

Visiblement contrarié, Jérôme Valès se racla la gorge.

— Je ne comprends pas, madame, vous qui êtes propriétaire d'un grand domaine, comment pouvez-vous cautionner de telles divagations ? Promouvoir de l'eau dans une région vouée par tradition au vin ?

Juliette nota qu'il l'avait ignorée tout en sachant très bien qui elle était.

— Vous avez vous-même fourni les éléments de réponse en évoquant les problèmes de la viticulture. Bien que je ne sois pas d'accord sur les raisons de cette crise.

— Tiens donc !

En un éclair, elle mesura son mépris.

— Je suis née dans le milieu viticole, j'y ai vécu cinquante ans, je pense sans prétention le connaître mieux que vous. Les difficultés ne sont pas liées à l'incompétence des vignerons en matière de marketing, mais à deux facteurs conjugués : une surproduction mondiale que nous ne maîtriserons jamais dans les pays émergents, et une baisse ininterrompue de la consommation. Je soutiens que la diversité est nécessaire dans notre région. L'eau est un projet d'avenir.

Valès les considéra l'un et l'autre avec dureté.

— J'espère que vous êtes conscients qu'un tel projet est voué à l'échec sans l'appui de la collectivité, sans subventions. Je vous propose de réfléchir encore.

Il se leva, les précéda jusqu'à la porte.

— Pensez à tous les avantages financiers pour votre commune. Nous nous engagerons à soutenir tous vos projets dans l'avenir. Je pense que nous devons avancer ensemble. S'opposer à la volonté des instances régionales n'amènera rien de bon.

Le sang de Juliette se mit à bouillir.

— Ce n'est pas un chantage, tout de même ?

Il la gratifia d'un sourire vipérin.

— Faites-moi la grâce, madame, d'y voir un conseil guidé par le seul souci de l'intérêt général. À très bientôt, j'espère.

Dans le trafic redevenu fluide malgré la pluie diluvienne, Juliette et Nicolas décortiquaient leur entretien avec Jérôme Valès. Nicolas émit à nouveau l'hypothèse selon laquelle il valait peut-être mieux vendre ce terrain, mais Juliette s'insurgea :

— Ah non, on ne va pas caler au premier obstacle ! Parce qu'il y en aura d'autres.

— Mais le banquier ne suivra pas sans être assuré d'un partenariat avec la Région, et tu as entendu ces menaces à peine voilées, tout à l'heure.

— Si je ne m'étais pas retenue, je l'aurais giflé, ce crétin.

Il tourna les yeux vers elle et pour la première fois elle lui apparut autrement que l'amie d'enfance avec laquelle il avait joué et s'était querellé. Au bureau, il avait remarqué ce ton d'autorité lorsqu'elle s'adressait aux assistants : « Trouvez-moi ce contrat... Cherchez sur Internet les sites des stations thermales... Veillez à les transférer sur ma boîte en fin d'après-midi au plus tard... », avant de marquer un temps et d'ajouter : « Merci. »

— Est-ce que je t'ai dit à quel point j'étais heureux de travailler avec toi ?

— Au moins cent fois !

— Alors, je te le répète pour la cent unième fois. Tu as l'art de laisser entendre que rien n'est impossible. Pardonne-moi ce cliché mais avec toi, je me sens la force d'abattre des montagnes ! Tiens, si tu m'accompagnes, je pars à la conquête de l'Everest.

— Prends garde, dans deux minutes tu vas me faire la cour...

— J'ai beaucoup de mal à m'en empêcher... Je t'invite à déjeuner ?

— Avec joie, quelque chose de chaud, et de bien consistant, avec un apéritif un peu fort.

— Je connais un restaurant qui propose le meilleur bœuf en daube de tout le Sud-Ouest, qu'en dis-tu ? Et pour commencer, un whisky ?

— Pas mal, approuva-t-elle en rajustant sa ceinture de sécurité.

L'averse avait cessé quand ils abordèrent le pont d'Aquitaine. C'est alors que Juliette aperçut en contrebas les entrepôts de presse.

— J'ai la solution, Nicolas, les médias ! Ce sont nos meilleurs alliés.

8

Les jours suivants, plusieurs messages émanant du Conseil régional parvinrent à la mairie de Saint-Louis et aux établissements Courson-Frémont. Jérôme Valès n'avait pas l'intention de lâcher prise. Il faisait passer des appels par ses services à tout propos. Juliette avait répondu la première fois, puisqu'elle avait la charge du dossier des thermes, mais ses correspondants ne souhaitaient avoir affaire qu'à Nicolas. Pour eux, le seul interlocuteur était l'élu en charge de la commune. Dès lors, Nicolas et Juliette mirent au point la parade. Quand des fonctionnaires de la Région demandaient à parler au maire, la standardiste leur signifiait qu'il était en réunion ou absent. Au bout d'une semaine, le harcèlement cessa.

Nicolas avait signé le contrat avec la Sogepa, de quoi renflouer provisoirement la trésorerie de l'entreprise. Rasséréné et gagné par l'ardeur de Juliette, il lui laissa les coudées franches pour monter le projet thermal.

Après sa première rencontre avec le docteur Paulin, Juliette prit l'habitude de le voir régulièrement. Au fil du temps, ils affinèrent leurs idées, et en arrivèrent à la conclusion qu'à défaut d'établissement thermal, si l'autorisation leur était refusée, ils avaient les atouts pour ouvrir un centre de thalassothérapie. Christophe Paulin contacta alors plusieurs de ses confrères et leur exposa ces projets qu'il qualifiait lui-même de « dingues mais géniaux ». Jamais à court d'arguments, il se montra si convaincant que le corps médical, après l'avoir écouté avec intérêt, partagea son enthousiasme.

Dans son bureau, au quotidien régional *L'Aquitaine*, Blandine Clément venait de boucler sa copie. Cinq feuillets à relire et corriger avant l'envoi au chef d'édition. Le sujet : bilan annuel des exportations des vins de Bordeaux et perspectives. Comme d'habitude, il lui manquait le titre. Et comme d'habitude, elle devrait batailler avec les maquettistes pour qu'ils ne coupent pas le texte d'introduction, en tête de l'article. Chargée de la chronique économique et sociale, elle se documentait aux meilleures sources, sans se prendre pour une journaliste d'investigation alléchée par les scandales. Avant d'entrer au journal, elle avait travaillé dans une agence de presse, en poste à Londres et à Berlin, puis dans un grand quotidien du soir. Lors d'un congé sabbatique pris pour rédiger un ouvrage, elle avait découvert que la vie en province lui convenait davantage que le stress parisien. Elle ne courait plus, n'avait plus à expédier ses textes en catastrophe et rêvait, à ses heures perdues, de se reconvertir dans la critique gastronomique. Elle en était à peaufiner la conclusion de son papier quand un coup de fil de l'hôtesse d'accueil lui apprit l'arrivée de son rendez-vous.

— Merci, Corinne. Tu peux la faire monter.

Juliette Leroux lui avait demandé un entretien, et cette visite l'intriguait. Quand Juliette entra, Blandine l'accueillit avec sa chaleur coutumière, lui proposant un siège et, dans la foulée, un jus de fruits, café, eau minérale... Juliette s'en tint à un gobelet d'eau. Son interlocutrice avait la quarantaine, un regard franc, des cheveux blond platine coupés court. Un peu rondelette, habillée sobre et chic. Le bureau était fonctionnel, avec l'ordinateur, deux téléphones à portée de main, une bouteille d'eau. Et le portrait de deux enfants, une fille et un garçon, aussi blonds que leur mère. Autour de la pièce régnait un fouillis de dossiers qui semblaient néanmoins répondre à un agencement précis dans leur désordre apparent.

— Je vous avoue que je suis assez émue de vous rencontrer, Juliette – on s'appelle par nos prénoms ? –, je connaissais bien votre sœur, Fabienne, et j'avais beaucoup d'admiration pour elle. C'était une journaliste hors pair.

— Cela lui a coûté la vie.

Blandine hocha la tête d'un air navré.

— Une affaire horrible. J'ai couvert le procès de son assassin à l'époque, il a montré une telle arrogance pendant les auditions que le jury l'a pris tout de suite en aversion. Et ça lui a valu vingt ans, confirmés en appel.

Juliette vida le gobelet et garda le silence un long moment. Ces événements avaient causé tant de malheur dans sa famille. Et puis, il y avait autre chose qu'elle avait enfoui en elle et dont le souvenir l'accablait. Blandine perçut sa tristesse.

— Et si nous évoquions l'objet de notre rencontre ?

Juliette sortit son dossier et se mit à parler des thermes. L'attention de Blandine se focalisa aussitôt sur le projet et Juliette, encouragée, lui donna tous les détails. La source, la maquette, et les activités annexes.

— Nous avons découvert qu'à l'époque gallo-romaine, il existait un jardin de plantes médicinales. Nous allons le recréer.

— Mais êtes-vous sûre des vertus curatives de cette eau ?

Juliette montra les résultats des analyses et leurs applications hydrothérapiques : l'eau en cure orale, en massage, cataplasmes de boue...

— Très intéressant. Puis-je cependant me faire l'avocat du diable ? Le thermalisme n'a plus la cote auprès des pouvoirs publics. Il coûte cher, et on dénonce régulièrement les abus. Vous ne craignez pas que l'on vous refuse le droit d'ouvrir un établissement thermal de plus ?

Juliette expliqua qu'ils avaient d'ores et déjà envisagé une alternative, un centre de thalasso.

— Mais ce serait un pis-aller. Croyez-moi, ce projet de thermes est viable. Nous avons l'intention d'aller au-delà de la seule cure d'amaigrissement. Avec les plantes médicinales en complément de traitement, pourquoi ne pas envisager des cours de nutrition afin de changer les habitudes alimentaires ?

Blandine posa les mains sur ses hanches pour signifier, avec un sourire amusé, qu'elle les trouvait un peu trop rondes à son goût, et ajouta :

— Quand s'inscrit-on ? Je suis partante !

Juliette rit de bon cœur. L'instant d'après, ayant recouvré son sérieux, la journaliste demanda :

— Je ne doute pas de votre détermination à faire aboutir ce projet, il peut en effet dynamiser l'économie de la région, mais... Qu'attendez-vous de moi ?

Juliette avait décidé de lui faire confiance. Elle rapporta le détail de leur rencontre avec Jérôme Valès, au Conseil régional. Blandine avait déjà eu affaire au personnage dans ses enquêtes et ne l'estimait guère.

— Si j'ai bien compris, vous êtes propriétaire du terrain à titre privé ?

— Pas moi, je représente ma fille, qui partage cette acquisition avec M. Frémont.

— Alors, il faut foncer, Juliette ! Je vais proposer ce sujet en conférence de rédaction dès demain matin, et on sort le papier avant la fin de la semaine. Comptez sur moi.

Le temps se mesurait en journées un peu plus longues, un peu plus douces, et pourtant l'hiver s'accrochait. C'était une de ces matinées de mars grises, brumeuses, de celles où le ciel est si bas qu'il semble caresser les vignes. Cette terre de Gironde avait engendré un miracle. Les dépôts millénaires d'alluvions, leur sédimentation par couches successives, avaient créé ce terroir qui offrait une saveur exceptionnelle aux vins, un goût d'épices douces avec, au nez, un parfum de fruits noirs et de réglisse. Isabelle essayait d'en expliquer l'alchimie à un groupe d'importateurs chinois. Quand elle hésitait sur un mot en anglais, Thomas volait à son secours. Il en savait presque autant qu'elle sur le fonctionnement de la propriété. D'ailleurs, il prit le relais pour parler de « ses cuvées ». Isabelle l'écoutait, l'approuvait, tout à son bonheur d'être dans ce monde qu'elle avait fait sien.

Les Chinois repartirent dans leurs limousines. Elle regarda s'éloigner le convoi. Une seule ombre entachait sa quiétude : quels avaient été les motifs réels du départ de sa mère ? Cette question la taraudait. Durant des années, de longues années passées à affirmer son indépendance, elle n'avait cessé de repousser l'affection tentaculaire dont l'entourait sa mère. Poussées de fièvre, sautes d'humeur, chagrins d'amour... Elle ne lui avait rien épargné, adolescente.

Et pourtant, elle devait reconnaître que sa mère lui manquait. La première étape était d'apaiser leur relation, de lui parler. Elle entra dans la maison, se rendit dans le grand salon et décrochait le téléphone quand son regard tomba sur le journal que Tonia avait déposé sur la table basse. Un long papier occupait le bas de la première page. Son titre : LE MIRACLE DE LA SOURCE À SAINT-LOUIS EN BLAYAIS. Isabelle parcourut des yeux le chapeau qui résumait l'article : « Après la découverte d'une source qui alimentait des thermes romains sur le terrain de la coopérative viticole désaffectée, Juliette Leroux, l'ancien maire de Saint-Louis, nous parle d'un projet fabuleux pour l'avenir de la région : un centre de thermalisme. »

Dix minutes plus tard, Isabelle faisait irruption dans le bureau de sa mère.

— Tu peux m'expliquer cette plaisanterie ? demanda-t-elle en jetant le journal devant elle.

— Bonjour, ma chérie. Eh non, ce n'est pas une farce, c'est un projet tout ce qu'il y a de sérieux.

— Tu as mesuré les conséquences ? Ça va à l'encontre de nos stratégies de développement viticole.

— Je ne vois pas pourquoi. À mon avis, c'est complémentaire.

— Ah bon ? Tu as l'intention de mettre de l'eau dans ton vin ?

Juliette ignora le ton narquois.

— Je veux dire complémentaire dans la diversité. À terme, la vigne et le vin ne feront pas vivre tout le monde, alors explorons d'autres voies.

— Et tu as trouvé ça toute seule ?

Juliette se renversa dans son fauteuil et joignit les mains. Elle se surprenait à sourire tout en se disant que ce n'était sûrement pas l'attitude à adopter.

— J'ai quelques années de plus que toi, ça aide dans le discernement.

— Tu appelles ça du discernement ? Moi, j'appelle ça une trahison ! Nous sommes plusieurs jeunes vignerons à tout miser sur ce pôle d'œnotourisme.

— La Gironde est vaste ! Il y a d'autres endroits pour l'installer, ce pôle. Tandis que la source, c'est ici qu'elle coule !

— Tu te rends compte que tu vas te mettre les collectivités à dos ?

— Je crois que c'est déjà fait.

— Mais tu es folle, maman, complètement folle ! Je ne te laisserai pas faire.

— Je ne vois pas comment tu peux m'en empêcher, tu m'as assez dit que l'héritage de ton père ne t'intéressait pas.

— Je peux changer d'avis !

— Moi aussi, ma chérie, par exemple en ce qui concerne la direction des Alizés.

Isabelle fixa sa mère comme si elle ne l'avait jamais vue auparavant.

— Finalement, tu aurais mieux fait de rester où tu étais ! cria-t-elle en sortant.

La nouvelle fit le tour du canton en quelques heures. À Saint-Louis, on ne parlait plus que de la source et des thermes. L'effervescence des premiers instants avait laissé place à des sentiments contradictoires. En ville, l'atmosphère devint pesante. Des centaines de télécopies, de mails arrivaient à la mairie, à la société Courson-Frémont et même aux Alizés. À l'hôtel de ville, les standardistes étaient débordés d'appels. D'emblée, deux clans se formèrent, les partisans d'un projet novateur, qui plus est respectueux de l'environnement, et les opposants, pour lesquels l'avenir ne pouvait passer que par la vigne. Les médias régionaux avaient repris l'information et voulaient en savoir davantage. Sur les conseils de Blandine Clément, Juliette et Nicolas organisèrent une conférence de presse.

Avec son aide, ils préparèrent méthodiquement les réponses aux questions qu'on ne manquerait pas de leur poser. Ils s'attendaient à la venue de quelques correspondants locaux et furent surpris devant la foule des journalistes qui avaient envahi la salle de réception de la mairie, armés d'appareils photo, de micros et de caméras. Tous les membres du conseil municipal étaient présents, et Nicolas déclara que la commune suivrait avec attention la viabilité de ce dossier.

— La diversification de nos activités économiques est un enjeu vital, la région est trop dépendante du vin en ce moment.

Robert Caroit, le chef de file de l'opposition municipale, s'éleva avec violence contre ce projet thermal. Juliette lui fit remarquer que s'opposer était sa raison d'être, ce qui provoqua des sourires dans l'assistance. Elle nota aussi l'aversion farouche de Mireille Fournier, rédactrice en chef de *L'Estuaire*. Nicolas lui confirma plus tard que cette feuille de chou locale servait de bulletin de propagande à Caroit.

Plus mitigées furent les réactions des vignerons présents à la conférence. L'engagement de Juliette, propriétaire des Alizés, maire de Saint-Louis pendant huit ans, les laissait perplexes. Les plus sceptiques lui reprochèrent de laisser tomber la profession. Elle invoqua le manque de débouchés pour la production viticole, l'avenir des générations futures et nota l'approbation muette de quelques collègues.

N'importe, les dés étaient jetés.

Juliette rentra aux Cèdres épuisée et convaincue que la partie serait rude. Elle ouvrit sa boîte aux lettres. Sous un fouillis de revues et de dépliants publicitaires, la lettre lui apparut. La même enveloppe kraft, son nom en lettres capitales et, à l'intérieur, ce message : *Tire-toi pouffiasse ou on te fait la peau.*

Folle de rage, sans prendre le temps de réfléchir, elle courut jusqu'au téléphone.

— Nicolas, ta liste est complète pour les municipales ?

— Oh non, tant s'en faut...

— Alors, je m'inscris avec toi !

C'est en raccrochant qu'elle prit conscience que, sans y penser, elle venait de décider de ne pas retourner au Canada.

Au supermarché, elle fuyait les regards, elle savait qu'elle n'était plus fréquentable, on changeait d'allée pour éviter de la saluer. Les mots qu'ils ne prononçaient pas, elle les devinait sans peine : un déchet, une ivrogne, une mère indigne. Françoise Frémont ravalait ses larmes et tentait de se contenir en passant son chariot à la caisse, avant de courir vers la sortie. Dans la maison, elle avait cherché partout, pas le moindre fond de bouteille, rien. Et la cave était fermée à clé. Nicolas voulait la sevrer de force ! Encore une idée de sa mère. Cette vieille salope qui lui avait jeté au visage :

« Rien de plus facile que de jouer les victimes, il suffit de pleurer sur son sort. Les autres n'ont même pas à vous croire. »

S'il n'y avait pas eu les enfants, son mari l'aurait quittée depuis longtemps, mais ils étaient là, c'était son garde-fou. Sa raison de guérir, comme le lui répétaient ses propres parents, sa sœur, tous les donneurs de bons conseils :

« Secoue-toi, ma petite, pense à ton ménage, ta famille. »

Ils attendaient un miracle. Elle aussi.

Elle posa le carton sur le siège avant de sa voiture, elle ne voyait plus que ça. Ces bouteilles à portée de main. Le vin ne suffisait plus à produire l'étourdissement attendu, elle était passée au gin et à la vodka. Avaler une gorgée, juste une. Elle n'avait plus qu'une hâte, rentrer chez elle.

À la sortie du bourg, une soudaine impulsion lui fit prendre une route secondaire, puis un chemin cahoteux au milieu des vignes. Et là, derrière les vitres fumées, elle but à même le goulot. La première lampée était divine, toujours, et fatale. Elle se mit à boire pour étancher sa peur, son dégoût, sa rage d'écluser l'indicible, puis vinrent les hoquets, les sanglots, soulagement et honte mêlés. Elle ne pouvait plus s'arrêter et finit par s'écrouler sur le volant.

À la mairie, Nicolas présidait une réunion sur l'urbanisme, entouré d'élus et de techniciens, lorsqu'un vigneron fit irruption, soutenant Françoise.

— Je l'ai trouvée dans sa voiture, au bout de mes vignes, je crois bien qu'elle est ivre.

En titubant, Françoise se précipita dans les toilettes.

Nicolas présenta ses excuses au viticulteur et le remercia d'avoir raccompagné son épouse. L'homme n'était pas de son parti. Visiblement, l'affaire le rendait goguenard.

— Y a pas de mal, monsieur le maire, ma cave était fermée.

Nicolas ignora l'insolence du propos et, se tournant vers son premier adjoint, lui demanda de le remplacer pour la fin de la réunion.

— Je t'accompagne chez le médecin, dit-il lorsque Françoise le rejoignit.

Comme elle regimbait, il la saisit par le bras pour l'entraîner.

— Les enfants ! As-tu récupéré les enfants à l'école ?

Il l'agrippa par les épaules et la secoua violemment.

— Où sont les enfants ? Françoise, tu me réponds !

— Ta mère…

— Tu as oublié ce que je t'ai dit en partant ce matin ? Ma mère n'est pas là, elle a conduit une amie au CHU de Bordeaux.

Affolé, il appela Juliette au bureau.

Juliette retrouva les jumeaux dans le bureau de la directrice de l'école, et Marion à l'arrêt de l'autocar. À présent, Charles et Lucas faisaient leurs devoirs dans le salon, et Juliette préparait le dîner en compagnie de sa filleule qui épluchait les pommes de terre.

— Merci de nous avoir ramenés chez toi.

— Ce n'est rien, ma puce, papa nous appellera quand il reviendra du cabinet médical et je vous raccompagnerai. En attendant, on va dîner. Il reste un gros morceau du gâteau au chocolat que Tonia m'a apporté hier.

Tout en dressant la table, Juliette observait Marion. C'était une ravissante jeune fille, élancée comme sa mère, mais avec le sourire et le beau regard sombre et brillant de Nicolas. Elle remarqua avec tristesse le petit pli entre les sourcils, la souffrance déjà.

— Tu crois que papa en aura pour longtemps ?

— Ça dépendra du monde dans la salle d'attente, mais comme ta mère doit être soignée d'urgence, le docteur Paulin le recevra peut-être en priorité.

— Je sais que maman n'est pas très bien en ce moment, et forcément papa s'inquiète... enfin il s'inquiète quand il est là, et il a tellement de travail.

— Je suis sûre qu'il fait tout ce qu'il peut, répondit Juliette en s'efforçant d'être rassurante, vous avez la chance d'avoir votre grand-mère, et je suis là aussi, tu sais ! Ne t'inquiète pas trop, maman est malade, mais tout va s'arranger.

— Je ne suis plus une gamine, marraine, je sais ce qu'elle a, maman, elle n'est pas malade, elle boit.

— C'est une forme de maladie, et il faut qu'elle se fasse soigner.

— Elle ne veut pas. Je les entends discuter avec papa. Il lui dit qu'elle devrait se faire désintoxiquer, mais elle refuse. Pourquoi il ne l'oblige pas ?

— Ce n'est pas aussi simple Marion. Aucune loi, aucune personne ne peut contraindre quelqu'un à être hospitalisé contre sa volonté.

— Alors qu'est-ce qu'on peut faire ? J'en ai marre. L'autre jour, elle est arrivée ivre à la réunion des parents d'élèves, j'avais trop honte !

Juliette la prit dans ses bras et l'embrassa.

— Je suis désolée. Qu'est-ce que je peux faire pour t'aider ?

— Tant qu'on a mamie Gisèle pour s'occuper de nous, ça va.

— Promets-moi de m'appeler n'importe quand si tu en as besoin, ou si tu ne peux pas joindre ta grand-mère, d'accord ?

Marion fit oui de la tête, mais ce n'était pas elle le souci.

— Est-ce que tu pourrais parler à papa ? Il faut qu'il se décide à faire soigner maman, même si c'est difficile.

— Je vais essayer, ma chérie, promis.

Une fois seule, Juliette s'installa devant l'ordinateur. Elle rédigea un long message pour Erwan, elle lui parlait du centre de thermalisme, ce projet fantastique qu'elle avait fait sien. En revanche, elle ne confiait rien de son engagement sur la liste de Nicolas. Il est des choses qu'il faut dire de vive voix. Elle envoya son mail et attendit en espérant que grâce au décalage horaire, il ouvrirait sa boîte et l'appellerait.

Elle prit le dossier des thermes, patienta une heure encore, et bondit vers le téléphone quand il se mit à sonner. Pour entendre un souffle rauque qui dura de longues minutes. Lorsque son interlocuteur raccrocha, elle laissa l'appareil posé à côté du socle et monta se coucher.

9

Juliette s'était accordé un après-midi aux Cèdres. Elle venait d'engager un retraité du voisinage pour entretenir le jardin. Ils avaient sélectionné les plants pour les massifs, et elle avait choisi des cosmos pour égayer la palissade qui séparait les jardins de la piscine. Elle prenait goût à cette maison que son ex-mari avait si joliment restaurée, au point d'éprouver parfois la sensation de sa présence. Elle avait entrepris d'aménager et de décorer l'intérieur à sa convenance, l'organisant autour de son confort. Transformée en bureau-bibliothèque, la mezzanine s'élevait au-dessus du salon qu'elle avait fait tapisser de tissu ivoire et bleu pâle et garni de fauteuils capitonnés et de sofas. Au centre de la pièce se trouvait un splendide tapis persan aux tons framboisés.

Le soir venu, elle ajouta une bûche dans la cheminée et décida de réchauffer le potage de légumes que Tonia lui avait apporté. Malgré ses protestations, Tonia venait deux matinées par semaine, elle nettoyait la maison, lui confectionnait des petits plats, s'assurait qu'elle allait bien. Les premiers temps, elle avait tout tenté pour ramener Juliette à la raison, ne cessant de lui répéter que sa place était aux Alizés, puis elle y avait renoncé.

Juliette s'apprêtait à s'installer dans la mezzanine avec ses dossiers lorsque retentit le carillon de la porte d'entrée. Nicolas se tenait sur le seuil.

— Je peux entrer un instant ? Les enfants sont chez ma mère pour deux jours et je t'avoue que je ne sais pas très bien où me réfugier.

Elle remarqua qu'il portait des traces de griffures sur la pommette.

— Je voulais te remercier pour les enfants, hier soir. Marion m'a dit qu'elle avait apprécié ce moment passé avec toi.

— Tant mieux. Tu veux boire quelque chose ?

— La même chose que toi.

— Alors, du vin. Je m'apprêtais à dîner.

— Je te dérange ?

Elle sourit et posa une main sur son avant-bras. Non, il avait bien fait de venir. Nicolas sortit un papier de sa poche. Une simple feuille de papier avec une photo de Françoise arrivant à la mairie ivre morte, et cette phrase en gros caractères : ON COMPREND POURQUOI NOTRE MAIRE S'ENGAGE DANS LA PROMOTION DE L'EAU !

— Ce tract a été distribué à tous les élus et placardé sur les panneaux d'affichage communaux.

— C'est dégueulasse. Tu penses que c'est un coup de Caroit ?

— Je n'en sais rien.

Il n'accuserait pas sans preuves. Juliette s'inquiéta de savoir s'il avait laissé sa femme seule à la maison. Il lui apprit qu'elle dînait avec ses parents, descendus de La Rochelle pour le week-end.

— J'avoue que je n'avais pas très envie de les rejoindre.

— Si tu veux grignoter un petit quelque chose avec moi, j'ai du potage tout prêt, et je vais préparer des sandwichs.

Il ne protesta pas et la suivit dans la cuisine. En passant près de lui, elle effleura du doigt la pommette blessée, des traces d'ongles apparemment.

— Ça prend des dimensions inquiétantes, Nicolas.

— Françoise ne se contrôle plus sous l'emprise de l'alcool. Dès que je lui demande de se faire aider et de suivre un traitement, elle explose, elle n'accepte même pas l'idée d'être malade.

— Tu ne penses pas qu'il faudrait décider à sa place ? Marion souffre de la situation.

— Elle t'en a parlé ?

— Oui, elle ne sait pas comment aborder le sujet avec toi parce qu'il s'agit de sa mère ! Mais elle attend que tu fasses quelque chose.

Il était conscient que cela ne pouvait plus durer. Peut-être même était-il trop tard. Sa femme sombrait de jour en jour. De là à la faire interner d'office...

— Y a-t-il une autre manière de vous en sortir ?

— Je ne pourrai jamais la brusquer, c'est une forme de violence que je n'imagine même pas. Dieu sait pourtant que j'en ai assez de ses foucades, de ses résolutions qui ne tiennent jamais.

Ils prirent place devant la cheminée, avec un bol de potage fumant.

— Il n'est pas question d'être violent, Nicolas, mais de préserver les enfants, c'est insupportable pour eux. Tu te rends compte qu'elle est arrivée ivre à la réunion de parents d'élèves de Marion ? Je veux bien croire que tu l'aimes...

— C'est plus compliqué que ça.

Cet homme à la carrure athlétique s'était recroquevillé sur lui-même, les épaules rentrées, comme s'il avait ordonné à tous les muscles de son corps de fléchir. Il lui parut soudain résigné. Il la regarda longuement, ferma les yeux, et prit une profonde inspiration avant de parler.

— Mon père était alcoolique, tu ne le savais pas, ni toi ni personne. Or il n'a cessé, pendant des années, de nous frapper, ma mère et moi. Chaque jour en rentrant de l'école, j'avais peur. Parfois, il nous giflait à tour de bras, jusqu'à ce qu'il s'écroule de fatigue. Puis il est passé aux coups de poing. Je suis resté fils unique parce qu'il a provoqué l'avortement de ma mère à force de lui taper dessus un soir de beuverie.

— Mais pourquoi ta mère n'a pas porté plainte ?

Il leva les yeux au ciel.

— Il y a quarante ans ? Même aujourd'hui les femmes hésitent, alors, imagine en ce temps-là. N'empêche, il était si violent qu'il m'est arrivé d'appeler les voisins au secours. Mais on le craignait, on redoutait les représailles. Ils appelaient ta mère plutôt que les gendarmes. Dès qu'elle arrivait, il se calmait. Elle était Mme le maire et, elle, on ne lui en racontait pas.

Juliette hocha la tête. En effet, sa mère savait se faire obéir.

— Au fond de moi, j'étais fier que tu me considères comme ton ami, de me sentir ton égal. Si tu savais comme je t'enviais. J'aurais tout donné pour être éduqué par des parents comme les tiens.

Juliette l'écoutait en silence, confirmée dans la certitude que les blessures de l'enfance ne se referment jamais.

— Ainsi, tu m'enviais…

Elle revoyait des scènes de sa propre adolescence que le récit de Nicolas avait ravivées. Elle se leva, empila des bûches dans la cheminée et ranima les flammes à l'aide du soufflet. Quand elle revint s'asseoir près de Nicolas, ce dernier vit que son visage avait changé, il y avait chez elle une compréhension tragique. Soudain, le regard se troubla, et Juliette éclata en sanglots. Il l'entoura de son bras. Elle tremblait. Il aurait fait n'importe quoi pour que cessent ses larmes. Sans en deviner la raison, il savait qu'il était responsable de ce désarroi. Il l'avait toujours connue si forte, avec un sourire aimant et tolérant.

— Qu'ai-je dit pour te mettre dans cet état ?

— L'idée que tu te faisais de ma famille, une famille parfaite. Si tu savais...

En cette soirée de fin d'hiver, au coin du feu, devant cet ami malheureux, tout lui revenait d'un coup, la chavirait au plus secret d'elle-même. Elle ne pouvait se contenir tant le flot des souvenirs l'avait submergée, charriant les débris d'une vie qu'elle aurait aimé rassembler. Elle s'essuya les yeux, reprit son souffle. Nicolas avait gardé sa main sur son épaule, elle s'en saisit un court instant, comme pour se donner du courage.

— On admirait l'autorité qu'avait ma mère sur les choses et les gens, c'est vrai, elle n'en manquait pas, c'était un tyran. Elle a trompé mon père, et ma sœur Fabienne était une enfant illégitime. Mon père l'a martyrisée au point qu'elle s'est enfuie et qu'elle a gâché sa vie. Ma mère n'a rien vu de ce qui se passait sous son toit, elle ne vivait que pour ses vignes et sa mairie. Elle m'a dressée, elle m'a façonnée dans un seul but, lui succéder.

Sa voix se brisa. La plaie s'était rouverte.

— À quinze ans, j'ai eu une liaison avec l'un de ses amis, un homme de vingt ans plus âgé que moi. Il me fascinait, j'étais amoureuse de lui comme on peut l'être à cet âge, je croyais que c'était réciproque. Fallait-il que je sois stupide, une véritable cruche.

Nicolas resserra son étreinte.

— Il m'a fait jurer de ne rien dire, poursuivit-elle, j'ai promis et il a disparu. Il m'avait salie, humiliée. Au bout de quelques semaines, j'ai découvert que j'étais enceinte. J'ai dû l'avouer à ma mère. Elle m'a harcelée, m'a frappée pour obtenir le nom du père, mais elle n'a rien fait contre lui à cause du scandale. Pour elle, j'étais la seule coupable. Elle m'a conduite en Suisse, elle a signé les papiers et elle m'a abandonnée aux mains des médecins. J'étais terrorisée, j'ai souhaité mourir de toutes mes forces, j'ai vraiment voulu en finir. Je pense que c'est Tonia qui m'a sauvée, sans son soutien et son affection, je ne sais pas ce que je serais devenue.

Elle évitait le regard de Nicolas, décidée à tout raconter.

— Quand nous sommes rentrées aux Alizés, la vie a repris son cours, il fallait avant tout sauver les apparences. Ma mère est devenue de plus en plus exigeante, de plus en plus dure à mon égard, elle m'a infligé brimade sur brimade, jouant de la culpabilité qui me rongeait pour me soumettre à sa volonté. J'ai mis longtemps à comprendre qu'elle avait utilisé cette sordide aventure pour m'enchaîner aux Alizés et me préparer à assumer la vie des autres. Et du fond de mon abîme, j'ai subi le destin qu'elle m'avait tracé.

Épuisée, elle s'abandonna au bras de Nicolas, se pelotonnant contre sa poitrine. Sa voix n'était plus qu'un murmure.

— Le plus triste, Nicolas, c'est que je crois n'avoir jamais eu la capacité d'assumer ce rôle. J'ai occupé durant trente-cinq ans une place que je n'avais pas choisie, et dès l'instant où j'ai pu m'octroyer ce choix, j'ai tout laissé tomber.

— Je suis navré d'avoir réveillé ces souvenirs, Juliette.

— Tu sais, je n'ai jamais oublié ces mots de Chesterton : « Les contes de fées ne disent pas aux enfants que les dragons existent, ils le savent déjà ; les contes de fées disent aux enfants qu'on peut tuer ces dragons. » Personne n'a tué nos dragons, Nicolas. Dans nos contes de fées, c'étaient eux qui gagnaient.

Ils restèrent silencieux à contempler le feu, les mots qu'ils ne prononçaient pas s'échappant avec les étincelles. Elle leva les yeux vers lui, il accueillit son regard sans ciller, avec un sourire à la fois grave et léger. Et il y eut ce moment de grâce où le cœur se met à battre plus vite, plus fort. Ils comprirent que quelque chose allait se produire, que quelque chose les attendait dans le creux de cette nuit où ils avaient tout confondu, la douleur sourde et la tendre effusion. Serrés l'un contre l'autre, il murmurait :

— Je suis désolé… Pardon, je suis désolé…

Elle oscillait à ses paroles, tout près de basculer, bercée par ce roulis, chamboulée par la houle d'une émotion nouvelle, transie soudain, traversée par des pensées qui l'effrayèrent, puis elle sentit la chaleur de ses paumes caressant son visage, ses mains puissantes et douces. Elle retint son souffle, le sien lui parut plus court, il approcha ses lèvres, les prendre allait les jeter dans l'inconnu, elle le savait, le redoutait et l'appelait tour à tour, s'ouvrir à lui, s'abandonner… Ce premier baiser scellait les tourments de l'enfance. Elle le reçut au plus profond d'elle-même. L'instant d'après, ils n'étaient plus que désir, et son ardeur la parcourait, allumant le feu et la danse, entre parade et nudité, un soleil bondissant.

Tout ce temps pour grandir, pour enfin se tenir debout, désirante, lucide, avertie du miracle de la vie. Maintenant, ils respiraient ensemble, apaisés, rassasiés. Elle ne voulait pas le quitter, elle se sentait si bien près de lui, captant avec l'intensité qu'offre le plaisir comblé sa respiration, son odeur et le grain de sa peau. Ils restèrent jusqu'à l'aube à parler, amis et amants, amoureux mêlés, des heures à s'apprendre, s'éprendre à nouveau, savourant la plénitude de leurs corps enlacés.

Au matin, Juliette se réveilla en sursaut, courbatue, recroquevillée sur le canapé. Ses paupières étaient lourdes, sa bouche sèche. Son regard se posa sur la table basse, les restes du dîner, le vin dans les verres. Nicolas. Elle ferma les yeux puis se leva d'un bond. Il lui avait laissé un petit bout de papier sur le coin de la table : *Je voudrais trouver des mots pour te dire ce que je ressens... Je te laisse décider ce que deviendra cette nuit. Si tu veux, nous n'en parlerons plus jamais. Sache que pour ma part, je ne regrette rien.*

Elle monta dans la salle de bains et se doucha. Qu'avait-elle fait ? Elle devrait l'assumer, mais elle ne savait quelle décision prendre tant cette nuit lui semblait irréelle. Un vertige la saisit. Elle se laissa glisser contre la baignoire, la tête entre ses mains. Erwan. Elle n'osait même plus prononcer son nom, y penser la bouleversait. Lui dirait-elle la vérité ? Elle l'avait tant attendu, elle avait tant pleuré, mais ce n'était pas une excuse.

Une serviette de bain nouée autour du buste, elle descendit se préparer un café. Elle s'apprêtait à ranger le salon quand la porte de la cuisine s'ouvrit.

— Juliette, tu es encore là ?

— Tonia...

— Je te croyais partie depuis longtemps, je ne te vois pas souvent le matin.

Tonia sortit de son cabas une terrine et une boîte en plastique.

— Je t'ai apporté des crêpes.

Puis, regardant autour d'elle :

— Quelle pagaille ! Je ne savais pas que tu recevais hier soir, je vais chercher le café.

Juliette fut soudain saisie par le froid, elle avait peur, elle imaginait son arrivée au bureau, croiser le regard de Nicolas. Qui parlerait le premier ? Tonia déposa devant elle un plateau avec un napperon de dentelle et deux tasses d'où s'échappait l'arôme d'un café brûlant. Juliette avait les mâchoires crispées, les yeux au bord des larmes.

— Qu'est-ce qui se passe, ma grande ? Ça n'a pas l'air d'aller.

Tonia vint s'asseoir près d'elle et la prit dans ses bras, elle la berçait comme autrefois, au temps des genoux écorchés et des biscottes beurrées. Juliette laissa les larmes ruisseler sur ses joues. Lâcher prise, ne plus se reprocher de faire semblant, ne plus avoir à se mentir en voulant se montrer la plus forte.

— J'ai couché avec Nicolas.

Tonia mit longtemps à la consoler après avoir écouté son récit. Elle lui massa les épaules du bout des doigts jusqu'à ce que la lassitude disparaisse. Et le chagrin.

Pour Tonia, c'était une histoire qui n'appartenait qu'à eux.

— Et tu ne vas laisser personne s'en mêler, tu entends ? Tu t'es libérée d'un fardeau en quittant Les Alizés il y a trois ans, tu ne vas pas recommencer ? Ce qui s'est passé hier devait arriver, c'est tout.

— Comment tu sais ça ?

— À mon âge, on sait qu'il n'y a pas de hasard…

10

Erwan ne trouvait pas le sommeil. Dans la solitude de sa chambre, il lisait, s'assoupissait un instant, puis reprenait conscience en sursautant, la bouche ouverte, comme s'il étouffait. Il finit par ouvrir la fenêtre, respirer l'air froid de la nuit, chargée d'odeurs de forêt. Il repensait au travail qui avait été le sien en Gironde, à ses collègues de la centrale électrique, et c'était sans doute ce qui lui manquait le plus, en dehors de la présence de Juliette. Il alluma la télévision, chercha une chaîne française en se disant qu'elle regardait peut-être, elle aussi, le même programme. Depuis quelque temps, Juliette se dérobait, distillant des messages qui la montraient enthousiaste, accaparée par ce projet de thermalisme, et voilà qu'elle lui apprenait son inscription sur la liste électorale de Nicolas Frémont. Elle n'avait pas eu à le lui dire, il avait compris qu'elle ne reviendrait pas.

La maladie de Karen empirait de jour en jour. Les muscles des bras commençaient à se raidir, elle avait des difficultés à déglutir. Et leurs rapports suivaient la même pente, de plus en plus délétères. Elle le traitait comme un esclave, nourrissant sa rancœur. Lui se laissait aller à imaginer une dispute plus violente encore que les autres, une scène si brutale qu'elle lui donnerait le courage de rompre, mais il savait qu'il n'aurait jamais la force de provoquer l'irrévocable.

En entrant dans sa chambre ce matin-là, il laissa échapper un soupir d'agacement, de fatigue aussi. Ces fioles, ces boîtes de médicaments, ce corps stagnant dans ses fluides. Il n'éprouvait plus rien, c'en était fini de la compassion. Ne subsistait que la sécheresse du devoir accompli sous la contrainte, avec dégoût. Il lui adressa quelques mots du bout des lèvres :

— Ça va ? Tu as soif ?

En tirant les rideaux, il vit qu'elle dormait encore. Il regarda sa peau flétrie, son teint cireux, ses cheveux emmêlés, d'un blanc sale. Combien de fois avait-il souhaité qu'elle ne se réveille pas ? Cette femme était toujours la sienne, et elle le brisait. Parfois, il avait pitié, quand il ne la haïssait pas. Était-il un salaud ?

Il se retira sur la pointe des pieds, mais Karen avait entrouvert les yeux et l'épiait. Tout lui était devenu odieux, jusqu'à sa propre rancœur envers lui, mais elle n'y pouvait rien. Il la lavait, la soignait, essuyait sa bave, et elle ne savait plus que le blesser, le rabaisser pour se venger de dépendre à tout moment de lui.

Dans son combat, chaque jour gagné était la plus amère des victoires tant la douleur était présente. Elle survivait dans une cage de souffrance où rien d'autre n'avait de sens que la volonté de tenir encore.

C'était un matin de mai frais et léger, une brume bleutée s'effilochait au-dessus des vignes, dissipée par un vent soyeux, imperceptible, et par les premiers rayons du soleil. C'était le temps de l'éveil. Les inflorescences de la vigne s'épanouissaient. Le vert tendre des jeunes pousses se gorgeait de sève avant la floraison.

Saint-Louis ne connaissait pas cet état de grâce. Mis en cause dans les articles de Blandine Clément parus dans *L'Aquitaine*, Jérôme Valès, le directeur adjoint des affaires économiques du Conseil régional, avait exigé un droit de réponse. Il dénonçait le parti pris de la journaliste et jugeait « irresponsable » l'engagement du maire de Saint-Louis en faveur du projet thermal. Valès s'interrogeait aussi sur la position de certains viticulteurs, sans citer Juliette Leroux, mais tout le monde, sur place, la reconnaîtrait, qui menaçaient de ruiner l'économie locale. Il les qualifiait de « pilleurs du patrimoine » et suggérait qu'ils n'avaient d'autre motif que leurs intérêts personnels quand la Région avait pour seule ambition la défense de l'emploi et le soutien aux exploitants. C'était une déclaration de guerre. Il y aurait désormais deux camps en présence, les « pour » et les « contre ». Nicolas ne reçut plus aucun appel des services économiques du Conseil régional. Les ponts étaient coupés, et les grandes et petites manœuvres visant à déstabiliser l'adversaire pouvaient commencer.

Aussitôt, Mireille Fournier, rédactrice en chef de l'hebdomadaire local *L'Estuaire*, reprit à son compte les arguments de l'opposition municipale. Chaque semaine, cet organe de presse publiait des papiers et des courriers des lecteurs, tous plus virulents les uns que les autres, qui accusaient le maire et son équipe de brader l'économie du pays. En réponse, Blandine Clément ouvrit les colonnes de *L'Aquitaine* aux thèses défendues par Juliette aussi souvent que possible. Mais le quotidien régional devait ménager tous les partis en présence. Blandine et Juliette s'employèrent à nourrir le dossier, affûtant leurs armes. Cette complicité ne fit que croître avec le temps, elles devinrent amies.

Loin de décourager Juliette, ou de l'effrayer, l'adversité la stimulait. Elle visita des centres de thermalisme à Dax dans les Landes, au Mont-Dore et à La Bourboule en Auvergne. Elle nota, questionna et revint convaincue de la nécessité de mener ce projet à son terme. Elle prit rendez-vous avec un géologue qui étudia le sous-sol, établit les relevés et conclut que la source qui jaillissait près du théâtre gallo-romain ne représentait qu'une infime partie du potentiel aquifère de la zone. Les eaux contenues dans le sous-sol granitique des grottes des Aubiers coulaient à travers des terrains graveleux et sableux, plus perméables, pour arriver à l'endroit des thermes gallo-romains sur des terrains de sable fin et de galets. En conclusion, le géologue déclarait que l'essentiel des réserves d'eau était situé sous le bâtiment de l'ancienne cave coopérative. L'étape suivante consistait à solliciter l'avis d'une société de forage.

Juliette et Nicolas engagèrent un jeune architecte, Grégory Sanchez, qui travailla d'après le projet initial et les ébauches de Gérard Courson. Les casino, terrain de golf, école de diététique, établissement hôtelier prenaient forme, en harmonie avec la nature environnante, résolument novateurs par leur équipement et leur faible empreinte écologique. Juliette y apportait sa touche, en phase avec le talent créateur de Grégory Sanchez. La maquette prit sa place dans le hall des établissements Courson-Frémont, elle était imposante et superbe. Nicolas Frémont offrit un apéritif aux employés en expliquant qu'avec ce projet, le carnet de commandes de la société serait rempli pour des années. Il ajouta qu'il comptait attirer à Saint-Louis les entreprises qui prendraient part au chantier, toute la commune en bénéficierait. Une équipe de terrassiers œuvrait déjà sur le terrain. Restait à trouver et consolider les financements.

— J'ai rendez-vous demain après-midi avec le banquier, dit Juliette, il va demander des garanties. J'ai pensé à quelque chose qui se pratique beaucoup outre-Atlantique : trouver des entreprises qui partagent la caution, ça divise le montant du risque pour chacune et ça multiplie le nombre de personnes impliquées dans le projet.

Elle regardait la maquette et Nicolas lui tendit un verre de vin blanc frais. Il était neuf heures du soir, tous les invités étaient partis.

Après leur première nuit, ils étaient restés sur la défensive, s'observant à la dérobée, intimidés et gênés. Puis, un matin, en posant une tasse de café sur le coin du bureau de Nicolas, Juliette avait pris les devants :

« Si tu crois que je vais m'effondrer en larmes et regretter ce qui s'est passé, tu te trompes. »

Le visage de Nicolas s'éclaira soudain.

« J'attendais ces mots. »

Leur vie était rythmée par leurs horaires de travail mais désormais, dès qu'ils le pouvaient, ils se rejoignaient pour des étreintes pleines de tendresse, d'attention respectueuse, même si elles s'achevaient dans un cri de plaisir bouleversant. Ils redécouvraient des émotions enfouies qu'ils avaient cru perdre à jamais. Des rires d'enfants, des plaisanteries d'adolescents, des impatiences de collégiens... Ils avaient décidé de vivre leur liaison en ne prenant aucun risque, ils étaient très prudents. Même s'ils étaient conscients qu'il leur faudrait tôt ou tard renoncer à cet éphémère bonheur, ensemble ils se sentaient heureux et plus forts.

Juliette avait trouvé en Tonia une confidente attentive à désamorcer ses sentiments de culpabilité, surtout quand elle s'occupait des enfants de Nicolas. Depuis qu'elle les avait accueillis un soir, Marion l'appelait régulièrement. Elle s'invitait aux Cèdres avec ses frères, et Nicolas ne faisait rien pour empêcher ces visites. À grand renfort de séances de cinéma suivies de repas au McDo, de crêpes et de gâteaux cuisinés avec Tonia, Juliette essayait d'apporter un peu de légèreté dans la vie des jumeaux et de leur aînée. Mais l'affection qu'ils lui témoignaient l'embarrassait parfois. S'ils apprenaient la relation qu'elle entretenait avec leur père, ils la détesteraient.

— Et alors ? s'insurgeait Tonia, ce n'est pas toi qui tiens le goulot de la bouteille au-dessus du gosier de leur mère ! Je pense que c'est une chance que tu sois là quand leur grand-mère n'est pas disponible.

Juliette voulait bien la croire, mais elle se rendait compte que ses sentiments envers Nicolas ne cessaient d'évoluer. Elle avait découvert en lui une passion désarmante qu'il devait lui-même redouter et qu'il s'efforçait de taire sous une apparence tranquille, derrière un regard empreint d'une ingénuité presque enfantine.

En réalité, Nicolas était en train de tomber fou amoureux et s'étonnait que cela ne soit pas arrivé plus tôt. Ou qu'il n'en ait pas pris conscience. Il se surveillait à chaque instant tellement il avait peur de se trahir devant un tiers. Le ton sur lequel un homme prononce le nom d'une femme peut sonner comme un aveu.

Ils finissaient de ranger les verres et de remettre en ordre le hall d'entrée de l'entreprise.

— Les enfants t'attendent ? demanda Juliette.

— Non, ma mère les a emmenés à un spectacle de cirque, j'ai le temps. Je te suis jusqu'aux Cèdres ?

Elle acquiesça et ils s'embrassèrent. De longs baisers sans fin, dont elle sortait le visage meurtri par la barbe de Nicolas qui repoussait toujours trop vite. À l'orée des beaux jours, les soirées prenaient une tonalité exquise, Juliette sentait monter en elle un désir exigeant, l'envie qu'elle avait de Nicolas, de ses mains, de sa bouche, de son souffle. Et lui brûlait d'impatience de vivre cet instant où elle s'avançait vers lui, avec cette sincérité qui la rendait irrésistible. Elle avait le don de s'abandonner avec un mélange de fragilité et d'ardeur, de sensualité et de pudeur, s'offrant et se dérobant tour à tour, lui ne sachant jamais ce qui prévaudrait. Mais la nature généreuse de Juliette l'emportait toujours. Ils prenaient tout leur temps, car ils savaient que ce temps leur serait compté, et qu'ils n'auraient jamais le droit de vivre leur bonheur au grand jour. Mais pour Juliette, l'incertitude du lendemain les rendait encore plus désireux de jouir du présent.

Ils avaient conclu un pacte : vivre avec simplicité et gratitude ce qui leur était offert.

11

Juliette prit contact avec des entrepreneurs susceptibles de s'investir dans le projet des thermes. Six d'entre eux lui répondirent favorablement dont trois propriétaires de domaines viticoles qui connaissaient bien Gérard Courson et l'avaient apprécié en tant qu'ami et financier. La rencontre avec le banquier eut lieu à la mi-mai. Juliette avait soigné le dossier en l'étoffant de chiffres prévisionnels. Nicolas l'accompagna.

— J'aime ta façon de fonctionner, lui dit-il un peu plus tard en l'invitant à déjeuner, tu es directe, efficace, tes années d'activité à l'anglo-saxonne t'ont transformée.

Il n'ajouta pas qu'en travaillant à ses côtés, il avait retrouvé la complicité et l'énergie qui l'avaient animé durant toutes les années où il avait œuvré avec Gérard.

Quelques jours plus tard débutait la campagne électorale pour les municipales. Tout le monde à Saint-Louis attendait la première réunion publique au cours de laquelle le maire présenterait ses colistiers. Son opposant, Robert Caroit, avait constitué sa propre liste et n'allait pas manquer cette confrontation.

Cette réunion publique constituait une véritable épreuve pour Françoise Frémont. Elle n'avait rien bu depuis la veille au soir et avait juré à Nicolas de tenir bon. Mais plus approchait l'heure où ses parents viendraient la chercher, plus elle se laissait gagner par la panique. Dans ses périodes de sobriété, elle ne cessait de revivre la soirée où le viticulteur l'avait découverte ivre, au bout de ses vignes. La honte l'envahissait alors en pensant au tract qui la montrait le visage bouffi. Elle se revoyait titubant, à demi consciente, dans le hall de la mairie, puis devant le médecin qui la sermonnait. Depuis, les calmants la rendaient somnolente, et plus déprimée encore.

Le lendemain de cette soirée maudite, Nicolas l'avait trouvée étendue en travers du lit, nue, les mains tremblantes, le corps agité de spasmes comme chaque fois qu'elle avait vomi, avec cette odeur surie de lait rance. Il avait détourné les yeux, mais elle avait eu le temps de percevoir sa grimace de dégoût aussitôt maîtrisée. Au fil des jours, elle avait assisté à la mainmise de sa belle-mère sur ses enfants, lu les reproches dans le regard de Marion, Marion qui n'avait plus que le nom de Juliette à la bouche et préparait des gâteaux d'après les recettes de Tonia. Il y avait aussi la soudaine indifférence de Nicolas. Il dormait dans la chambre d'amis. Françoise avait mis un certain temps à réaliser qu'elle l'avait perdu à la minute même où elle était entrée dans le hall de la mairie soutenue par le viticulteur. Seize années de vie commune avaient-elles à ce point érodé le bonheur qu'ils avaient ressenti à l'instant de leur mariage ? Elle s'entendait encore murmurer : « Oui. » Elle ressassait ces souvenirs, les laissait surgir devant elle dans un tourbillon infernal. Pourquoi devait-elle porter seule la responsabilité de cet échec ?

Elle provoquait Nicolas, elle l'agressait, le poussait dans ses derniers retranchements. Qu'il réplique et la frappe, qu'elle puisse le montrer du doigt, lui aussi. De rage, elle brisa un vase, les fleurs et l'eau se répandirent sur le parquet. Elle trébucha en se dirigeant vers la cuisine, se mit à jurer, à pleurer. Elle ouvrit le réfrigérateur, saisit une brique de jus de fruits, la posa au bord de l'évier, renonça à l'ouvrir. Elle n'en pouvait plus. L'esprit flottant, elle gagna sa chambre, fouilla dans un tiroir de commode, au milieu du stock de serviettes périodiques, là où elle savait que Nicolas ne chercherait jamais les bouteilles, et redescendit se verser un premier verre.

La réunion se tenait dans la salle polyvalente. Des piles de tracts et d'affiches attendaient les militants, avec des zones de distribution attribuées à chacun. C'était Juliette qui avait conçu l'affiche officielle de la campagne de Nicolas. Celui-ci, entouré d'une ribambelle d'enfants, marchait d'un pas décidé au pied de la citadelle, sous un frais soleil printanier.

La salle était décorée de drapeaux français et européens, sur fond de vues aériennes de Saint-Louis. Le long de l'estrade étaient alignées de magnifiques corbeilles de fleurs aux trois couleurs de la République. L'ambiance était bruyante, les habitants avaient pris place au milieu des journalistes venus en nombre. Le maire et ses colistiers n'étaient pas encore arrivés. Pour l'instant, Robert Caroit se répandait en amabilités, circulant d'un groupe à l'autre, serrant des mains, s'entretenant avec des correspondants locaux. Il avait sa clientèle et ne ménageait pas ses efforts pour se hisser à la hauteur de l'événement. Mais tout en lui était quelconque. Clerc de notaire dans une petite étude de campagne, de taille et de corpulence moyennes, le cheveu rare, il serait passé inaperçu de tous s'il n'avait été démangé par la politique, celle-ci l'avait tiré de l'anonymat et il y mettait une rage revendicatrice qui pouvait passer pour de la conviction. Il avait rêvé à bien des investitures sans en obtenir aucune. Il devait se contenter de son mandat de conseiller municipal d'opposition et finissait par en concevoir une aigreur de plus en plus manifeste. Il savait que cette élection, avec en toile de fond le conflit entre thermalisme et œnotourisme, constituait sa dernière chance d'occuper le fauteuil de maire.

Lorsque Nicolas entra, entouré de Juliette et Thomas et suivi de toute leur équipe, il se fit un instant de silence, aussitôt comblé par *Les Quatre Saisons* de Vivaldi que diffusaient les haut-parleurs. Il leur fallut un certain temps pour traverser la salle, les habitants entouraient Juliette, la questionnaient sur son retour, son rang dans la future administration. Ils prirent enfin place sur l'estrade, et Nicolas ouvrit la réunion en présentant ses vingt-huit colistiers, issus de toutes les couches de la population, de l'aide-soignante au professeur d'université, en passant par des chefs d'entreprise, des vignerons et le dentiste du bourg, par ailleurs sportif accompli et animateur du club de foot local. Le maire sortant tira un court bilan de sa mandature, et évoqua les priorités de son programme. Concernant le développement économique de la ville, il passa la parole à Juliette qui présenta le projet du centre de thermalisme. Ils étaient convenus de cette stratégie, personne n'étant mieux autorisé qu'elle pour en parler. Elle utilisa la méthode simple à laquelle elle avait souvent eu recours au cours de ses interventions publiques passées, ramener les données du problème à une interrogation : le vin seul assurera-t-il l'avenir de nos enfants ? Elle fournit les réponses dans un exposé limpide et précis, étayé de chiffres et de statistiques. À peine eut-elle fini que Robert Caroit apostropha Nicolas :

— Monsieur le maire, vous trahissez votre mandat ! En tournant le dos à la viticulture et à son développement touristique, vous sacrifiez la richesse de notre terroir.

Et, s'adressant à Juliette :

— Vous devriez avoir honte de ne pas respecter vos attaches en terre viticole.

— Mes attaches en terre viticole sont plus authentiques que les vôtres, et je ne les romprai jamais ! Je connais mieux que vous cette profession, avec ses contraintes techniques et économiques. Il n'est pas question d'enterrer le projet d'œnotourisme, mais il peut être transplanté n'importe où en Gironde, or ce n'est pas le cas de notre source.

— Nos emplois sont déjà menacés par la chute des ventes de nos vins à l'étranger, et vous les condamnez ! Ce projet de thermalisme est criminel et il ne verra pas le jour, je vous le garantis !

Les mots étaient martelés sur un ton net et définitif, salués par les applaudissements de son camp.

— Vous prêchez l'apocalypse, monsieur Caroit, comme d'habitude. Et vos objections, nous les attendions…

— Alors, attendez-vous à bien plus que de simples objections. Prenons date, monsieur le maire, nous allons lancer une pétition, organiser une manifestation. Vous constaterez que nous sommes capables de mobiliser ! D'ailleurs, j'annonce que nous allons fonder une association que je présiderai, pour la sauvegarde du patrimoine viticole de notre région et contre votre projet suicidaire.

— Je comprends votre impatience et votre plaisir, cher monsieur Caroit, à vous entendre enfin donner du « monsieur le président »...

La remarque de Juliette déclencha un gigantesque éclat de rire, jusque dans le camp de Caroit. Pendant l'apéritif dînatoire qui suivit la réunion, la fracture se dessina franchement entre ceux qui resteraient fidèles à l'équipe en place et ceux qui la combattraient.

Il était plus de minuit lorsque Juliette raccompagna Nicolas à la mairie où il avait laissé sa voiture. L'un et l'autre avaient remarqué l'absence de Françoise et de ses parents durant la réunion. Juliette s'assit au volant, il s'installa près d'elle et l'entoura de ses bras. Ils échangèrent un sourire complice, la nuit était douce, et ils restèrent un long moment à contempler ce silence qui prend forme quand le vent vient y bruisser. La lune était pleine, Nicolas en fit la remarque, ne sachant s'il fallait y voir un signe bénéfique ou funeste. Juliette lui fit savoir par un tendre baiser que la lune ne leur voulait que du bien et qu'ils avaient de la chance d'être ensemble.

La manifestation des opposants au thermalisme organisée par Robert Caroit se déroula une semaine plus tard. Le cortège se rassembla place Montesquieu par un après-midi ensoleillé. Une centaine de personnes se mirent en marche, avec en tête Caroit et des représentants des syndicats viticoles, d'entreprises de tonnellerie et d'embouteillage. Le défilé s'avança en un front qui tenait toute la largeur de l'avenue Gambetta, l'artère principale de la cité. Au son d'un tambour, la foule scandait les slogans inscrits sur les banderoles : « Place à l'œnotourisme », « Pas d'eau dans notre vin », « Halte à la folie des grandeurs du maire ».

Les manifestants stationnèrent un moment devant les établissements Courson-Frémont, les coups de sifflet se firent plus stridents, les injures fusèrent. L'excitation atteignit un tel niveau d'intensité que le moindre incident aurait pu dégénérer, mais il n'y eut personne pour répondre aux provocations. Nicolas était à la mairie, et Juliette aux thermes avec l'architecte, Grégory Sanchez.

Le cortège des manifestants s'étira encore deux heures dans les rues de la ville avant de se rassembler devant la mairie. Nicolas reçut les représentants viticoles qui revendiquaient la priorité au pôle œnotourisme : « La terre de Gironde, et plus particulièrement la nôtre, est terre viticole ! » Avec courtoisie, il prit acte des requêtes.

Après le départ de Juliette, il avait assuré la gestion de la commune sans coup d'éclat, attentif à exercer son mandat avec rigueur et équité.

Il aimait réellement cette ville campée à l'ombre du génie de Vauban, ouverte sur le plus vaste estuaire d'Europe. Un port fluvial au milieu des vignes. Des vignes dont il n'avait jamais ignoré la valeur économique et la charge symbolique.

Caroit lui faisait face, le sommant de prendre position. En l'écoutant palabrer, Nicolas pensa à ce que Juliette lui avait dit un peu plus tôt au téléphone : « Caroit a mobilisé cent personnes au maximum. Dans les médias, sa grande cause va apparaître comme une querelle de clocher. »

Un sourire passa subrepticement sur son visage, mais vu les circonstances, ses interlocuteurs l'interprétèrent comme de l'ironie.

Pendant ce temps, Juliette et Grégory Sanchez accueillaient les géomètres sur le terrain des thermes romains. Âgé de vingt-huit ans, Grégory était un grand échalas aux longs cheveux blonds et bouclés. Il affichait un sourire candide que corrigeait l'acuité d'un regard perspicace. Grégory ne sortait jamais sans la sacoche qu'il portait en bandoulière et qui contenait un surprenant bric-à-brac. D'emblée, il avait éprouvé pour Juliette un respect presque filial et une sincère admiration. Et celle-ci apprenait à voir en lui un remarquable architecte.

D'après le cadastre, les géomètres effectuèrent le bornage exact du terrain qui s'avéra plus étendu encore qu'ils ne le pensaient. Le déblayage des bâtiments se poursuivait, ainsi que le débroussaillage autour des ruines gallo-romaines. Grégory répertoriait sur ses plans la moindre parcelle et sa destination future. Soudain, il s'arrêta et étala ses maquettes à même le sol.

— Regardez, Juliette, sur mes documents initiaux, je n'avais pas ce pré.

Du bornage cadastral se dégageait une immense fougeraie. Les géomètres confirmèrent qu'elle faisait bien partie de la propriété.

— Je trouvais que notre jardin de plantes médicinales était un peu à l'étroit, on va pouvoir l'agrandir.

Jouxtant ce terrain, s'élevait un vaste bâtiment désaffecté, mais en bon état, orné d'un magnifique fronton. Juliette imagina qu'avec cet espace supplémentaire, ils pourraient aller au-delà d'un simple jardin des plantes.

— Pourquoi pas une académie de botanique ?

À peine formulée, l'idée la séduisit, mais Grégory n'eut pas le temps de préciser ses vues, le téléphone de Juliette sonna, affichant le prénom de sa fille.

— Maman, où es-tu ?

— Sur le terrain des thermes. Que se passe-t-il ?

— Viens vite ! Le mur d'enceinte des Alizés est couvert de tags, c'est dégoûtant.

— J'arrive. Préviens les gendarmes.

Juliette arriva aux Alizés en même temps que la fourgonnette de gendarmerie et découvrit les graffitis sur le mur d'accès à la propriété : « Mort aux traîtres ».

C'était une femme qui commandait la brigade de Saint-Louis, l'adjudant-chef Sylvie Fairol.

Ses cheveux coupés en brosse et ses manières brusques montraient à quel point elle avait dû forcer son tempérament pour s'imposer dans ce milieu. Elle prit de nombreux clichés, les dépositions de Juliette et Isabelle, puis elle les quitta en leur recommandant d'attendre quelques jours avant d'ôter les graffitis, au cas où un complément d'enquête serait nécessaire.

Après son départ, Juliette et Isabelle gagnèrent le salon, où Tonia leur avait préparé du thé. Isabelle préféra se servir un grand verre de jus d'orange.

— Tu parles d'une publicité ! Être obligé de garder ces saloperies sur le mur d'entrée pendant je ne sais combien de temps ! Maman, tu ne penses pas qu'il est temps d'arrêter tout cela ?

— Je ne vois pas pourquoi.

— Avoue que ça prend des proportions qui te dépassent…

— Pas du tout. Et je n'ai pas l'intention de capituler devant une poignée de débiles en mal de création artistique.

Tonia leur offrit une assiette de sablés qu'elle avait confectionnés le matin même, et lorsque son regard rencontra celui de Juliette, elle lui lança une œillade qui la réconforta. Pas question de louvoyer, il était temps d'informer sa fille de ses dernières décisions.

— D'ailleurs, Isa, je voulais te dire que nous avons fait appel à des garants privés pour le prêt que la banque nous accorde. J'ai engagé une caution sur Les Alizés.

— Quoi ?

— Pour une partie du prêt seulement, ne t'affole pas, c'est l'avantage d'être plusieurs garants. Au total, nous sommes huit entrepreneurs dont trois autres vignerons. Tu vois, tous les viticulteurs ne sont pas contre nous.

— Mais c'est une pure folie, je t'interdis de faire ça !

— Et de quel droit pourrais-tu me l'interdire ? Jusqu'à plus ample informé, je suis toujours propriétaire des Alizés.

— Mais c'est moi qui fais vivre la propriété depuis trois ans.

— Et moi, je l'ai fait vivre pendant trente ans !

Tonia resservit le thé, le jus d'orange.

— Du calme, les filles, vous passez votre temps à vous chamailler.

Isabelle repoussa l'assiette de sablés.

— Je ne te comprends plus, maman, tu m'as toujours dit que tu avais suivi les règles de grand-mère, ne jamais emprunter pour ne pas se placer en position de faiblesse. Je t'ai vue pleurer lorsqu'on a failli perdre Les Alizés en réglant la succession. Tout ça ne veut plus rien dire pour toi maintenant ?

— Tu dramatises, Isabelle, ce n'est qu'une partie de la caution, et j'ai bien évalué les risques.

— Et depuis quand tu t'y connais en risques financiers ?

— Depuis que j'ai travaillé pour un banquier à Montréal.

Isabelle ne trouva plus rien à dire, elle regardait sa mère comme on regarde une inconnue qui vous demande l'heure dans la rue.

— N'empêche, dit-elle enfin, c'est une trahison.

— Je sais, ce mot m'est devenu familier. Finalement, tu es d'accord avec les auteurs des graffitis.

— Moi, je te le dis en face ! Et je te préviens que je ne te le pardonnerai jamais !

Juliette acheva sa tasse de thé et se leva en prenant son sac.

— Comme tu veux, ma chérie, mais sache que pour ma part, je ne suis pas en guerre contre toi.

Tonia la raccompagna jusqu'à sa voiture et lui prit la main.

— Ne t'inquiète pas, elle va se calmer, elle a le tempérament de sa grand-mère. Je vais me permettre de lui dire en deux ou trois mots le fond de ma pensée. Qu'elle te doit un minimum de respect, par exemple.

— Ne te fâche pas avec elle pour ces broutilles.

— À demain, ma grande, j'ai fait des terrines de foies de volaille, je t'en apporterai.

À la mairie, Juliette retrouva Nicolas qui procédait à un état des lieux après le passage des manifestants. Trois vitres brisées, les fleurs des massifs saccagées et les pneus de sa voiture crevés. Il était consterné.

— Et dire qu'ils veulent sauvegarder le patrimoine !

Sur ces entrefaites, Blandine Clément les rejoignit.

— Je suis en retard, Caroit m'a quasiment prise en otage pour m'interviewer. Il est remonté comme un coucou suisse mais j'ai pris le temps de tirer quelques clichés des tags sur les murs de ta propriété.

— Ma fille l'a très mal pris, enfin, c'est un détail...

— Qui fait partie d'un tout, et ce tout prend une envergure qui m'inquiète, Juliette.

— Et encore, tu ne sais pas tout...

Juliette pensa que le moment était venu de parler des appels en pleine nuit et des missives anonymes de plus en plus fréquentes. Elle sortit la dernière de sa poche de veste : *Tu vas récolter ce que tu sèmes, salope.*

— Tu en as parlé aux gendarmes ? Les appels anonymes ne sont pas rares en période électorale, mais la teneur de ce message me semble... personnelle !

— Je crois savoir d'où ça vient. Des affaires de famille. Je ne veux pas porter ça sur la place publique. Tu me promets de ne rien publier à ce sujet ?

— Entendu, mais veux-tu me confier cette lettre ? J'ai une amie graphologue, autant lui demander son avis. En attendant, que comptez-vous faire pour répondre aux attaques ?

— Tenir le cap, répondit Nicolas. Je n'ai pas peur de Caroit, qu'il gesticule, ce n'est qu'un fanfaron.

Blandine semblait plus préoccupée.

— Je ne vois qu'une riposte possible, créer un comité de soutien pour le thermalisme en réponse à leur association, et y faire entrer tous les professionnels qui vous approuvent.

Nicolas prit aussitôt quelques notes.

— Qui mettre à la tête de ce comité ? Je pense qu'il vaut mieux que Juliette et moi restions en retrait.

— Il faudrait quelqu'un qui soit impliqué dans le vignoble tout en étant favorable aux thermes, une personne jeune, dynamique…

— Et où trouver cette perle rare ?

Jusqu'alors, Juliette les avait écoutés sans interrompre leur échange.

— Je pense avoir le candidat idéal, ma fille ne me le pardonnera jamais, mais je vais demander à Thomas. Il correspond tout à fait au profil.

Blandine se leva pour prendre congé.

— J'aurais bien fait partie du bureau de l'assoce, mais déontologiquement, on pourrait me le reprocher. Je préfère batailler à la place qui est la mienne.

Elle s'approcha de Juliette pour l'embrasser et lui glissa à mi-voix :

— Fais attention, Juliette, je suis moins sereine que toi au sujet de ce harcèlement…

Il était tard. Le jour tombait sur l'estuaire, Juliette et Nicolas se retrouvaient enfin seuls, ils s'embrassèrent, et il n'y eut plus rien autour d'eux. Emmêlés jusqu'à perdre le souffle. Dès qu'ils se retrouvaient, ils n'avaient plus qu'une hâte, se rapprocher, se toucher. Au milieu des autres, leurs yeux se cherchaient. Ils n'en étaient plus à s'étonner, ils étaient en train de tomber amoureux, irrésistiblement, entraînés par la force et par l'évidence de leurs sentiments.

— Je te raccompagne, Nico ? Je crois que ta voiture n'est guère en état de rouler.

— On fait étape chez toi ? J'ai tout mon temps, ce soir.

Ils gardèrent une certaine distance en marchant jusqu'à la voiture de Juliette. Sur les coteaux entourant la ville, le soleil couchant lançait des reflets pourpres, et l'océan de feuillage se balançait sous la brise. Le dernier bac se détacha de l'embarcadère, les eaux s'écartèrent devant lui et revinrent mourir sur les rochers frangés d'écume.

Avant de prendre la route, ils s'étreignirent, enveloppés dans le silence du soir, et échangèrent un baiser du bout des lèvres.

Ni l'un ni l'autre ne vit l'éclair du flash dans les buissons.

12

Une chaleur caniculaire avait surgi en cette fin de mai et dans les vallons flottait une brume duveteuse. Thomas se dirigeait vers la mairie pour l'une des dernières réunions d'équipe avant la date du scrutin. Il roulait au pas, contemplant l'étendue des vignes avec çà et là des rosiers plantés au bout des rangs, témoins du pacte ancien où la fleur, comme un présage, portait les signes des maladies quelques jours avant les ceps. Depuis qu'il était arrivé en France quelque quatre ans plus tôt, la vigne avait modelé sa vie quotidienne. La vigne et la femme qu'il aimait.

Il s'était levé à quatre heures du matin pour travailler dans le chai avant de mettre à jour le tableau de préparation des commandes et de répondre par mails à des clients américains. Lorsque Jean Soriac, le maître de chai, était arrivé, ils avaient fait le point sur l'activité en cours. En buvant un café, Thomas avait rédigé un petit compte rendu qu'il avait laissé sur le bureau d'Isabelle. Tout était en ordre. Il avait fait ce qu'il fallait pour ne pas la contrarier, alors qu'il la sentait de plus en plus irritée par son implication dans la campagne électorale. Mais il était trop tard pour reculer.

Avant de bifurquer pour entrer dans Saint-Louis, il embrassa une dernière fois des yeux le paysage immuable et serein qui se fondait avec la ligne d'horizon par touches légères. Mais chaque jour il constatait que le monde qui l'avait adopté devenait trouble, il n'aimait pas la tournure que prenaient les événements. Au grand dam d'Isabelle, il avait pris la présidence de l'association de défense des thermes, celle-ci porterait le nom d'Aquaval. Avec Grégory Sanchez, Thomas avait créé le site Internet qui montrait l'avancement des travaux, expliquait le projet dans ses moindres détails, plans et maquettes numérisées à l'appui. Il aimait travailler avec le jeune architecte, ils partageaient la même passion pour cette idée un peu folle, et la même affection pour Juliette.

Thomas pénétra dans le hall de la mairie, toujours très animé ; une partie de la vie communale s'y tissait chaque jour. La secrétaire lui annonça que le maire n'était pas encore arrivé, mais Juliette Leroux était déjà dans la salle du conseil.

C'était une grande pièce aux murs tendus de velours crème, la moquette dans le même ton. Un buste de Marianne ornait la vaste cheminée sous un cadre où étaient inscrits les noms de tous les maires qui s'étaient succédé à la tête de la ville.

Juliette avait pris place au bout de l'immense table ovale.

— Déjà ? Tu es en avance, Thomas.

— Je me suis levé tôt. J'ai fait des assemblages de merlot et de cabernet, tu voudras les déguster ? Je t'ai apporté quelques échantillons.

— Avec plaisir ! Je te promets de faire ma critique.

Elle mit de côté les quatre flasques et revint s'asseoir près de lui.

— J'ai aussi un message de la part d'Isabelle.

Il sortit une enveloppe de sa sacoche.

— Elle voudrait apporter des modifications à l'étiquette de la cuvée *Carpe Diem*, j'ai les épreuves de l'imprimeur, regarde. On a simplement stylisé les contours du château, et supprimé le doré des majuscules pour alléger l'ensemble. Qu'en penses-tu ?

Elle lui rendit les esquisses après y avoir jeté un rapide coup d'œil.

— Dis à Isa qu'elle a carte blanche, d'ailleurs, elle le sait.

Depuis qu'elle avait appris que Juliette avait engagé une caution sur Les Alizés, Isabelle n'adressait plus la parole à sa mère. Elle refusait même de la rencontrer. Récemment, Thomas et Jean Soriac avaient organisé une dégustation à la propriété pour les cavistes et les restaurateurs du Sud-Ouest. Juliette avait accepté l'invitation de Thomas et Isabelle ne s'y était pas opposée, mais au dernier moment, elle avait prétexté une réunion syndicale pour éviter la soirée. Juliette comprit et n'insista pas, elle n'était pas retournée aux Alizés depuis. Désormais, elles correspondaient par le truchement de Thomas.

— Hormis le fait qu'elle ne veuille plus me parler, elle va bien ?

— Je la trouve un peu fatiguée, surmenée peut-être. Elle prend les choses trop à cœur, et elle a toujours autant de mal à déléguer.

Juliette sourit. Elle s'en voulait un peu de faire jouer à Thomas un rôle aussi embarrassant.

— J'imagine que ta position de messager n'est pas commode.

— Je m'adapte. Mais ça m'ennuie, j'espère que vous allez vous réconcilier toutes les deux. J'adore Isabelle, mais elle a du caractère, et je sais à quel point elle peut être têtue, elle…

Il la regarda franchement, les yeux dans les yeux, et laissa sa phrase en suspens. Elle ignora son invitation à faire le premier pas.

Juliette pensa que le temps où elle se montrait plus conciliante était révolu.

— Nicolas n'est pas encore arrivé, dit-elle, et je me demandais comment j'allais lui présenter ça !

Elle lui tendit la dernière édition de *L'Estuaire*. En première page, un article sur trois colonnes accusait le maire de Saint-Louis d'avoir acheté une villa sur l'île de Ré avec l'argent de pots-de-vin.

— Le climat de cette campagne est devenu insupportable. On sort les fonds de poubelle.

— Nicolas a réellement une villa là-bas ? demanda Thomas.

— Elle appartient à ses beaux-parents, mais une fois que la rumeur est lancée… Tous les démentis n'y changeront rien.

Nicolas arriva sur ces entrefaites.

— Bonjour, j'ai demandé à Claire de nous apporter du café. Les autres ne sont pas là ?

— Pas encore, répondit Juliette en lui laissant la place en bout de table.

Elle lui montra la une de l'hebdo local tandis qu'il s'installait.

— Tu as vu le torchon du jour ?

Il parcourut les premières lignes et éclata de rire.

— N'importe quoi ! Ils sont vraiment à court d'arguments. Mes beaux-parents ont acheté cette maison sur l'île de Ré il y a trente-huit ans, moi j'en avais treize.

— On ne répond pas ?

— Qu'ils s'empêtrent dans leurs bêtises, ils ne sont pas crédibles. En revanche, moi, j'ai de bonnes nouvelles. Quatre entreprises vont venir s'installer à Saint-Louis, attirées par l'activité qui découlera des thermes.

— Bravo, Nico ! s'écria Juliette. Ça veut dire des emplois et des revenus pour la commune.

— Ce n'est pas tout, nous avons l'accord de la Commission des jeux pour l'implantation du casino. En règle générale, on autorise la ville d'implantation du casino à prélever de 4 à 15 % sur les gains, et il semble qu'on nous concéderait 8 %.

— Ça va faire un sacré paquet ! (Thomas était admiratif.) Et comment utilisera-t-on cet argent ?

— J'ai eu de la chance en tant que maire, dit Nicolas en regardant Juliette, mon prédécesseur a géré cette commune avec prudence. Les comptes étaient sains quand j'ai repris le flambeau.

Thomas surprit leur sourire complice.

— Mais il y a toujours beaucoup à faire, reprit Nicolas, nous présenterons des projets : l'agrandissement de la crèche, une médiathèque, la rénovation de la maison de retraite…

Claire, la secrétaire, entra et déposa le café sur le coin de la table. Après son départ, Juliette emplit les tasses.

— Moi aussi, j'ai avancé.

Depuis qu'une campagne de dénigrement avait été lancée contre Nicolas, elle avait passé beaucoup de temps sur le terrain afin de rencontrer les habitants, discuter avec eux, les convaincre.

— L'association des commerçants a rallié notre comité et j'ai réussi à obtenir le soutien du représentant du syndicat des hôteliers. Jusqu'ici ils étaient restés neutres, voyant leur intérêt dans l'œnotourisme comme dans notre projet. En fin de compte, ils sont avec nous.

— Voilà notre meilleure réponse, Juliette. Inutile d'entrer dans le jeu de Caroit. Maintenant, il s'agit de communiquer sur ces résultats. Tu vois cela avec Blandine ?

Par téléphone, la secrétaire prévint Nicolas de l'arrivée de leurs colistiers. Peu après, au milieu du brouhaha, le téléphone de Thomas retentit. Il décrocha, échangea quelques mots et Juliette le vit pâlir.

— Isabelle me dit que nos vignes ont été saccagées sur la parcelle de Moulinblanc.

Plantées par Lise Leroux, la mère de Juliette, dans les années cinquante, les vignes de Moulinblanc, exposées plein sud, fournissaient la plus belle récolte du vignoble familial. Les grappes, cueillies à la main, vinifiées et élevées à part dans des barriques de chêne neuf, étaient réservées à l'élaboration de la cuvée d'exception *Carpe Diem*, le joyau de la gamme des vins des Alizés. Une dizaine de ceps avaient été sciés à la tronçonneuse sur chacun des rangs que comportait la parcelle.

Lorsque Juliette et Thomas arrivèrent sur place, Isabelle s'entretenait avec l'adjudant-chef Sylvie Fairol. Celle-ci salua Juliette mais la jeune femme ignora la présence de sa mère.

— Je vous attends à la brigade cet après-midi pour votre déposition, faites-moi confiance, nous retrouverons les coupables.

Après le départ des gendarmes, Juliette vérifia l'étendue des dommages en compagnie de Thomas, et aussitôt Isabelle laissa libre cours à sa colère :

— Tu as vu ce travail ! Au bas mot, je suis sûre que ça représente le huitième de la parcelle alors que nous n'avons jamais assez de vin pour cette cuvée...

— Je suis navrée, murmura Juliette.

— Tu peux l'être ! Parce que ce désastre est ta faute.

Thomas fit un geste pour l'arrêter.

— Non, je ne me tairai pas, et d'abord qu'est-ce que tu fais là ? Pourquoi es-tu venue ?

— Je voulais te voir, voir les dégâts.

— Et tu en as vu assez pour être satisfaite ?

— Isabelle, tu es odieuse, ça me crève le cœur ce saccage, j'ai passé ma vie à m'occuper de ces vignes.

— Et aujourd'hui, tu t'en fous.

— Je comprends ce que tu éprouves, mais avoue que c'est trop facile de me renvoyer toute la responsabilité. Entre s'opposer à un projet et se comporter comme des vandales, il y a plus qu'une marge, ce sont des malades qui ont fait ça. Ce n'est pas parce que l'on est en désaccord qu'il faut se conduire comme des sauvages.

— Oh, toi et tes projets pharaoniques ! C'est à croire que tu es revenue pour semer la pagaille.

Insensible aux tentatives de Thomas pour la calmer, Isabelle s'était campée devant sa mère. Elle l'avait longtemps considérée comme une tendre martyre qui s'était sacrifiée pour les siens. Aujourd'hui, elle lui apparaissait comme une bourgeoise machiavélique et égoïste.

— Je ne veux plus te voir, maman !

Elle marcha jusqu'à sa voiture, Thomas s'adressa à Juliette :

— Je vais lui parler.

— Surtout pas, Thomas, tu es déjà assez engagé dans les thermes, la mairie, n'aggrave pas les choses. J'espère de tout mon cœur qu'elle reviendra sur sa colère.

Sa voix tremblait et Thomas vit les larmes au coin de ses yeux.

— J'en suis certain, Juliette, il faut lui laisser le temps.

Il laissa partir Isabelle, recueillant dans un soupir les effluves de son parfum épicé. Il la connaissait bien et n'était pas assuré qu'elle changerait d'avis, son rejet n'était pas une tocade, elle ne reviendrait pas à de meilleurs sentiments de sitôt. Des heures difficiles se préparaient, et bien des éléments le dérangeaient. Son oncle Erwan était loin, et au fil de leurs conversations téléphoniques, il comprenait qu'il n'envisageait pas de revenir dans la région. Il avait aussi remarqué les gestes de tendresse, de connivence entre Juliette et Nicolas, même s'il demeurait persuadé de se faire des idées. Ces deux-là, après tout, étaient des amis d'enfance.

Dans le dossier préliminaire de Gérard, Juliette avait trouvé les coordonnées d'une société de forage. Elle sollicita leur expertise. Deux ingénieurs se déplacèrent, prirent connaissance des relevés établis par le géologue, découvrirent la source extérieure et examinèrent le sous-sol de l'ancienne cave coopérative. Ils lui remirent un rapport préconisant d'effectuer un forage de reconnaissance et des prélèvements afin d'étudier le coefficient de perméabilité, l'épaisseur des couches productives et définir un potentiel approximatif des sources souterraines.

Juliette convoqua une réunion de leur association Aquaval et exposa l'offre de la société de forage. Elle ne parla pas du devis, la somme était conséquente, et elle avait décidé de la prendre à sa charge. Toutefois, elle s'inquiétait de la dépense, car si elle n'avait presque pas touché aux salaires qu'elle avait perçus au Canada, son épargne s'amenuisait.

Quelques jours plus tard, elle se félicita d'avoir accompli cette démarche. Il s'avérait que, grâce aux sédiments alluvionnaires amenés par les courants fluviaux, au sable et graviers fins, le potentiel d'emmagasinement aquifère était prodigieux. Les premiers chiffres évaluaient le débit journalier à plus de huit cents mètres cubes. L'association demanda aussitôt une déclaration d'utilité publique auprès des services de la DDASS.

Lors d'une soirée chez elle, Juliette reçut le comité de soutien et tous les amis qui n'avaient pas ménagé leur peine. Avec l'aide de Tonia, elle disposa des tables sous les cèdres, confectionna des tartes salées, des salades et des gâteaux, et commanda chez le traiteur un large assortiment d'amuse-bouche et de petits-fours. Thomas apporta du vin des Alizés et Juliette, qui restait fière des richesses gastronomiques de sa région, remplaça le champagne par du crémant de Bordeaux.

La soirée, détendue et joyeuse, se prolongea jusqu'à une heure du matin. Toutefois, l'absence d'Isabelle et de Françoise Frémont fut remarquée par de nombreux invités.

De nouvelles entreprises à Saint-Louis, le fabuleux potentiel des sources, l'afflux de soutiens de plus en plus nombreux, c'étaient autant de points marqués par le camp des partisans du thermalisme, et autant de motifs de rancœur chez leurs adversaires. La fièvre électorale montait de jour en jour. Des affiches collées aux vitres des devantures, des banderoles aux fenêtres, des fanions aux antennes des voitures… La ville était entrée en ébullition et personne n'aurait su prédire ce qu'il en sortirait.

Trois jours après le rapport de la société de forage, publié dans *L'Aquitaine*, les employés des services administratifs et techniques de la ville se trouvèrent dans l'impossibilité d'accéder à leur lieu de travail. Les grilles de la mairie étaient bloquées par des tonnes de rafles de raisin desséchées, et de la lie de vin avait été déversée pendant la nuit, formant une montagne de boue violacée et visqueuse d'où s'échappait une odeur pestilentielle. Les badauds accoururent en foule pour contempler cette drôle d'installation.

Nicolas avait des rendez-vous professionnels à Paris pour deux jours. Le responsable des services techniques lui apprit l'incident par téléphone, il appela aussitôt son premier adjoint et Juliette à la rescousse. L'adjoint contacta les services de la voirie, mais ceux-ci se montraient impuissants à résoudre rapidement le problème. Faute de personnel et de matériel disponibles, les détritus resteraient devant les grilles une bonne partie de la journée.

— Il n'en est pas question ! s'écria Juliette. On va encore accuser le maire d'incompétence et de négligence.

En accord avec les adjoints, elle décida de faire intervenir les tractopelles et les camions de l'entreprise Courson-Frémont. Une demi-heure plus tard, les engins déversèrent les lies et les rafles dans des bennes qui les emportèrent à la déchetterie. Les employés communaux prirent le relais pour achever le nettoyage. Pendant ce temps, la presse et la télévision régionales avaient rejoint les lieux de l'incident, et le premier adjoint, mal à l'aise en public, laissa volontiers Juliette répondre aux questions. Elle ne se fit pas prier.

— Toutes les semaines on peut lire des appels au durcissement des actions, alors bien sûr, certains finissent par obéir !

— Madame Leroux, vous avez été maire de Saint-Louis pendant de nombreuses années, que pensez-vous de la situation actuelle ?

— Je veux bien que l'on conteste et s'oppose, on est en démocratie, mais j'ignorais que la délation et la dégradation des biens publics et privés avaient leur place dans un débat municipal.

— Vous faites référence au saccage de vos vignes ?

— Je fais référence à tout acte de malveillance ! Ce sont des procédés de voyous, indignes de notre région et de notre ville.

— Vous croyez que le centre de thermalisme verra le jour ?

— J'en suis convaincue !

— Et que pensez-vous de la rumeur selon laquelle le maire aurait acheté une villa dans l'île de Ré grâce à un financement douteux ?

— Vous voulez parler de l'article paru dans *L'Estuaire* ? L'auteur, Mme Fournier pour ne pas la citer, ferait mieux de vérifier ses sources, comme le fait tout bon journaliste qui se respecte et respecte sa profession. Cette villa a été acquise par les parents de Mme Frémont il y a trente-huit ans. Notre maire avait treize ans à l'époque, c'est un peu jeune pour tirer profit d'un argent mal acquis. Mais bien sûr, il suffit de lancer un bruit, et aussitôt la rumeur se répand, il n'y a pas de fumée sans feu, n'est-ce pas ? J'invite solennellement tous les habitants de Saint-Louis qui sont, comme moi, scandalisés par ces manœuvres crapuleuses à manifester leur soutien à Nicolas Frémont grâce à leur bulletin de vote.

13

La date des élections approchait. Après avoir réagi avec poigne aux exactions commises devant l'hôtel de ville, Juliette accueillit sans fausse modestie les félicitations des administrés. Comme au temps où elle était maire, ils l'appelaient pour lui demander un entretien, un conseil. Avec courtoisie, elle renvoyait les requêtes vers les autres élus. Ce n'était plus sa priorité aujourd'hui.

Le théâtre gallo-romain était entièrement déblayé et la forêt destinée au parcours de santé, débroussaillée. Ils attendaient le prêt pour commencer les travaux de gros œuvre, qui prendraient au moins deux ans.

Ce matin-là, Juliette devait retrouver Grégory Sanchez près des anciens thermes. Ils avaient donné rendez-vous à des responsables d'associations archéologiques afin de recruter des étudiants pour les fouilles préventives qui débuteraient en été. Elle était en retard. En sortant, elle découvrit un colis sur la première marche du perron. Surprise, elle regarda autour d'elle et aperçut une berline blanche, aux vitres fumées, qui stationnait au bout de la route. Elle était sûre de l'avoir déjà repérée à plusieurs reprises près des établissements Courson-Frémont et sur le parking du supermarché. Elle se précipita dans l'allée mais le véhicule s'éloigna avant qu'elle puisse relever le numéro d'immatriculation.

Le colis était léger, de la taille d'une boîte à chaussures, enveloppé de papier kraft. Elle l'ouvrit. Sur un lit de fleurs séchées reposait un petit cercueil de bois clair avec une croix blanche grossièrement dessinée. Pétrifiée, elle se mit à trembler et s'assit sur la plus haute marche en essayant de maîtriser sa panique. Après avoir repris son souffle, elle demeura prostrée un long moment, jusqu'à l'arrivée de Tonia. Celle-ci l'obligea à rentrer et à s'installer sur le canapé du salon pour s'y détendre.

— Je vais te chercher de l'eau, respire !

Juliette but quelques gorgées, sa main comprimant sa poitrine.

— Il faut que tu portes plainte, ce sont des monstres.

— De qui parles-tu ?

— De ton père et de ton frère. Tu sais bien d'où ça vient. Je suis désolée, ma grande, mais la situation ne risque pas de s'arranger. Regarde-moi ça.

Elle sortit de son sac un exemplaire de la dernière édition de *L'Estuaire*, parue le matin même. En première page s'étalaient un article et une photographie de Juliette.

INTERVIEW EXCLUSIVE DE FRANÇOIS LEROUX :
« MA FILLE EST LA HONTE DE NOTRE FAMILLE. »

François Leroux, professeur de littérature à la retraite, père de Juliette Leroux, raconte les derniers mois de sa cohabitation avec sa fille qui avait la gestion des domaines familiaux. « En 2005, mon fils Stéphane a souhaité voler de ses propres ailes, il en avait assez de travailler chaque jour sous la férule de sa sœur. Il a demandé que soit liquidée la succession de mon épouse et je l'ai soutenu dans sa démarche. Juliette a réagi d'une façon abominable, elle voulait à tout prix préserver Les Alizés, pour sa propre fille, j'imagine... Elle ne me pardonnait pas de soutenir son frère, et un jour, au cours d'une dispute, elle m'a frappé ! »

Suivaient une peinture idyllique des liens entre le père et le fils, l'apologie de Stéphane et de sa petite famille.

— Mais c'est ignoble ! s'écria Juliette en reposant le journal. Ça ne s'est pas passé comme ça du tout !

Elle n'entendit pas la réponse de Tonia. Ces calomnies la bouleversaient. Elle ne s'attendait pas à ce que son père et son frère puissent encore lui inspirer tant de rage et la déchirer au plus profond d'elle-même. Elle s'effondra sur le canapé en sanglotant, les bras noués sur son ventre. Toute cette détresse si péniblement surmontée, tant d'efforts accomplis pour être une autre, et une quinzaine de lignes dans un journal minable avaient tout effacé d'un trait. Elle n'avait donc pas changé ?

Sourde aux paroles de réconfort que lui dispensait Tonia, elle pleura toutes les larmes de son corps. Elle était toujours Juliette, l'enfant solitaire en butte aux railleries des élèves de sa classe, la captive soumise et silencieuse vampirisée par sa mère, l'adolescente blessée, la femme trompée. Celle que l'on abusait en riant, coupable, fautive... Elle reprit ses esprits en sentant un linge mouillé sur son visage.

— J'ai appelé Nicolas, murmura Tonia, je ne savais pas quoi faire.

Ses sanglots redoublèrent.

— Tu n'aurais pas dû. Je me sens tellement responsable. Tout est ma faute.

— Tu ne vas pas recommencer avec ces idées stupides !

— Je n'ai pas cessé de tout gâcher depuis mon retour. Ma fille ne veut plus me voir, je suis peut-être en train de compromettre l'avenir du vin de la région, je détruis le couple de Nicolas, et j'ai trompé Erwan.

Le bruit de la porte d'entrée claqua et Nicolas fut près d'elle.

— Qu'est-il arrivé ?

Tonia lui montra le journal et le cercueil.

— Les salauds ! Ils n'ont plus d'arguments contre moi, ils s'en prennent à toi. C'est odieux, il faut porter plainte.

— Non, Nicolas, je ne veux pas traîner ma famille en justice.

— Mais les lettres, les appels anonymes, ce cercueil…

— Ça vient d'eux, j'en suis quasiment certaine.

Il s'était assis près d'elle et la prit dans ses bras. Tonia se retira sur la pointe des pieds.

— Ma chérie, dis-moi ce que je peux faire.

— Rien. Tonia n'aurait pas dû te déranger.

— Bien sûr que si !

Il la serra plus fort en couvrant son front, ses cheveux de baisers, mais elle se détacha de lui. Elle respira, soupira. Il lui fallait trouver la force d'exprimer ce qui, depuis un moment, lui paraissait une évidence. Elle ne devait pas être là. Et lui non plus. Elle avait pris sa décision, le plus dur serait de lui dire. Elle le regarda, ce visage si familier qu'elle avait contemplé sans se lasser, caressé, embrassé, qu'elle avait appris à aimer autrement qu'à travers le miroir de l'enfance. Elle se mordit les lèvres.

— Nicolas, je vais repartir au Canada, il vaut mieux que je m'en aille.

— Mais pourquoi ?

— Je ne fais que créer la discorde, je perturbe ta vie alors que tu ferais mieux de t'occuper de Françoise. C'est Isabelle qui a raison, il est temps d'arrêter.

Ce n'était pas à lui, traumatisé par son enfance, qu'elle pouvait expliquer qu'elle se sentait toujours prisonnière du passé.

Ils étaient enlacés, front contre front, elle pleurait et il souffrait de ne rien trouver à lui dire, atterré par la perspective de son départ. Il allait se retrouver plus pitoyable, plus désemparé que jamais, après tant de bonheur et de moments radieux.

— Qu'est-ce que je vais faire sans toi ?

— Tu pourras vendre le terrain et engager ta commune dans le projet du Conseil régional...

— Je n'y ai jamais cru !

— Tu étais dans le vrai depuis le début, j'aurais dû t'écouter au lieu de vouloir jouer les trouble-fêtes pour me prouver je ne sais quoi.

Nicolas explosa :

— Arrête de te dévaloriser, tu t'es battue depuis cinq mois sans relâche. Je n'ai pas envie que ça s'arrête, je veux voir aboutir ce centre de thermalisme.

Il resserra son étreinte, la couvrit de baisers, mais il sentait la peur l'envahir. Il ne voulait pas la perdre tout en sachant qu'il ne pourrait pas la retenir.

— Tu n'as rien gâché, Juliette, elle n'était déjà pas brillante, ma vie. J'ai besoin de toi, je ne me suis jamais senti aussi fort que depuis ton retour. Je t'aime.

— Je t'aime aussi, Nicolas, mais je me sens perdue.

« Perdue entre deux hommes, entre deux pays », pensa-t-elle.

— Tu es surtout épuisée, te rends-tu compte du rythme que tu t'imposes depuis le début de l'année ? Tu as besoin de faire une pause. Et si tu restais chez toi aujourd'hui ? Détends-toi, respire… Lis ! Tu m'as dit l'autre jour que tu n'avais plus le temps de lire. Est-ce que Tonia sera toute la journée chez toi ?

— Non, seulement ce matin.

— Veux-tu que j'annule mes rendez-vous ? On pourrait aller déjeuner, se promener…

— Non, Nicolas, je crois au contraire que j'ai besoin d'être seule pour tenter d'y voir clair en moi. Tout est si confus.

— Alors, repose-toi, je reviendrai ce soir. Nous reparlerons de tout ça. Mais je t'en supplie, ne prends aucune décision définitive. J'espère que tu changeras d'avis, que tu ne nous abandonneras pas, les thermes et moi.

Il la vit esquisser un demi-sourire avec un soulagement indicible.

Nicolas parti, Juliette se leva et retrouva Tonia qui avait entrepris de nettoyer la cuisine. Elle lui proposa son aide.

— Ça me remettra les idées en place.

À lustrer les cuivres et dépoussiérer les étagères en compagnie de la gouvernante de son enfance, elle eut l'impression de retrouver la paix d'autrefois, quand elle se sentait consolée, aimée, s'imaginant que ça ne s'arrêterait jamais. Lorsque à midi Tonia la quitta, elle s'installa à la table haute de la cuisine devant une assiette garnie de salade niçoise et un pichet d'eau glacée. Son téléphone portable retentit et le numéro de Blandine Clément s'afficha. Elle était très inquiète après avoir lu l'article dans *L'Estuaire*.

— Tu crois que nous devrions user d'un droit de réponse ? Bien sûr, c'est ton père, mais tout de même.

— Merci, Blandine, mais je préfère ignorer ces calomnies.

— Enfin, il t'accuse de l'avoir frappé.

— Certes, ça ne me donne pas le meilleur rôle, mais il ne ment pas tout à fait. Au moment de régler la succession de ma mère, c'est vrai que nous en sommes venus aux mains, mais c'est lui qui m'a giflée, et j'ai répliqué. Difficile de tendre l'autre joue à cinquante ans.

Juliette ne dévoilait là qu'une partie de la vérité. Mais elle n'avait pas envie de la dévoiler tout entière. L'histoire était si compliquée. Elle parla du cercueil emballé dans le carton à chaussures.

— Es-tu absolument sûre que ça vienne de ton père et de ton frère ? J'ai un doute… J'ai demandé à mon amie graphologue d'examiner la dernière lettre anonyme que tu avais reçue, elle est formelle : c'est une femme qui l'a écrite.

— Ça ne prouve rien, Blandine, ils peuvent faire écrire ces messages par quelqu'un de leur entourage.

— Il n'empêche, je persiste à penser que tu devrais porter plainte.

— Je verrai…

— Prends soin de toi.

Après le déjeuner, Juliette prit une douche, se coiffa, et se maquilla avec soin. Elle devait reconnaître qu'elle appréciait cette journée de repos. Malgré son trouble, elle se sentait mieux. Elle gagna la mezzanine avec l'idée de suivre les conseils de Nicolas : prendre un livre, se détendre. Le dossier des thermes était resté sur la table basse. Elle l'ouvrit, et les heures s'égrenèrent sans qu'elle y prête attention. Un début de migraine l'interrompit dans son travail, elle descendit se préparer une tasse de thé. Elle le but très fort, en regardant à travers la baie. Un vent léger berçait la cime des cèdres et de petits nuages moutonnaient à l'infini dans un ciel d'une pureté éclatante. Jamais elle ne renoncerait à la création des thermes.

Elle regarda l'heure, il était onze heures du matin à Montréal. Erwan répondit à la première sonnerie, il lui parut abattu, malheureux.

— Karen va de plus en plus mal, c'est insupportable, mais elle se bat avec une telle opiniâtreté…

— Que dit le médecin ?

— Tu connais les médecins, ils hésitent toujours à se prononcer, mais il pense que ça peut durer des mois. Tu me manques, Juliette. Je suis navré, mais je ne peux pas m'absenter, Karen m'accapare jour et nuit.

— Je sais, Erwan, ce n'est pas ta faute.

— J'avais envisagé notre vie de façon différente. Si tu savais comme je m'en veux, Juliette, je me dis tous les jours que je n'aurais jamais dû revenir à Montréal. C'est si dur de ne plus te voir. De ton côté, est-ce que tu ne pourrais pas revenir, au moins quelque temps ?

Un grand vide s'ouvrit en elle. À l'autre bout du fil, Erwan perçut son soupir. Le silence dura quelques secondes, qu'elle évalua en minutes, un silence qui tenait lieu d'aveu. Elle se revoyait quelques heures plus tôt, résolue à partir à nouveau. Étranges arabesques du destin qui laisse parfois entendre que tout peut arriver.

— Je ne sais plus où j'en suis, Erwan, mais depuis mon retour en Gironde, je sais que chez moi, c'est ici. Ma fille, mes amis, toute ma vie est là. Comme sans doute la tienne au Canada. Moi aussi, j'aurais voulu que tu reviennes vite et que nous construisions notre avenir. Bien sûr, je pourrais faire des voyages éclair, mais il y aura toujours un océan entre nous. Je suis désolée, je sais que je vais te faire de la peine, mais je ne reviendrai pas.

Longtemps après qu'ils eurent raccroché, elle resta assise à fixer le téléphone, elle n'avait pas trouvé les mots pour lui dire qu'il y avait un autre homme, un amour à part qui se perdait dans les méandres des affections d'enfant, un amour condamné à brève échéance. Elle n'avait pas voulu le blesser davantage. C'était l'excuse qu'elle se trouvait, mais au fond d'elle-même, elle savait qu'elle avait manqué de courage.

Au moment où Nicolas s'apprêtait à quitter le bureau pour rejoindre Juliette, sa secrétaire lui transmit un appel de sa mère qui lui demandait du linge de rechange pour les jumeaux. La semaine précédente, il avait décidé de lui confier les enfants jusqu'aux élections municipales.

En arrivant chez lui, il trouva Françoise affairée dans la cuisine, elle portait une jolie robe imprimée à bretelles, ses cheveux étaient lavés et noués sur la nuque. Depuis des semaines, chaque soir, il la trouvait endormie sous l'effet des calmants ou de l'alcool.

— J'ai préparé un lapin aux champignons, tu pourrais aller chercher les enfants chez ta mère, et on dînera ensemble.

— Je ne suis pas libre ce soir, je ne fais que passer, ma mère a besoin de vêtements propres pour Charles et Lucas.

— Tu peux au moins ramener les enfants, ils passeront la soirée avec moi.

— Je préfère qu'ils restent chez ma mère jusqu'à la fin de la campagne, j'ai moins de temps pour m'occuper d'eux.

La main de Françoise se crispa sur le couteau qu'elle utilisait pour éplucher les carottes.

— Tu penses que ta mère s'en occupe mieux que moi ?

— En ce moment, oui, ils sont plus en sécurité chez elle. En moins d'une semaine tu as laissé déborder la baignoire et brûlé deux casseroles. Si Marion n'avait pas été là, tu déclenchais un incendie.

— Tu ne peux pas me faire confiance, te montrer un peu plus patient ?

— Ça fait deux ans que je suis patient, Françoise, et les enfants aussi. Deux ans que je te supplie de te faire soigner.

— Tu sais bien que ce n'est pas le problème, tout est venu de mes échecs. Je n'ai pas su remonter la pente, je n'ai fait que déprimer.

Nicolas laissa éclater sa colère :

— Et le médecin t'a conseillé combien de fois de consulter un thérapeute, de soigner ta dépression ? Tu as toujours refusé. Tu n'écoutes personne, tu préfères boire.

Elle posa le couteau, les carottes, et s'agrippa à la chemise de Nicolas.

— Tu ne t'occupes pas de moi ! J'ai besoin que tu sois là.

Il s'éloigna en essayant d'être le moins brusque possible.

— Écoute, je travaille pour le confort de toute la famille, je te remplace auprès des enfants. Je fais de mon mieux.

— En dormant dans la chambre d'amis ?

— J'ai des journées harassantes en ce moment avec la campagne électorale, j'ai besoin de repos.

— De là à ne même plus coucher ensemble. S'envoyer en l'air à la va-vite une fois par trimestre, ça te suffit ? Dis plutôt que je te dégoûte.

— Tu deviens vulgaire ! Et injuste. Tu as une vie de rêve, comparée à des millions d'autres femmes. Pardonne-moi de ne pas être à la hauteur, mais les enfants sont ma priorité, ils souffrent de cette situation et tu t'en fiches !

Ce sont des gamins, ils seront marqués à vie par ta conduite, tu le comprends, ça ? J'essaie de les protéger.

— Avec l'aide de ta mère ! Pourquoi ne le dis-tu pas ?

— Heureusement qu'elle est là, en effet, ce ne sont pas tes parents...

— Laisse mes parents en dehors de ça.

— Ils y restent bien tout seuls. Ils prennent les enfants avec eux deux semaines par an, et encore, les bonnes années.

À nouveau, elle se rapprocha de lui, sa voix se fit suppliante :

— Tu ne veux pas rester ?

— Je ne peux pas.

Il n'avait pas regagné sa voiture qu'elle avait déjà sorti un verre et une bouteille.

Nicolas apporta les vêtements chez sa mère, passa un long moment avec les enfants et, à l'heure du dîner, il prit la direction des Cèdres. Il aurait dû s'inquiéter de l'état de Françoise, mais il n'en fit rien, et il n'éprouvait plus de remords. Seulement de l'impatience, de l'appréhension. La scène avec sa femme n'avait fait que nourrir le besoin qu'il avait de la présence de Juliette. Il avait peur de sa décision. Les mains crispées sur le volant, il se répétait qu'il ne voulait pas la perdre.

Ce fut elle qui parla la première :

— J'ai appelé Erwan pour lui dire que je ne reviendrais pas à Montréal.

Nicolas la prit dans ses bras, la souleva de terre en poussant un cri de joie. Elle rit.

— Tu n'as pas changé ta façon de crier depuis le temps où tu te prenais pour un chef indien.

Il la faisait virevolter et elle riait de plus belle.

— Tout nous ramène toujours à notre enfance, Nicolas, tu as remarqué ? Quand on y pense, c'est effrayant.

— Pourquoi effrayant ? Nous sommes deux gamins amoureux et c'est merveilleux, non ? Ne crains rien, nous allons remporter les élections, et nous construirons le centre thermal !

Juliette frémit, toutes les pensées inavouables que sa raison ne pouvait accepter s'envolèrent. Il n'y avait qu'elle et lui, le silence de la chambre. Les vêtements qui tombaient. Au-dehors, la quiétude de l'après-midi s'en était allée, le vent s'était levé, annonçant l'orage. Nicolas la serrait contre lui, il posa une jambe sur les siennes, elle aimait sentir son poids sur elle. À chaque geste qu'il faisait, elle respirait plus fort, jusqu'à suffoquer, jusqu'au plaisir accompli, et que retombent leurs forces. Ils restèrent enlacés, la tête au creux des oreillers. Juliette se disait que c'était presque indécent de désirer si violemment cette jouissance.

Plus tard, il s'assoupit en prenant une posture d'enfant, sa tête appesantie sur la poitrine de Juliette. Elle écoutait sa respiration régulière et goûtait l'enfermement de ses bras autour d'elle.

À deux heures du matin, Juliette fut réveillée en sursaut par la sonnerie du téléphone. Elle faillit ne pas décrocher de crainte d'un nouvel appel anonyme. Mais c'était le premier adjoint de Saint-Louis.

— Désolé de vous déranger à pareille heure, mais je ne peux pas joindre Nicolas, notre équipe de colleurs d'affiches a été agressée.

Par précaution, Juliette et Nicolas arrivèrent chacun de leur côté et à dix minutes d'intervalle sur les lieux de l'agression. La gendarmerie était sur place. L'adjudant-chef Fairol expliqua qu'au vu des premiers éléments, les deux jeunes gens avaient été attaqués par trois hommes cagoulés, armés de matraques. L'un d'eux, fortement commotionné au visage, avait été transporté à l'hôpital par les pompiers.

Nicolas resta avec les gendarmes pour répondre à leurs questions et rassurer les bénévoles. Il parla avec des habitants du voisinage, alertés par les sirènes des véhicules de secours. Juliette se rendit à l'hôpital pour prendre des nouvelles du garçon et réconforter ses parents.

14

À la suite de l'agression dont avaient été victimes les colleurs d'affiches, les forces de l'ordre enquêtèrent dans les milieux politiques locaux. Robert Caroit fut interrogé sur son emploi du temps et celui de ses proches. Il cria au coup monté, invoqua un complot destiné à le discréditer. Ses accusations irritèrent Nicolas qui l'apostropha en public :

— M'accusez-vous d'avoir moi-même organisé l'agression de deux gosses pour me faire élire ? C'est indécent, monsieur Caroit ! Contrairement à vous, j'ai des enfants.

À cause de cette ambiance détestable, les élections municipales de Saint-Louis prirent une ampleur nationale. Les grandes chaînes de télévision dépêchèrent des envoyés spéciaux pour suivre le scrutin.

— Puisque c'est la guerre, déclara Nicolas à ses colistiers, alors préparons notre campagne et passons à l'attaque !

Ainsi, entre les interviews du maire à l'hôtel de ville et les visites de la presse sur le terrain du futur centre de thermalisme, les habitants de Saint-Louis durent s'accommoder des caméras et des micros venus faire intrusion dans leur vie quotidienne.

Au cours des dernières réunions publiques, Nicolas et Juliette constatèrent que de plus en plus d'administrés se montraient sensibles à leurs arguments et à la promesse de nouveaux emplois. Mais une majorité silencieuse, parmi les vignerons, balançait encore.

La semaine précédant les élections, la demande d'utilité publique fut acceptée par la DDASS. La qualité des eaux répondait aux critères drastiques imposés par les pouvoirs publics, et l'implantation d'un centre thermal à Saint-Louis était devenue un rêve réalisable.

Ce dimanche matin, la ville connaissait l'effervescence d'un scrutin municipal hors normes. Dans la salle de vote, les colistiers de Nicolas se montraient d'humeur joviale tandis que leurs adversaires les ignoraient ostensiblement. Chaque groupe suivait les consignes. Comme l'enquête de gendarmerie piétinait, Robert Caroit continuait à se poser en victime d'une cabale politicienne. Vers onze heures, il y eut une soudaine affluence, non qu'il restât beaucoup de paroissiens pour voter à la sortie de la messe, mais le repos dominical imposait ses horaires. En fin de matinée, le ménage était fait, la voiture lustrée, et le repas mitonnait. Il était temps d'accomplir son devoir civique. Dans l'après-midi, les élus vinrent faire un tour et accueillir les votants. Les heures s'égrenèrent au son de la manette de l'urne et de la formule républicaine : « A voté. »

Dès dix-sept heures trente, une partie de la population se regroupa dans la salle municipale pour assister au dépouillement. L'atmosphère se tendit pendant que les assesseurs ouvraient les enveloppes bleues et annonçaient les résultats. Fait sans précédent, très peu de noms étaient biffés ou rajoutés sur les listes, ce qui signifiait que les électeurs avaient voulu trancher nettement en faveur de l'une ou l'autre liste.

Robert Caroit demanda un nouveau comptage et, après une ultime vérification, Nicolas Frémont se leva.

— Mesdames et messieurs, voici les résultats, je peux d'ores et déjà vous annoncer qu'il n'y aura pas de second tour. Inscrits : 5 099, votants : 4 850, suffrages exprimés : 4 605. La liste Frémont obtient 3 502 suffrages. La liste Caroit, 1 103.

Il y eut un instant de silence solennel, avant une salve d'applaudissements. Les intéressés avaient déjà fait le compte des sièges attribués. Avec vingt-trois élus, non seulement Nicolas était désigné dès le premier tour, mais son équipe gagnait deux sièges. Robert Caroit n'avait plus que six élus sur sa liste au lieu de huit. La défaite était sans appel, mais le perdant s'avança vers Nicolas, le menton haut et l'index dressé.

— Ce n'est pas fini, croyez-moi ! Au moindre faux pas, nous serons là. Considérez-vous sous haute surveillance, monsieur le maire.

— Ne vous en déplaise, monsieur Caroit, la preuve est faite ce soir que la calomnie et la délation ne paient pas.

Après son départ sous les huées, Nicolas, brusquement entouré, congratulé, convia ses administrés à un vin d'honneur. Lorsqu'ils se retrouvèrent face à face, Juliette l'embrassa en lui murmurant :

— Bravo, Nico, tu as fait mieux que mon score d'il y a six ans.

— C'est parce que tu étais à mes côtés.

À cet instant, elle croisa le regard d'Isabelle qui avait assisté au dépouillement. Celle-ci avait félicité Nicolas, et surtout Thomas, désormais conseiller municipal, mais en ignorant sa mère. Juliette n'insista pas. Quant à Françoise Frémont, elle avait fait une apparition en matinée pour voter, entourée de sa belle-mère et de sa fille.

Les discussions se poursuivaient autour du buffet campagnard. Au gré des toasts, des groupes se formaient. Plus tard dans la soirée, Juliette se retrouva seule avec Thomas.

— Nous ne nous sommes pas encore félicités, dit-elle en l'embrassant.

Il la regarda avec une intensité qui la surprit avant de poser un baiser retentissant sur ses joues et, d'une façon abrupte, il lui lança :

— Est-ce qu'il y a quelque chose entre Nicolas et toi ?

Elle se sentit pâlir, lutta pour ne pas mentir, Thomas ne le méritait pas.

Elle hocha la tête en signe d'acquiescement.

— Tu as rompu avec mon oncle ?

— C'est difficile, ma vie est ici, Thomas, et lui, il est bloqué au Canada. Mais il sait que je ne reviendrai pas. Je t'accorde que la situation n'est pas claire, au fond nous ne sommes pas fiers de nous, Nicolas et moi. S'il te plaît, ne nous juge pas.

— Je n'en ai pas l'intention, Juliette, ça ne me regarde pas. Mais soyez vigilants ! Si je m'en suis aperçu, d'autres s'en apercevront aussi, et certains ne manqueront pas de le faire savoir…

— J'espère que ce ne sera pas le cas.

À la volée, il saisit une coupe de champagne sur un plateau et la lui tendit.

— Tu devrais dire la vérité à Erwan… Vous donniez l'impression de tellement vous aimer !

— C'était le cas, Thomas, mais…

— Je sais, coupa le jeune homme, les amours à longue distance, ce n'est pas facile. Tu n'as pas à te justifier, mais tu devrais parler à Isabelle. Les choses ne sont déjà pas faciles entre vous, si elle apprend cette nouvelle par quelqu'un d'autre que toi…

Un couple s'approcha de Juliette, et Thomas s'éloigna, lui aussi accaparé par des supporters. La soirée se prolongea tard dans la nuit, mais pour Juliette elle s'était achevée à cet instant. Elle passa son temps à maîtriser son émotion quand ses yeux croisaient ceux de Nicolas et à guetter le regard des autres.

La victoire de Nicolas et de son équipe était celle du thermalisme. À peine une semaine plus tard, la déclaration d'utilité publique fut publiée au *Journal officiel*. Désormais, le projet entrait dans sa phase de concrétisation, tout était prêt pour lancer les travaux. Les plans de réhabilitation des bâtiments étaient homologués, la société de forage avait établi ses devis. Juliette et Grégory Sanchez préparaient déjà la pose de la première pierre, qui aurait lieu dès l'obtention du prêt.

Juliette s'impatientait, elle appela le banquier et fut surprise, puis inquiète de ne pouvoir lui parler en direct. Elle demanda un rendez-vous à son assistante qui l'éconduisit avec un minimum de courtoisie. Et la nouvelle tomba, anéantissant toute l'allégresse des semaines passées. Le prêt était refusé, sans explication, sans recours possible.

Aux Cèdres, Juliette réunit Nicolas, Thomas et Grégory. Tous étaient consternés.

— Doit-on laisser tomber ? demanda Thomas.

— Non, jamais je ne m'avouerai vaincue, répliqua Juliette en servant des rafraîchissements.

— Je ne vois pas ce qu'on peut faire sans ce prêt.

Grégory qui considérait les thermes comme l'aubaine de sa jeune carrière suggéra de contacter d'autres banques.

— On va perdre un temps fou, dit Thomas, qu'en penses-tu, Nicolas ?

— C'est certain, sans compter que si cette banque a subi des pressions, elles en subiront toutes.

Ils continuèrent à échanger des idées, des hypothèses, avant de prendre conscience du silence de Juliette, qui n'avait plus rien dit depuis sa détermination à ne pas abdiquer.

— Il faut faire appel à des investisseurs privés, déclara-t-elle enfin, et si possible étrangers, parce qu'ils ne seront pas impliqués dans les bisbilles locales. Grégory, nous allons constituer un dossier en béton, et je vais le soumettre à Gary Stafford, le financier pour qui je travaillais à Montréal.

Interloqué, Nicolas la regarda, et aussitôt elle réalisa qu'elle allait s'envoler pour le Canada. L'appréhension qu'elle éprouva alors n'avait rien à voir avec les menaces qui pesaient sur les thermes.

Juliette arriva à l'aéroport Trudeau, à Montréal, un mercredi en début d'après-midi. Elle loua une voiture et prit la direction du centre-ville. Il y avait beaucoup d'animation dans les rues. Dans ce pays où la belle saison durait quelques semaines, les Montréalais vivaient dehors, dans les parcs publics, les cafés, au rythme des festivals et des spectacles de rue qui se succédaient sans interruption dès la mi-juin. En longeant le boulevard Saint-Laurent, elle jeta un coup d'œil vers l'avenue des Pins, où habitait Erwan, et résista à l'envie de passer devant sa maison. Elle gagna enfin la rue Sainte-Catherine et le parking souterrain de son immeuble. Avant de monter dans son appartement, elle informa le concierge qu'elle résiliait le bail pour la fin du mois suivant. Elle ouvrit les fenêtres pour dissiper les odeurs de renfermé. Il lui restait du temps avant le dîner avec Gary Stafford. Elle ressortit, prit le métro et accéda à la ville souterraine et au centre commercial Eaton, où elle flâna plus d'une heure. Elle fit quelques achats en se répétant qu'elle n'en aurait peut-être plus l'occasion avant un certain temps, puis elle choisit trois grandes valises et rentra se préparer pour la soirée.

Ils s'étaient donné rendez-vous au restaurant La Montée, et lorsque Juliette arriva, Gary l'attendait au bar. Leur table était réservée dans un coin discret, ils s'installèrent et se laissèrent aller au plaisir de se revoir. Gary parut déçu en comprenant qu'elle ne reviendrait pas à Montréal. De taille corpulente, les cheveux grisonnants, il portait la barbe et affichait un sourire bienveillant.

— Mais la France te réussit, à ce que je vois.

L'apéritif n'était pas encore servi qu'elle sortait le dossier Aquaval. On leur proposa du homard aux asperges vertes, mais Juliette ne prêta guère attention au contenu de son assiette. De temps à autre, Gary lui rappelait gentiment qu'ils avaient aussi à déguster un repas. Elle avalait une bouchée, posait sa fourchette et reprenait ses explications. Elle parlait, elle argumentait, sans rien cacher des oppositions locales, des pressions subies. À bout de souffle, elle s'arrêta enfin et dévora son homard. Gary, qui en avait terminé depuis un certain temps, feuilleta attentivement les pages du dossier. En l'observant, Juliette se félicita de toutes les heures passées avec Grégory à lire, relire et corriger la moindre virgule, jusqu'à une quasi-perfection dans la clarté des explications et des chiffres. Gary posa une question, puis une autre, il revint en arrière et poursuivit l'examen du dossier point par point en formulant toutes les interrogations qui lui venaient. Soigneusement préparée à cet entretien, Juliette avait toutes les réponses. Quand arriva le club-sandwich au chocolat, dessert typique, elle aurait presque parié qu'elle avait gagné.

— C'est un projet ambitieux, Juliette, je suis impressionné par ta créativité.

— Je ne suis pas seule, c'est un travail d'équipe, et nous avons un jeune architecte de talent.

— Vous n'avez aucun financement ?

— Non, à part l'achat du terrain, ce qui n'est déjà pas mal, mais le projet est viable, Gary ! Toutes nos études le prouvent.

Il sourit en la voyant s'enflammer de nouveau.

— Sais-tu à quoi je pense ? demanda-t-il en commandant les cafés. L'activité thalassothérapie peut être ajoutée au thermalisme ?

— Bien sûr ! Nous ne manquons pas d'espace pour diversifier les prestations.

— Alors, pourquoi ne pas donner une dimension internationale à ton projet ? Nous pourrions organiser des séjours thalasso pour des hommes et des femmes d'affaires canadiens qui veulent se ressourcer. Avec tes idées géniales de diététique, de cours de botanique, nous pouvons mettre en place des programmes de détente fabuleux. Tu y réfléchis ?

Elle n'y manquerait pas.

Il s'était levé.

— Je pense avoir les contacts financiers appropriés, il me faudra une quinzaine de jours. Je te tiendrai au courant. Il se peut même que je me déplace à Bordeaux en temps voulu.

En rentrant dans son appartement, Juliette compléta le dossier de résiliation de son bail, puis elle emplit les trois valises avec tous ses effets personnels, vêtements, livres, albums photo, et les bibelots chinés dans les vieux quartiers de Montréal. Elle rassembla au milieu du salon tout ce qu'elle ne voulait pas emporter, avec un message pour le gardien lui signifiant qu'il pouvait en disposer.

Il faisait encore nuit lorsqu'elle partit pour l'aéroport. Cette fois, elle ne put résister à l'idée d'emprunter l'avenue des Pins et s'arrêta devant la maison d'Erwan. Elle crut voir sa silhouette se détacher derrière les fenêtres éclairées du premier étage. Elle demeura un moment le visage levé vers cette lumière et sentit des larmes glisser jusque dans son cou. Elle les essuya rapidement, et cria : « Merde ! » en tapant du poing sur le volant. Elle se remémorait tous ces moments de joie quand Erwan la rejoignait rue Sainte-Catherine et sa détresse quand elle le voyait se rhabiller en toute hâte, après un appel téléphonique. C'était fini. À présent, il lui restait à effacer ces trois années. Mais quelle autre vie l'attendait ?

L'aube pointait sur Montréal, le soleil embrasait les arbres du parc du Mont-Royal. Cette ville superbe qu'elle n'oublierait jamais continuerait d'exister sans elle. Elle respira profondément à plusieurs reprises, comme si devait émaner du plus profond de son corps le souffle du sacrifice consenti.

À l'aéroport Trudeau, elle trouva un chariot, y chargea ses valises et restitua le véhicule de location. En entrant dans le hall, elle se regarda dans une vitrine. Juliette, cinquante-trois ans, coiffure sage, tailleur strict, une femme égarée qui n'aurait plus à attendre un homme rivé au chevet d'une malade. Elle passa un long moment au comptoir d'enregistrement à cause du supplément de bagages. Comme elle se dirigeait enfin vers le couloir d'embarquement, elle entendit son prénom et se retourna pour se retrouver en face de John Russel, un ami d'Erwan.

— Quelle surprise de vous trouver là de si bonne heure, Juliette !

Ils se serrèrent la main, et il remarqua l'amoncellement de valises.

— Vous vous installez à Montréal ?

— Non, je repars.

— Définitivement ?

— Oui.

Elle devina qu'il était sur le point de lui poser des questions. Elle prétexta le décollage imminent de son avion. Russel lui souhaita bonne chance et s'éloigna. Elle n'avait pas osé le prier de taire leur rencontre devant Erwan.

La première partie du vol de retour fut agitée, l'avion traversa plusieurs zones de turbulences. Le commandant de bord, les hôtesses s'ingéniaient à rassurer les passagers, mais chaque trou d'air provoquait les mêmes exclamations angoissées. La jeune fille assise à droite de Juliette s'agrippait à son bras à chaque soubresaut. Lorsque vint l'accalmie, elle s'assoupit enfin, et Juliette sortit son livre. L'hôtesse s'approcha d'elle et lui proposa un café ou un jus de fruits.

— Vous n'avez pas eu trop peur ?

Elle n'avait même pas pris conscience d'un réel danger, c'était en elle que se manifestaient les plus violentes turbulences, la peur de l'avenir mêlée à la nostalgie du passé. Malgré sa volonté de changement, elle se sentait toujours aussi seule, et elle était lasse des chimères qui jalonnaient sa vie. Elle ne se posait plus la question de savoir si on pouvait aimer deux hommes en même temps. Elle avait choisi.

Elle connaissait Nicolas depuis quarante-cinq ans, elle n'avait même pas l'excuse d'un coup de foudre qui saccage une vie entière au premier battement de cœur. Ils s'étaient retrouvés, chavirés par la résurgence des souvenirs, l'aveu de leurs souffrances d'enfant, mais son désir pour lui n'avait plus rien d'une passade. Elle savait qu'elle devait mettre fin à cette histoire avant qu'elle ne cause de nouvelles blessures, pas moins irrémédiables chez leurs enfants. Mais pour la première fois, Juliette luttait contre sa raison, ce fatalisme qui l'avait si souvent laissée sans recours. Elle vivait une passion, le bonheur lui était offert. Mais ce mot avait-il seulement une réalité pour elle ?

Elle frissonna, encore quatre heures de vol. La fatigue lui piquait les yeux. Elle revit en condensé la surprenante tournure de ce voyage éclair : venue pour intéresser des investisseurs au thermalisme, elle repartait avec un vaste projet d'aquatourisme. Elle ferma les yeux, le livre posé sur ses genoux, et finit par s'assoupir.

Elle s'éveilla peu avant l'atterrissage à Bordeaux. En traversant le hall, elle prit un exemplaire de *L'Aquitaine* au kiosque et le feuilleta en attendant un taxi. Avant d'oublier ce qu'elle faisait là en découvrant la nouvelle dans les pages régionales.

Philippe Marot est mort en détention. L'agent immobilier avait été condamné à vingt ans de réclusion criminelle pour avoir causé la mort de Geoffrey Morris et Fabienne Leroux au cours de l'affaire de ventes illégales de propriétés viticoles en 2005. Il est décédé hier des suites d'une longue maladie.

15

C'était un matin d'été somptueux. Main dans la main, Isabelle et Thomas parcouraient les rangs de vignes de Moulinblanc. Isabelle ne pouvait s'habituer au spectacle des troncs sciés à ras de terre. L'enquête n'avait toujours rien donné. Au cours des réunions syndicales, beaucoup de viticulteurs, scandalisés, leur avaient manifesté leur soutien, mais d'autres pensaient que « les gens des Alizés » n'avaient que ce qu'ils méritaient. Thomas enserra la taille d'Isabelle.

— Nous les replanterons, murmura-t-il.

En marchant, ils surveillaient la nouaison. Chaque grappe de raisin prenait forme, les grains se développaient avec des reflets rosés.

— Il faudra recommencer les traitements, Thomas.

Il était primordial de lutter contre les maladies et les parasites avant la taille d'été qui concentrerait toute l'énergie de la vigne dans les plus beaux fruits.

Arrivés en haut du coteau, ils s'arrêtèrent pour admirer l'océan de feuillage bourgeonnant sur les croupes avoisinantes. La nature avait modelé le paysage en une délicate configuration de terrasses, de décrochements sur lesquels la lumière du soleil levant déployait une palette chatoyante de jaunes, d'ocres, avec un camaïeu de verts. Isabelle contemplait cette harmonie où terre et ciel se confondaient à l'horizon. Il lui arrivait encore de penser à la mort de son fiancé par une magnifique journée de juillet, pareille à celle-ci. Une pensée fugace, scellée dans l'éternité des souvenirs, et le chagrin lui revenait comme les inévitables ressacs de l'océan. Mais très vite, elle cherchait Thomas des yeux, il lui offrait la certitude d'un bonheur simple et authentique. Comme en ce matin magnifique où l'avenir lui semblait riche de promesses. Thomas et ses vignes, tout ce qu'elle désirait était là, rien d'autre n'avait d'importance. Ils s'embrassèrent et reprirent le chemin des Alizés.

Isabelle avait décidé de ne plus revoir sa mère. Pour rien au monde elle ne souhaitait revivre les scènes des derniers mois. Aussi fut-elle contrariée en la découvrant installée dans le petit salon, en conversation avec Tonia. Cette dernière se retira aussitôt.

— Je dois te parler, Isabelle.

— Je ne suis pas sûre que nous ayons encore quelque chose à nous dire.

— Accorde-moi dix minutes, tu jugeras après, dit-elle avant de marquer une pause. Ne fais pas comme quand tu étais gamine. Tu te souviens ? Tu jurais que tu détestais les épinards sans les avoir goûtés.

Un infime sourire éclaira le visage de la jeune fille. Thomas, qui l'avait suivie, embrassa Juliette en riant et quitta le salon.

— Je vais voir si Tonia a fait du café.

Juliette essaya de trouver une position confortable dans le creux du canapé, les fenêtres du salon donnant sur le parc étaient ouvertes et un léger courant d'air froissait les voilages.

— Tu t'es posé beaucoup de questions pendant mon absence, et sans doute plus encore depuis mon retour. Aujourd'hui, je peux répondre à certaines d'entre elles.

Par quoi commencer ? Certaines choses étaient si difficiles à exprimer, d'autres si intimes.

— D'abord, je voudrais te dire que j'ai une liaison avec Nicolas. Mais ce n'est pas le plus important, nous sommes adultes, ça ne regarde que nous.

Elle lut de la stupeur et de la désapprobation dans le regard choqué de sa fille. Ça commençait mal.

— Thomas pense qu'il est préférable que je t'en parle, tenta-t-elle d'expliquer, le pire serait que tu l'apprennes par quelqu'un d'autre.

— Parce que Thomas est au courant ?

— Il s'en est aperçu tout seul.

Tonia entra à pas feutrés et posa devant elles un plateau avec du jus d'orange et du café. Isabelle dévisageait sa mère tandis qu'elle remplissait les tasses. Leurs regards se croisèrent et Juliette sourit en tendant une tasse à sa fille.

— Il faut aussi que je te parle de ces articles dans la presse locale où l'on dit que j'ai frappé ton grand-père.

— Je n'en ai pas cru un mot.

La voix d'Isabelle s'était radoucie, et Juliette déchiffra les sentiments sur le visage de sa fille : de la confiance, et même de l'affection.

— Et pourtant c'est vrai, ma chérie. Je ne t'ai jamais caché qu'il n'était pas le père biologique de tante Fabienne. Une fois l'enquête close, il y a trois ans, le commissaire m'avait remis le journal intime de Fabienne, elle y expliquait le calvaire que notre père lui avait fait endurer, insultes, brimades, coups même, jusqu'à ce qu'elle quitte Les Alizés, le lendemain de ses dix-huit ans. Sous l'effet de la colère en découvrant cela, je suis allée voir ton grand-père, notre dispute a dégénéré, mais je te jure que c'est lui qui m'a giflée d'abord. Et j'ai répliqué.

— Tu as bien fait, il n'avait pas le droit, mais ça n'a pas été la seule raison de ton départ au Canada quand même ?

— J'y viens.

Elle revoyait le titre du journal paru le jour même et soupira longuement avant de boire quelques gorgées de jus d'orange.

— Philippe Marot est mort en prison, reprit-elle, et cela me libère du poids d'un secret. Et d'une grave faute que j'ai commise, il est utile que tu le saches.

Elle se tut un instant, immobile, se retenant presque de respirer, jusqu'à trouver la force de libérer des sentiments qu'elle avait trop longtemps contenus.

— Marot a été condamné pour avoir causé la mort du fils d'Erwan, et il a reconnu les faits. Mais sur un simple faisceau de présomptions, on lui a aussi imputé le décès de ta tante Fabienne. Or il n'était pas coupable de ce meurtre. En réalité, c'est le docteur Jean-Pierre Deltec qui l'a tuée.

— Mon parrain ?

— Mon ami d'enfance, murmura-t-elle, tout comme Nicolas.

— Mais pourquoi a-t-il fait cela, maman ?

— Ils avaient eu une aventure, et il était tombé amoureux d'elle, il avait sans doute imaginé que c'était réciproque. Mais par la faute de ton grand-père, Fabienne se vengeait sur les hommes des souffrances et des injustices qu'elle avait subies enfant. Elle l'a quitté et il ne l'a pas supporté. Après l'arrestation de Philippe Marot, il est venu me voir à la mairie et il m'a tout raconté en m'apprenant aussi qu'il lui restait à peine quelques mois à vivre, il souffrait d'une forme aggravée de leucémie. Et c'est à moi qu'il a laissé ce terrible choix : le dénoncer ou le laisser mourir avec le poids de ses remords.

Depuis qu'elle avait décidé de parler à sa fille, Juliette redoutait de s'écrouler, mais elle se sentait calme, comme si ses efforts pour devenir une autre femme avaient fini par remettre le passé à sa place ; douloureux, difficile à évoquer, mais étranger à sa vie présente.

— Ce dilemme a été un supplice, ma chérie. J'avais la possibilité d'alléger la peine de Marot en dénonçant ton parrain, mais je ne pouvais pas lui faire ça. Et pourtant, c'était lui le meurtrier de ta tante.

Elle se pencha, prit les mains d'Isabelle dans les siennes.

— Je te jure que prendre cette décision a été une torture. Mais j'ai choisi de me taire. J'ai laissé Jean-Pierre face à son destin, à ce qu'il disait être « une autre forme de justice ».

— Il est parti quelques jours après toi.

— Pour l'Afrique, je sais. Il avait toujours rêvé de missions humanitaires.

— Tu crois qu'il est décédé maintenant ?

Juliette n'avait jamais imaginé le décès de Jean-Pierre, et pourtant… comment aurait-il pu survivre ?

— Je pense, oui.

— Maman, pourquoi ne m'as-tu rien dit à l'époque ? J'aurais pu comprendre, et je ne t'en aurais pas voulu si fort d'être partie. J'ai cru que tu ne t'intéressais plus à moi, à notre propriété… Pour quelle raison as-tu fui, au lieu de tout me raconter ?

— Tu commençais juste à reprendre goût à la vie après la mort de Mark, je n'ai pas voulu t'accabler du poids d'un autre chagrin. Mais le monde qui m'entourait m'était devenu insupportable, le passé m'étouffait, l'avenir me terrorisait.

— Pourquoi, maman ? Personne ne savait.

— Moi si ! Est-ce que tu réalises ce que j'ai fait ? J'ai laissé accuser quelqu'un d'un crime qu'il n'avait pas commis, le droit appelle cela dissimulation de preuves, entrave au fonctionnement de la justice. Et moi j'appelle ça une lâcheté et une faute. Je n'ai pas voulu être présente pendant le procès de Marot, je sais que je n'aurais pas tenu le coup. J'aurais fini par dire la vérité. La seule issue qui m'est apparue alors, c'était la fuite. J'en avais assez d'être le réceptacle des secrets, des drames des autres. Et j'ai essayé durant trois ans d'ignorer le passé dans l'espoir qu'il finisse par disparaître.

Isabelle observait sa mère, elle lui semblait toujours différente, comme affublée d'un masque dissimulant les fêlures, les écorchures dont elle souffrait depuis si longtemps. Elle comprit qu'elle avait simplement retouché les apparences et qu'au fond d'elle-même, elle était toujours aussi vulnérable.

— Si tu savais comme je me suis sentie seule, maman. Tu étais partie, mon parrain aussi.

— Je te demande pardon, Isa. Mais en partant, je pensais qu'Erwan se rendrait libre, et que nous reviendrions ensemble. Rien ne s'est passé comme prévu. Et puis, j'ai cru te rendre heureuse en te laissant Les Alizés. Me suis-je trompée à ce point ?

— Non, avoua Isabelle dans un souffle.

Sa mère avait pris son visage entre ses mains tremblantes et la regardait avec cet air de dévotion qu'elle lui connaissait depuis l'enfance.

— Si tu savais comme je me sens fautive et comme je suis malheureuse à cause de nos disputes. J'aimerais que nous fassions la paix. Crois-tu que ce soit possible ?

— Je le voudrais tellement moi aussi, maman.

Plus tard, elles reparlèrent des sentiments de Juliette et de Nicolas, et Isabelle trouva cela « chou ».

— C'est vrai qu'il est beau, Nico, je ne te l'ai jamais dit, maman, mais j'étais amoureuse de lui quand j'avais neuf ans !

Le salon retentit de leurs éclats de rire, au grand bonheur de Tonia qui n'en finissait pas d'aller de l'une à l'autre, les cajolant tour à tour en énumérant les petits plats qu'elle leur mijoterait.

— Tu ne repartiras pas ? demanda Isabelle.

Juliette eut un mouvement de tête et serra sa fille dans ses bras, un vrai câlin d'amour.

Le lendemain, des tracts furent distribués dans les boîtes aux lettres de Saint-Louis. Une photographie du maire et de Juliette Leroux, tendrement enlacés, et les horaires de leurs rencontres : le jour et l'heure de l'arrivée de

Nicolas aux Cèdres, de son départ, souvent au milieu de la nuit, parfois à l'aube.

À dix heures, ils se retrouvèrent dans le bureau de Nicolas à la mairie. Le téléphone sonnait sans interruption, la secrétaire filtrait les appels en répondant que le maire ferait une déclaration officielle dans la soirée, aucun commentaire jusque-là.

— Que fait-on ? demanda Juliette.

— Difficile de nier… Notre emploi du temps est détaillé avec une telle précision.

Elle se souvint avoir eu le sentiment d'être épiée ces derniers temps. Cette berline blanche qui l'attendait au bout de l'allée, qu'elle avait cru revoir encore, tout récemment, devant la boulangerie où elle avait couru s'acheter un sandwich. En sortant, elle avait trouvé un papier plié en deux, glissé sous ses essuie-glaces : *Fous le camp avant qu'on te le fasse regretter, pouffiasse.*

Elle avait levé les yeux et aperçu la voiture qui tournait au carrefour.

— On nous a traqués sans relâche.

— Mais qui ? Caroit ?

— Sinon lui, son entourage. Rappelle-toi sa mise en garde le soir des élections, il a promis de te surveiller ! Comme il n'a pas été mis en cause dans l'agression des colleurs d'affiches, il se croit tout permis. Ah, il la veut, la place !

Ils convinrent de porter plainte pour atteinte à leur vie privée.

— De toute façon, il n'y aura pas de conséquences pour toi, Juliette, mais pour ma part, avec une épouse alcoolique et déprimée, on va me lapider.

— Ta vie ne concerne que toi, mais tu dois avoir une conversation avec Françoise et les enfants au plus vite.

C'était sa priorité. Quant à Juliette, elle repensait à Marion, à toutes les fois où elle s'était confiée à elle quand elle venait se réfugier aux Cèdres. Elle allait se sentir trahie.

— Ce serait plus raisonnable de ne plus nous voir, Nicolas.

— Oh non, pas ça !

Il posa sur elle un regard désespéré.

— Non, répéta-t-il.

Leurs mains se rejoignirent par-dessus le bureau.

— Je ne vois pas d'autre solution.

Bouleversée par la tristesse qu'elle lisait sur son visage, elle savait qu'il lui faudrait faire preuve de courage. Elle aussi se sentait incapable de renoncer à lui.

— Je t'aime, Juliette, je ne sais pas comment j'ai pu vivre plus de quarante ans près de toi sans l'avoir compris.

— Je me suis souvent fait cette remarque. Peut-être que nous avons confondu nos sentiments d'adolescents avec notre besoin d'amour, aujourd'hui. C'était sans doute une erreur.

— Des erreurs, nous n'avons cessé d'en commettre avant de nous retrouver. Il n'y avait pas grand-chose avant toi dans ma vie, excepté mes enfants, il n'y aura plus rien après, je le sais.

Je tiens à notre relation, je refuse de ne plus te voir.

Elle eut un temps d'hésitation, une pause fragile, entre espoir et affolement, comme si le cours de leurs destins pouvait encore s'inverser.

— Il le faut, Nico, répéta-t-elle, au moins pour un certain temps.

Les larmes aux yeux, le cœur serré, elle s'était promis de tenir bon. Il n'y avait pas d'autre issue.

Nicolas essaya de joindre sa femme au téléphone, il laissa plusieurs messages et fit une dernière tentative avant de se rendre chez sa mère. Il s'attendait à ce que la confrontation avec elle et avec les enfants soit pénible. Elle le fut. Sa mère ne lui fit aucun reproche, elle en était bien incapable. Les jumeaux s'inquiétèrent de savoir si leurs parents allaient divorcer. Dans un premier temps, Marion demeura muette. Elle n'arrivait pas à comprendre comment Juliette pouvait coucher avec son père. Elle planta son regard dans le sien, et finit par demander si c'était à cause de « cette histoire dégueulasse » que sa mère buvait.

Nicolas, sous le choc, ne sut quoi lui répondre.

— Ma chérie, ta mère boit parce qu'elle est malade, déclara sa grand-mère, et sa maladie s'aggrave parce qu'elle refuse de se soigner. Je ne pense pas que ces événements y soient pour quelque chose, elle buvait déjà quand Juliette vivait au Canada.

Ces mots eurent le don d'apaiser un peu Marion. Elle s'enferma à nouveau dans le silence puis, après avoir disparu un instant dans la cuisine, revint en annonçant qu'elle avait préparé une tarte à la tomate et au fromage de chèvre.

— C'est la recette de Juliette, dit-elle.

Son père eut un pauvre sourire. Elle se pencha vers lui et lui souffla à l'oreille :

— Si ce n'est pas vraiment de sa faute, tant mieux, je l'aime bien.

— Je sais, ma puce, et je ne veux pas que ça change, moi aussi, je l'aime beaucoup.

Ce n'était pas facile de décrire à ses enfants cette immense tendresse qui l'attachait à Juliette depuis toujours et qui s'était, malgré eux, muée en des sentiments plus profonds. Il s'y employa en termes simples, en cherchant l'approbation dans les yeux de sa mère. Elle se rapprocha de lui et posa sa main sur son épaule avec douceur.

Les enfants la rejoignirent et ils formèrent un groupe serré, pétri de tendresse.

— On t'aime, papa, murmura Marion, tu es notre papounet chéri.

Elle marqua un temps.

— Tu vas parler à maman ? Peut-être que ça lui donnera envie de se soigner.

— Oui, peut-être, et je lui parlerai, je te promets.

La première réaction de Nicolas en quittant la maison de sa mère fut de rentrer chez lui et d'affronter Françoise. Toutefois, il réalisa qu'il n'avait aucune envie de la voir, ni de se justifier, pas plus que de s'exposer aux questions qu'on lui poserait à la mairie, aux regards des employés de l'entreprise. Il avait besoin d'être seul, de réfléchir, d'évaluer la situation et les conséquences. Il pressentait que personne n'en sortirait indemne. Il s'arrêta avant le bourg de Saint-Louis, et prit le chemin des thermes. Toutes les voies d'accès avaient été dégagées, les abords des bâtiments nettoyés et une immense pancarte marquait l'entrée : AQUAVAL CENTRE DE THERMALISME. Ce petit prodige était l'œuvre de Juliette. Sa Juliette. Il descendit de voiture et marcha vers le théâtre gallo-romain à pas lents, comme on remonte le temps. Soudain, sa vie lui parut dénuée de sens, il avait l'impression d'avoir tout raté. Seul son travail le comblait tout en l'enfermant dans une espèce de culpabilité pesante, pleine de regrets, de non-dits, qu'il dissimulait derrière son éternel sourire d'adolescent. On l'avait privé de son enfance. Il n'avait jamais pu se délivrer des images de violence. La terreur de sa mère, le langage brutal, les agressions de son père, les coups... Un soir, sa tête avait heurté le mur de la cuisine, le laissant à demi inconscient. Mais il y avait le Cercle des invincibles, et Juliette, leurs courses, leurs cris, leurs jeux, tout ce qui leur avait permis d'échapper aux tourments imposés par les adultes. Juliette qu'il admirait, qu'il imaginait heureuse dans son cocon bourgeois, ordonné, paisible. Jusqu'à cet instant où elle lui avait ouvert son cœur, avoué ses propres souffrances. Deux orphelins de leur enfance, voilà ce qu'ils étaient. Dieu qu'il l'aimait.

Devant lui, le coteau, la source, le promontoire grimpant à l'assaut du ciel. Il escalada le théâtre de verdure et s'assit à même le sol. Son regard embrassait les lieux, dessinant leur aspect futur. À ses pieds coulait la source sur les pierres irisées par le soleil.

Il ne pensait qu'à Juliette, l'idée du renoncement le révoltait. Il l'aimait. Il l'aimait en dépit de tout, et malgré cette femme qui était la sienne et qui ne l'émouvait même plus. « Les hommes sont tous des salauds », lui avait-elle lancé un jour. Était-il un salaud parce qu'il s'était épris d'une autre ? Pourquoi ne pouvait-il pas faire comme n'importe quel homme, divorcer, partager la garde des enfants, refaire sa vie avec Juliette. Et elle, s'ils le pouvaient, accepterait-elle de vivre avec lui ? Il ne s'était jamais posé la question de savoir si elle éprouvait toujours des sentiments pour Erwan, elle lui avait dit qu'elle ne repartirait pas au Québec, pour autant, attendait-elle son retour en France ? Mais à quoi bon se torturer l'esprit avec toutes ces interrogations ? Il ne pourrait jamais abandonner sa femme, au contraire. Son sens du devoir lui intimait de la soutenir, de tout faire pour sauver sa famille.

Il se laissa gagner par la beauté du site, le froissement des fougères sous la brise, un cri d'oiseau, ce ciel blanc où venaient se dissoudre les nuages, où se perdait sa tristesse. Il regagna sa voiture et, épuisé, il finit par s'endormir, la tête penchée de côté.

Il était plus de dix-neuf heures lorsqu'il rejoignit son domicile. La voiture de Françoise n'était pas là. Il entra et demeura interdit. Bibelots cassés, chaises renversées, miroirs brisés, il fit le tour de la maison. Françoise avait disparu.

16

Les gendarmes fouillèrent la maison de Nicolas de fond en comble, achevant de la mettre sens dessus dessous. Ils trouvèrent le sac à main de Françoise, ses papiers, ses cartes bancaires, autant d'éléments qui suscitaient des interrogations sur les conditions de son départ. En outre, les aiguilles de la pendule du salon brisée par terre marquaient dix-sept heures, heure supposée de sa disparition.

Aux questions des gendarmes, Nicolas déclara qu'il était seul à cette heure-là et, pour la première fois, il décela le doute et la suspicion sur le visage de l'adjudant Fairol. D'autant que les voisins affirmèrent avoir entendu une violente dispute la veille au soir entre le maire et sa femme, ce que Nicolas ne chercha pas à nier.

À la mairie, la pression était devenue telle qu'il décida d'organiser de toute urgence une réunion d'élus. Depuis le couloir, Nicolas entendit un bruit sourd de conversations animées. Lorsqu'il entra dans la salle du conseil, le silence se fit aussitôt, comme un souffle suspendu au-dessus des menaces qu'il savait imminentes. Des yeux, il fit le tour de la table. Pas d'excusés ni de retardataires, tous les regards étaient braqués sur lui. La climatisation tournait à fond, des carafes d'eau, des verres étaient disposés devant les conseillers, qui paraissaient soucieux. Il leur faudrait choisir un camp et ils le savaient. Nicolas se rendit compte qu'il transpirait, cette matinée de fin juillet était suffocante. Sur les visages tendus, il devinait les questions. Certains s'étaient déjà formé leur opinion et le condamnaient. Il aurait voulu se montrer impavide, imperméable aux reproches, mais il se découvrait vulnérable, le souffle court et la gorge sèche. Il avait toujours été considéré comme un élu efficace, on le jugeait honnête, compétent et loyal. À présent, il suscitait le doute. Sa probité rimait avec immoralité, sa compétence avec indécence.

Juliette était là, elle aussi, assise à l'autre bout de la table. Leurs regards se croisèrent et, très vite, elle se retourna vers Thomas, installé à sa droite. Nicolas n'était pas encore assis que, déjà, Robert Caroit le sommait de s'expliquer sur la disparition de sa femme et cette scandaleuse liaison que lui prêtait la rumeur.

— Que ce soit Mme Leroux ou moi-même, notre vie privée ne regarde personne.

— C'est faux, monsieur le maire, vous avez une responsabilité morale envers vos administrés, comme tout homme public ! Comment faire confiance à un homme qui bafoue une femme malade ? Nous réclamons votre démission.

— La mienne aussi ? demanda Juliette. Tant qu'à faire…

Thomas leva la main comme un écolier sollicitant la permission de parler, et Juliette sourit.

— Puisqu'il est question de moralité, dit-il en toisant Caroit, que faut-il penser des personnes qui ont fait suivre notre maire pendant ses déplacements privés et qui ont fait imprimer et distribuer ces tracts ?

Caroit se leva, hors de lui, et manqua le traiter de métèque mais se retint, éructant :

— Oh, vous ! Mêlez-vous de vos affaires, je ne suis pas sûr que vous ayez autorité pour prendre la parole, votre demande de naturalisation n'est même pas officielle.

Juliette ne put s'empêcher d'éclater de rire.

— Quel bel exemple de tolérance nous avons là. (Et avec un geste large du bras, elle prit tout le conseil municipal à témoin.) Nous attendons que vous présentiez vos excuses à Thomas Winsley.

Caroit sentit que la situation lui échappait. Devant son silence, Juliette en profita pour préciser qu'une plainte était déposée pour atteinte à la vie privée.

— Et j'espère bien qu'on remontera jusqu'aux parangons de moralité qui sont les instigateurs de cette infâme campagne de dénigrement.

À l'exception des six conseillers d'opposition, tous se rallièrent à Nicolas en déplorant ces procédés de voyou. Il les en remercia.

— Bien que je n'aie pas à me justifier, je tiens à préciser que je ne suis pour rien dans la disparition de ma femme. Malgré cela, je vais donner en partie satisfaction à M. Caroit. Durant l'enquête, je souhaite me mettre en retrait des affaires de la commune. Laurent, notre premier adjoint, me remplacera avec l'aide de Juliette Leroux, si elle est d'accord.

Au moment de se séparer, Thomas sortit de sa mallette la dernière édition de *L'Estuaire* et la tendit à Juliette. Son père avait une fois encore tribune ouverte et, dans un entrefilet, il déclarait que rien ne l'étonnait venant de sa fille, que sa présence même était la marque du scandale et du déshonneur. Désormais, il la reniait.

Il était onze heures ce matin-là lorsque deux gendarmes se présentèrent à l'entreprise Courson-Frémont. Sans explication, ils demandèrent à Nicolas de les suivre jusqu'à la brigade. Juliette proposa de l'accompagner, mais il refusa.

Malgré les enquêtes de voisinage, dans les gares et aéroports, auprès des banques, Françoise demeurait introuvable. L'adjudant-chef Fairol savait que la plupart des personnes disparues donnent signe de vie au cours des trois premiers jours. Passé ce délai, il fallait envisager d'autres hypothèses qu'une simple fugue. On avait interrogé son médecin traitant qui consentit à révéler les tendances suicidaires de sa patiente, « comme chez la plupart des alcooliques à un stade avancé ».

La veille au soir, les parents de Françoise Frémont avaient déposé une plainte à l'encontre de leur gendre qu'ils jugeaient responsable de sa disparition. En outre, plusieurs témoins avaient déclaré que le soir où un vigneron avait ramené Françoise ivre à la mairie, son mari l'avait secouée sans ménagement. Toute la ville étant au courant des incartades conjugales du maire, l'adjudant Fairol ne voulait négliger aucune piste, dont celle de l'homicide. Elle n'imaginait pas le maire se débarrasser froidement d'une épouse encombrante, mais au cours d'une dispute conjugale, un geste en entraînant un autre, tout pouvait arriver.

Après avoir longé les couloirs, Nicolas fut introduit dans une pièce sombre. Il comprit d'emblée qu'il aurait droit à un interrogatoire serré. La donne avait changé et l'adjudant le lui signifia en s'adressant à lui d'un ton froid. Nicolas, les traits figés, de la lassitude dans les yeux, prit place en face des enquêteurs. Il leur demanda s'ils avaient du nouveau.

On l'informa de la plainte déposée par ses beaux-parents.

— Nous allons reprendre toutes vos déclarations depuis le début, dit l'adjudant.

Le sujet de leur dispute de la veille, son emploi du temps au moment de la disparition de sa femme. Il répéta pour la énième fois qu'il s'était isolé en cette fin d'après-midi pour réfléchir à la situation.

— Votre couple connaissait des difficultés ?

— Oui, comme beaucoup de couples.

— Ça vous gêne d'en parler ?

— Non.

L'adjudant l'observait, les mains à plat sur le bord de la table. Ce justiciable-là inspirait la sympathie et un certain respect. Mais c'était aussi l'homme auquel la rumeur publique prêtait une liaison avec une notable de la commune, l'homme marié dont l'épouse venait de disparaître, celui qui s'était fait plus que des adversaires en politique : des ennemis. Et un suspect tant que son innocence ne serait pas prouvée. On lui signifia sa garde à vue pour vingt-quatre heures.

Ce ne fut qu'en fin de journée qu'il fut autorisé à appeler sa mère.

— Embrasse les enfants, maman, ne vous inquiétez pas, je rentrerai demain.

Mais il commençait à en douter.

La journée parut interminable à Juliette, l'inaction ne lui réussissait pas et elle était bien en peine de savoir comment aider Nicolas. Il n'était pas revenu de sa convocation à la gendarmerie. Elle appela la brigade sans obtenir d'informations, et elle n'osait pas s'adresser à la mère de Nicolas.

Isabelle et Thomas passèrent la soirée avec elle aux Cèdres. La jeune femme décida de préparer un repas pour « leur remonter le moral ». Foie gras, entrecôtes grillées, de belles tomates du jardin assaisonnées à l'huile d'olive et parsemées de basilic. En s'occupant du barbecue, Thomas les regardait, de nouveau complices et câlines. Malgré la situation, elles riaient en dressant la table. Ils dînèrent dehors, et Isabelle orienta la conversation sur les thermes. Rien n'aurait pu autant distraire Juliette. Comme sa fille s'était désintéressée jusqu'alors du projet, tout était nouveau pour elle. Et Juliette ne se fit pas prier pour tout lui expliquer. Isabelle reconnut que l'idée était formidable, l'académie de botanique l'enchanta. Il était plus de minuit lorsqu'ils se séparèrent, et si Juliette n'avait pas vu le temps passer, son inquiétude concernant Nicolas ne la quittait pas.

Elle s'étonna d'avoir aussi bien dormi. Au lever du jour, la température avoisinait déjà les vingt-deux degrés. Elle prenait son petit déjeuner lorsque son portable sonna. Le premier adjoint lui apprit que Nicolas n'était pas ressorti de la brigade. En garde à vue. Mesurant l'impact que cette nouvelle pouvait avoir sur les employés de l'entreprise, Juliette s'habilla en hâte, se maquilla légèrement et noua ses cheveux.

En fermant la porte de la maison, elle vit une petite voiture bleue remonter l'allée. Marion et sa grand-mère en sortirent, et la gamine courut au-devant d'elle. Juliette approuva une bouffée d'appréhension. Cette enfant qu'elle adorait avait toutes les raisons du monde de la haïr. Mais contre toute attente, Marion se jeta dans ses bras :

— Marraine, papa est en prison.

Lucette, la mère de Nicolas, resta un peu en retrait, tandis que Juliette expliquait à sa filleule la différence entre garde à vue et prison.

— Ils prennent juste le temps de l'interroger, ma chérie.

— Mais il n'y est pour rien ! Il a tout essayé pour que maman se fasse soigner.

Juliette leur proposa d'entrer et, comme elle s'effaçait devant elle, la mère de Nicolas l'en remercia d'un sourire aimable. Elle expliqua le coup de téléphone de son fils la veille au soir, la plainte déposée par ses beaux-parents, et son incapacité à fournir un alibi pour l'heure de la disparition de Françoise.

— Marraine, tu aimes beaucoup papa, n'est-ce pas ?

Juliette frémit et ses yeux s'embuèrent de larmes.

— Oui.

— Il m'a dit que vous vous aimiez depuis que vous étiez enfants.

Ainsi, c'était comme ça qu'il avait présenté leur liaison à sa fille et aux jumeaux, à sa mère aussi sans doute. Un amour d'enfance. Son regard s'attarda sur Marion, sur Lucette Frémont, et elle ne chercha même plus à contenir son émotion.

— C'est vrai, Marion, ça fait longtemps que nous nous aimons avec ton papa.

— Pourquoi vous ne vous êtes pas mariés quand vous étiez jeunes ?

— La vie n'est pas toujours aussi simple, on doit parfois emprunter des détours, pour revenir à son point de départ.

Elle tendit les bras et de nouveau, Marion se blottit contre elle.

— Que peut-on faire ? demanda Lucette Frémont. Il ne peut pas rester en prison. Je suis terrorisée à l'idée que les parents de Françoise viennent me prendre les enfants.

— Ça, non, jamais ! s'écria Marion. Je refuse d'aller chez eux et je ne veux pas que Charles et Lucas y aillent non plus... ils ne nous aiment pas, ça se voit. Il faut faire quelque chose, marraine.

En une fraction de seconde, Juliette envisagea ce qu'elle pouvait faire. C'était énorme... Une énorme folie.

Plus tard, elle réunit les chefs de service de l'entreprise, les rassura, demanda leur soutien en leur affirmant que tout se passerait bien. Après tout, elle était là. Et elle représentait sa fille, majoritaire dans le capital de la société.

En début d'après-midi, Blandine Clément l'appela.

— Pas mal, ta famille, dis donc !

Juliette avait complètement oublié les dernières déclarations de son père dans l'hebdo local. Elle raconta les derniers événements à son amie.

— Il n'a pas tué sa femme, quand même ?

— Bien sûr que non, Nicolas est incapable de la moindre violence !

— Alors, arrête de t'en faire, les vrais coupables sont ceux qui ont rendu publique votre liaison.

— D'accord, Blandine, mais la liaison ? J'y suis un peu pour quelque chose.

— Sauf que tu n'es pas la première femme de la création à coucher avec un homme marié.

— Ça ne me console pas vraiment, mais tu as raison, les fautifs sont ceux qui veulent à tout prix nous empêcher de créer ce centre de thermalisme. Dès le début, on gênait et on s'est mis à dos une partie des institutions régionales. Sur le plan local, je peux te dire que c'est une vraie guerre de territoire. Je pense que Caroit n'est pas étranger à cette campagne de diffamation. Ça fait quinze ans qu'il rêve de la mairie.

— Que donne l'enquête de gendarmerie ?

— Apparemment rien, et ça me surprend. Si Caroit est à l'origine de tout cela, il a des appuis très solides. Il se conduit comme s'il était sûr de son impunité !

Blandine ne répondit pas. C'était trop tôt. Mais elle suivait ses idées, elle avançait dans ses recherches, et elle avait la certitude que dans cet imbroglio, deux pistes se dessinaient, bien distinctes. Dont une visait Juliette, et elle seule.

L'endroit était calme, mais Nicolas savait qu'une chambre de sûreté n'était pas la prison. Jusqu'ici, il avait bénéficié d'un traitement de faveur. La pièce, avec ses sanitaires, était convenable, bien que mal éclairée par une minuscule lucarne à barreaux. On lui avait apporté une couverture propre, un plateau-repas substantiel avec un verre de vin. En reprenant le plateau, le planton lui avait remis un bloc-notes et un crayon.

Il savait qu'il ne trouverait pas le sommeil. Où était Françoise ? Il essayait de recenser tous les endroits où elle aurait pu aller. Où va-t-on sans ses papiers, sans argent… Chez une amie ? Il y avait bien longtemps qu'elle n'avait plus d'amies. Après ses deux échecs professionnels, elle s'était coupée de tout lien social. Aigrie, ne trouvant que des critiques à formuler, elle donnait l'impression de haïr le monde entier. C'est ainsi qu'elle avait commencé à se laisser aller, et le premier enivrement avait suivi. La première fois, il en avait plaisanté, un coup de cafard, ça peut arriver. Mais il y avait eu une deuxième fois, puis une troisième…

Dès qu'il avait constaté le chaos dans la maison et sa disparition, il avait pensé à une crise de démence, suivie d'une fugue. Et cette idée lancinante l'obsédait. Comment en étaient-ils arrivés là ?

Il prit une feuille de papier, tira un trait vertical. D'un côté, il inscrivit le prénom de ses enfants. Il devait tout faire pour les protéger, il pensa à les changer d'école à la prochaine rentrée. Sa mère, malgré ses soixante-douze ans, était encore assez active pour le seconder, il n'aurait aucun mal à organiser leur quotidien. Il s'arrêta, reposa le crayon et s'aperçut avec horreur qu'il agençait sa vie, celle de ses enfants, comme si Françoise ne devait jamais revenir. Il serra les poings. Comment imaginer ce qu'elle avait fait, ce qu'elle était capable de faire ? Et si elle avait décidé de mettre fin à ses jours, ses enfants l'en jugeraient fatalement responsable, et tout le monde penserait de même.

Car il y avait Juliette.

C'est son prénom qu'il inscrivit dans l'autre colonne. C'était elle la femme dont il avait envie, dont il avait besoin. Jamais il ne s'était senti aussi proche d'elle qu'en ce moment où elle avait décidé de dissocier leurs destins. Un instant, le cœur de Nicolas cessa de battre, il pensa à ces milliers de chansons d'amour un peu niaises qui disent qu'un homme aime une femme. Il aimait Juliette d'une passion démesurée. Un lien irremplaçable, fait d'amour, de tendresse, d'amitié... Toutes les incertitudes l'accablaient d'un coup, son âge, le temps qui passait, la peur d'avoir négligé l'essentiel, et ce désir fou de choisir sa vie, d'accéder à cette liberté à laquelle il avait cru ne pas avoir droit.

Juliette passa par toutes les étapes de l'angoisse : des hésitations jusqu'aux remords, jusqu'à regretter de ne pas être repartie au Canada quand il en était encore temps. Et la décision qu'elle avait prise face à Marion ne faisait qu'aggraver le tumulte de ses sentiments. D'ailleurs, lorsqu'elle arrêta sa voiture devant la gendarmerie, elle hésitait encore. Mais elle ne pouvait chasser de son esprit le regard désespéré de Nicolas quand il lui avait dit : « Je serais incapable de porter la main sur elle, ni sur quiconque. » Au vu de son enfance martyre, elle savait qu'il disait la vérité. Comment aurait-elle pu ne pas avoir confiance en lui ? Elle demanda à rencontrer l'adjudant Fairol et déclara que Nicolas était avec elle à l'heure de la disparition de son épouse.

— Étant donné la campagne de diffamation que nous subissons, il a choisi de ne rien vous dire.

Dans l'après-midi, l'adjudant fit venir Nicolas et lui signifia la fin de sa garde à vue. Outre le témoignage opportun de Juliette Leroux, les dernières informations recueillies sur l'état mental de Françoise Frémont plaidaient pour une fugue sous l'emprise de pulsions irrationnelles. On avait déjà ordonné de faire draguer le lac de Saint-Louis.

Nicolas appela sa mère qui vint le chercher. Il apprit alors qu'elle avait rendu visite à Juliette, et il mesura les risques qu'elle avait pris pour lui avec cette fausse déclaration.

Il passa toute la soirée avec ses enfants, joua avec eux dans la piscine, ils dînèrent ensemble puis il accompagna les jumeaux dans leur chambre et attendit qu'ils s'endorment. Il écoutait leur souffle régulier dans l'obscurité et envia cette capacité qu'ont les enfants de s'abandonner au sommeil. Avant de redescendre au salon avec Marion et sa mère, il envoya un message sur le portable de Juliette.

Merci, Juliette.

Elle répondit aussitôt.

J'ai confiance en toi. À demain, au bureau.

L'échange était laconique. Les textos laissaient des traces et il leur fallait redoubler de prudence.

Le lendemain, Gary Stafford appela Juliette depuis Montréal, il avait trouvé des investisseurs intéressés par le centre de thermalisme. Ils prendraient le premier vol pour Bordeaux en début de semaine.

17

Dès qu'il avait appris par son ami le voyage de Juliette à Montréal, Erwan s'était précipité rue Sainte-Catherine. Ensuite, il n'eut pas le courage de rentrer chez lui. Il s'arrêta à proximité du parc du Mont-Royal et marcha le long des allées bordées de frênes blancs, indifférent à l'animation qui y régnait. Il composa le numéro du portable de Juliette et laissa un message : « Je sais que tu es venue à Montréal, pourquoi ne m'as-tu rien dit ? Je n'arrive pas à croire que tu te sois trouvée si près de moi sans me faire signe. Le concierge de ton immeuble m'a appris que tu avais résilié ton bail de location… Je ne comprends pas ce qui nous arrive. J'étais tellement convaincu que notre amour résisterait à toutes les épreuves. Juliette, je t'en prie, appelle-moi. »

Mais l'appel ne vint pas. Malgré la confiance qu'il avait en elle, il pressentit que ce qu'il avait tant redouté était advenu, elle s'était lassée de l'attendre.

Il rentra chez lui, vérifia que sa femme n'avait besoin de rien et se retira dans son bureau. La seule vue du portrait de Juliette lui faisait mal. Il retourna le cadre. Les regrets l'obsédaient. Pourquoi n'était-il pas resté en France ? Pourquoi ? Il n'avait pas vu le piège qui allait se refermer sur lui et le tenir prisonnier de cette maison. Pourtant, il savait Karen manipulatrice, elle avait réussi à raviver son sentiment de culpabilité lié au décès de leur fils, elle en était à lui reprocher d'être là tout en l'ayant pris en otage de sa déchéance.

Maintenant, elle pouvait à peine s'exprimer par la parole, elle n'avait plus la force de tenir ses paupières ouvertes, son visage était creux, livide, elle respirait avec difficulté. Bientôt, il faudrait envisager une trachéotomie, puis l'assistance respiratoire. La semaine précédente, le médecin avait proposé de la faire hospitaliser en soins palliatifs. Erwan avait refusé. Il l'assisterait jusqu'au bout. Chaque jour, il la voyait se débattre mais le corps qu'il tenait dans ses bras en la soignant n'était qu'un fardeau qu'il supportait sans amour, il devait subir l'odeur, la vision du spectre qu'elle était devenue, ses râles. Il avait de plus en plus de difficulté à assumer les crises, le rituel sordide des couches, de l'urine, du vomi. Alors que tout ce qu'il désirait était à des milliers de kilomètres de cette horreur : sa vie avec Juliette. Mais la porte s'était fermée. Il avait trop attendu d'elle, de ses sentiments, trop tergiversé. Il se promit que si le médecin renouvelait sa proposition d'hospitaliser Karen, il accepterait. Après tout, il l'accompagnait depuis plus de trois ans, et il avait fait tout ce qu'il était humainement possible de faire. Même en mémoire de Geoffrey.

Il s'installa devant son ordinateur et écrivit un long mail à Juliette. Ses pensées se bousculaient, les mots venaient trop vite, il se trompait, rectifiait… « Je t'aime… Par pitié, ne m'abandonne pas, ne m'oublie pas… Je sais, mon amour, tout ce que j'ai exigé de toi pendant ces années… Encore quelques semaines, ma Juliette, juste quelques semaines, et je te rejoindrai… Je te fais la promesse de consacrer chaque heure de chaque jour à t'aimer… Je t'en fais le serment… »

Écrasée entre des coussins qui lui donnaient l'impression de se noyer, Karen tremblait. Combien de temps tiendrait-elle encore, deux, trois mois ? Les nuits lui étaient insupportables. L'obscurité la plongeait dans les affres de l'attente, parfois elle se réveillait en transe avec une douleur dans la poitrine, comme un coup de poignard, et elle pensait : « Le moment est venu, je vais mourir. » Elle s'accrochait au peu de souffle qui lui restait encore. Erwan la nourrissait de purée de légumes et de laitages, comme un bébé. Pourquoi ne l'affamait-il pas pour la voir crever plus tôt ?

Elle ne rencontrait plus chez lui que du dégoût et de la haine. Des gémissements jaillirent de sa gorge. Elle parvint à appuyer sur la sonnette. Il ne lui restait que ce pouvoir sur Erwan, le déranger, l'affoler. Elle savait qu'il attendait sa mort pour repartir, pour rejoindre l'autre. La fin de son propre enfer deviendrait le paradis d'Erwan.

Le parfum des roses du jardin montait jusqu'à elle par la fenêtre entrouverte. C'était l'été. L'été à Montréal. Dieu qu'elle avait aimé cette saison ! Son dernier été. L'image de sa mort grandissait en elle, s'étalait comme des cercles dans l'eau. Elle allait mourir... elle pensa aux dernières démarches qu'elle avait entreprises et l'ombre d'un sourire se dessina sur son visage ravagé par la maladie. Erwan rejoindrait sans doute sa putain, mais elle ne lui faciliterait pas la tâche.

— Les enfants étaient heureux de te voir ? demanda Juliette dès qu'ils furent seuls.

Le lendemain du jour où Nicolas était sorti de sa garde à vue, ils avaient fait ensemble le tour de l'entreprise Courson-Frémont, et échangé quelques mots avec les employés.

— Et moi donc ! Mais je ne sais pas quoi te dire ; ce que tu as fait est une folie.

Il la regardait. Du plus loin que remontassent ses souvenirs, il l'avait toujours trouvée jolie. La maturité l'avait rendue fascinante et attendrissante.

— Certes, c'est illégal, Nicolas, mais pas plus immoral que tout ce que nous essuyons en ce moment. Les thermes, la campagne électorale, notre liaison… Sans parler de la plainte de tes beaux-parents. Pas étonnant que les gendarmes aient trouvé en toi le suspect idéal.

— J'ai fait la bêtise de ne pas rentrer chez moi, de rester seul à gamberger, mais je te jure que je n'ai rien à voir avec la disparition de Françoise.

Juliette le croyait et il le savait. Elle leur servit un café et tenta de détourner la conversation.

— Je crois qu'on risque d'avoir un orage. Pourvu qu'il ne grêle pas !

Au-dessus de l'estuaire, les nuages s'amoncelaient dans un ciel couleur de cendre. Nicolas s'obstinait.

— Nous devons parler, Juliette.

— Je n'ai pas le temps, j'ai un rendez-vous avec l'ingénieur de la société de forage, nous devons préparer l'arrivée de Gary.

— Je viendrai te voir ce soir.

— Il n'en est pas question. Nous avons pris une sage décision et…

— TU as pris une décision !

— Pour toi ! Parce que c'est mieux ainsi.

— Alors c'est inutile, je refuse d'être séparé de toi, et j'assumerai ce choix.

— Je ne t'ouvrirai pas.

— J'enfoncerai la porte !

— Ah bon ? Je croyais que tu n'étais pas violent…

Le soir même, Nicolas tint sa promesse, mais il se contenta de toquer à la porte. Juliette lui ouvrit. Ils restèrent sur le seuil, immobiles, se dévorant des yeux. Peut-être, quelque part, quelqu'un était-il en train de les photographier. Au fond, ils s'en moquaient. Il entra et elle referma la porte. Elle voulut parler mais il posa un doigt sur ses lèvres, puis il écarta les mèches de son visage et l'embrassa. Tendrement d'abord, puis avec passion, en ôtant ses vêtements. Il surprit son regard affolé, le reflet des vibrations qui montaient en elle, il savait comment susciter son désir.

Elle allait au-devant de ses caresses, ses ongles crispés dans ses épaules. Ce moment-là, jamais ils ne l'oublieraient.

— Tu m'as manqué, murmura-t-elle.

— C'est ce que j'ai cru comprendre...

— N'en rajoute pas trop quand même !

Et elle lui pinça les joues sans ménagement.

— Chipie !

— Voyou !

Elle se glissa contre lui, la tête dans la courbe familière entre le cou et l'épaule, il referma son bras autour d'elle et elle se fit plus petite, plus douce dans cette prison. Il percevait les pulsations de son cœur qui retrouvait son rythme. Comment une femme pouvait-elle recéler tant de tendresse et de passion ? Il se sentait libéré de la tension de ses conflits intérieurs, il n'avait plus peur, les frustrations, l'attente, les questions angoissantes des dernières heures, tout cela faisait place à un grand calme.

— Dis-moi que cela ne s'arrêtera jamais...

La fraîcheur de la nuit avait pénétré la chambre. Il avait plu en fin d'après-midi, une de ces pluies d'orage denses et chaudes, si fréquentes en été. L'air était gorgé d'eau, des senteurs de menthe montaient du jardin, mêlées à l'odeur des cèdres fraîchement lavés. Juliette se demanda ce que pouvait bien évoquer ce parfum, les jours futurs, leur bonheur ? Ou tout simplement cette nuit ?

— Nico, malgré mon faux témoignage, c'est toi qui prends le plus de risques en ce moment. Te rends-tu compte que Caroit n'attend que ça, que tu fasses un faux pas ? Il n'a d'autre obsession que de te nuire.

Il se redressa sur un coude, il la regardait et s'étonnait de la sentir près de lui, à lui, que cela leur arrive à eux, que ce soit possible.

— Tôt ou tard, on retrouvera Françoise. Personne ne disparaît complètement, c'est incompatible avec les lois de la physique. Et tout le monde comprendra que je n'ai rien à me reprocher, sinon de n'avoir pas agi avec plus de détermination pour la faire soigner.

— En attendant, les rumeurs auront causé des ravages.

— Tu crois que cela peut avoir une incidence néfaste sur l'entreprise ?

— Non, je ne pense pas. Ni sur le centre de thermalisme, mais sur ta position à la mairie, certainement.

— Juliette, puis-je être franc ?

— J'aimerais mieux.

— La mairie, je m'en fous. J'ai accepté le rôle de maire parce que j'étais le premier sur la liste après ton départ et celui de Jean-Pierre, mais je n'ai jamais eu le virus de la politique.

Elle comprit ce que Nicolas éprouvait, et surtout à quel point ils étaient semblables. Elle non plus n'avait jamais éprouvé d'enthousiasme pour cette charge que sa mère lui avait quasiment léguée.

Impatients mais sereins, ils passèrent de longues heures enlacés, à se parler, à s'étreindre, à s'aimer. Et la nuit, insidieusement, resserra les liens qui les unissaient déjà si fort.

Juliette accueillit Gary Stafford et ses deux investisseurs, un homme et une femme, à l'aéroport de Bordeaux-Mérignac. Il était convenu qu'ils logeraient aux Alizés. Après avoir récupéré des effets du décalage horaire, ils commencèrent par visiter l'entreprise Courson-Frémont avec Nicolas, puis Juliette les conduisit aux thermes gallo-romains où Grégory Sanchez et l'ingénieur de la société de forage les attendaient. Chaussés de bottes, ils visitèrent le sous-sol de la bâtisse principale. Les fouilles avaient dégagé les vestiges d'une gigantesque fresque représentant les thermes à l'époque gallo-romaine. Les bassins, les fontaines, l'aqueduc et le temple avoisinaient des jardins bordés de péristyles, de tonnelles fleuries. L'ingénieur montra l'emplacement des deux sources les plus importantes, expliqua le déroulement des futurs travaux de forage et comment il pouvait d'ores et déjà chiffrer leur débit journalier.

— L'eau arrivera dans une fontaine au centre du bâtiment principal, juste sous le puits de lumière.

Plans à l'appui, Gary Stafford découvrit ce que serait l'aménagement du centre thermal de Saint-Louis.

À l'extérieur, Grégory avait dressé une table sous les marronniers et y avait disposé ses maquettes. Il présenta l'ensemble du complexe thermal dans ses moindres détails et remit un dossier récapitulatif avec chiffres, photos, et croquis à chaque visiteur.

Juliette était restée en retrait, laissant Grégory et l'ingénieur aborder l'aspect purement technique du projet.

— À présent, dit-elle, nous allons poursuivre la visite par une promenade.

Elle montra les bâtiments annexes qui abriteraient les soins de thalassothérapie, le casino, les salles de conférences et d'études où se dérouleraient les cours de nutrition et de cuisine diététique. Ils suivirent le futur parcours de santé, longèrent la fougeraie.

Ils arrivèrent face aux vestiges du théâtre gallo-romain près duquel jaillissait la première source chaude sur son coteau de granit.

— C'est encore plus fabuleux que tout ce que je pouvais imaginer ! s'écria Gary.

Il consulta ses amis du regard, ils étaient tout aussi surpris et conquis par le charme des lieux. La jeune femme demanda si elle pouvait prendre des photos.

— Bien sûr, répondit Juliette. Après, si vous voulez bien me suivre, je vous montrerai autre chose.

Plus loin, l'embarcadère se dessinait, ouvert sur l'estuaire où les mouettes tourbillonnaient au-dessus des vagues, frôlant les rochers avant de piquer au ras des eaux. Ils contournèrent le théâtre de verdure pour découvrir un immense terre-plein avec en son centre un édifice orné d'un fronton à colonnes.

— Voici notre futur jardin de plantes médicinales et aromatiques, et là notre académie de botanique.

Ils revinrent sur leurs pas, et Juliette leur désigna un magnifique terrain vallonné.

— Et voici notre futur golf !

— Vous avez pensé à tout, bravo !

Avant de quitter le chantier, les visiteurs escaladèrent les rochers et laissèrent la source d'eau chaude ruisseler sur leurs bras et leurs mains.

— Et en ce qui concerne le pouvoir bienfaisant de ces eaux ? demanda la jeune femme, tandis qu'ils revenaient vers les voitures.

— Elles ont été analysées en laboratoire, leurs vertus curatives certifiées, vous trouverez les documents officiels dans le dossier que vous a remis Grégory. Au dîner de ce soir, nous avons convié deux médecins auxquels vous pourrez poser toutes vos questions.

Depuis leur réconciliation, Isabelle avait pris fait et cause pour les thermes, au grand bonheur de Juliette. Elle avait compris que l'avenir du projet se jouait avec la venue des investisseurs. Aussi la jeune femme avait insisté auprès de sa mère pour organiser elle-même le dîner aux Alizés.

« Tu auras bien assez à faire avec l'accueil, les visites, les discussions, c'est tellement important. Laisse-moi m'occuper du reste. »

Dès leur retour, les visiteurs s'étaient retirés dans leurs chambres pour se reposer et se rafraîchir. Juliette en profita pour enfiler une robe, des chaussures plus légères, et elle retoucha son maquillage et sa coiffure. En redescendant, elle fut accueillie par un joyeux :

— Je crois que tout est prêt, maman, tu veux vérifier avec moi ?

Juliette en éprouva une grande fierté. Non seulement Isabelle était ravissante dans son pantalon blanc cassé et son chemisier bleu marine, mais elle avait pensé à tout. L'apéritif était prévu sur la terrasse, champagne millésimé, toasts avec la délicieuse terrine de Tonia, quelques cubes de fromages divers. Ensuite, elle avait commandé un magnifique plateau de fruits de mer.

— Nous servirons notre bordeaux blanc sec, puis nous aurons des magrets de canard aux figues, avec des aubergines et des tomates grillées. Qu'en penses-tu ?

— C'est parfait, mon ange ! Vraiment parfait. Tu as commandé des glaces ?

— J'y ai pensé, mais je crois que rien ne vaut le gâteau au chocolat de Tonia, et elle a proposé de l'accompagner d'une crème anglaise.

Lorsque Gary Stafford et ses amis descendirent, Thomas servit le champagne. Cinq autres personnes les avaient rejoints pour le dîner. Nicolas, Grégory Sanchez, Blandine Clément, qui assura aux investisseurs que les médias soutenaient le projet, et deux praticiens, Christophe Paulin, médecin à Saint-Louis, et un spécialiste des pathologies causées par les problèmes de poids.

Tout au long du dîner, la conversation resta centrée sur les thermes. À maintes reprises, Gary Stafford exprima son intérêt, à chaque fois approuvé par les hochements de tête de ses collègues. Ils regardèrent les clichés pris au début et s'étonnèrent de l'avancement des travaux, sans aucun moyen financier.

— C'est l'œuvre de Juliette, fit remarquer Nicolas, rien ne la décourage quand elle est passionnée ! Elle a été la première à y croire, et c'est la plus enthousiaste d'entre nous.

La soirée se poursuivit tard, et en se retirant, Gary demanda à Juliette si le lendemain matin, ils pourraient disposer d'un endroit pour travailler et discuter à l'aise. Elle leur proposa son ancien bureau, qu'Isabelle avait laissé en l'état après son départ. Il était équipé d'Internet, et d'un appareil de télécopie.

Le lendemain, ils s'enfermèrent trois heures durant dans cette pièce, avant de repartir pour l'aéroport, et livrèrent à Juliette le fruit de leurs réflexions : de quoi tracer les grandes lignes d'un protocole d'accord qui serait finalisé par l'intermédiaire de leurs conseillers juridiques respectifs. Ils apporteraient les fonds nécessaires aux travaux. Mieux, un acompte substantiel serait versé sous deux semaines.

Aussitôt après la visite de Gary Stafford, Juliette réunit quelques journalistes et annonça l'accord avec les banquiers canadiens. Avec un soupçon d'ironie, elle insista sur le terme « aquatourisme » qui, chacun le comprit, se substituerait à l'œnotourisme. Sur une double page, *L'Aquitaine* publia la nouvelle, avec des photos de Gary et des thermes.

Juliette s'attendait à un flot de réactions, y compris négatives, mais l'événement ne reçut aucun écho. Les habitants eux-mêmes, jusqu'aux plus farouches adversaires du projet, gardèrent le silence. Comme s'il ne s'était rien produit.

Cet après-midi-là, Juliette rendit visite à sa fille. Elle remarqua chez elle des signes de fatigue, des cernes qu'accentuaient ses traits tirés, et la jeune femme lui avoua qu'elle souffrait d'insomnies.

— Tu n'as pas de problèmes de santé ?

— Non, je t'assure, maman, ne t'inquiète pas.

— Tu as des soucis pour le vignoble, quelque chose ne va pas ?

— Au contraire, les démarches que j'ai engagées en Asie portent leurs fruits, l'année a été excellente.

Pour rien au monde Isabelle n'aurait voulu que renaissent leurs différends. Mais sa mère insistait :

— C'est juste que... Tu me promets que tu ne te fâcheras pas ?

— Mais non, ma chérie, ça m'ennuie juste de te voir dans cet état.

— Thomas s'est beaucoup absenté ces derniers temps, et j'ai un retard fou dans plein de choses, la comptabilité entre autres.

— Je sais que Thomas s'est dépensé pour les élections et les thermes, laisse-moi t'aider à mon tour.

Elles travaillèrent tout l'après-midi en parfaite harmonie. Tonia les retrouva pour une pause avec du thé et des biscuits maison. Le soir, elles rejoignirent Thomas dans le chai, et il proposa à Juliette une dégustation de plusieurs cuvées. Il sollicita des conseils pour les futurs assemblages. Les heures s'écoulèrent sereinement, Juliette éprouva non pas du plaisir, mais un certain bien-être à retrouver l'ambiance, les rites qui avaient été son quotidien pendant si longtemps. Au cours du dîner, ils parlèrent des thermes, et Juliette confia sa surprise devant le silence qui avait suivi la visite de Gary Stafford.

— Et ce grand calme t'inquiète, maman ? demanda Isabelle.

— J'ai bien peur que ce soit celui qui précède la tempête.

Quand elle émergea ce matin-là, Juliette constata qu'elle avait dormi neuf heures d'affilée, alors que cinq ou six heures lui avaient toujours suffi. Elle décida de rester chez elle pour travailler. Après s'être douchée et habillée, elle s'installa dans son bureau avec sa tasse de café. Contrairement à son habitude, elle le but très chaud, à petites gorgées, en se plongeant dans le dossier technique que lui avait remis l'ingénieur en charge du premier forage thermal. À intervalles réguliers, elle entendait le bruit de l'aspirateur. Tonia s'affairait au grand ménage, et Juliette s'était promis de l'aider dans l'après-midi.

« Je m'absenterai juste une heure, pour aller chez l'ophtalmo », avait-elle prévenu en arrivant.

À onze heures et demie, Tonia passa la tête par la porte entrouverte.

— J'ai un souci, Juliette, ma voiture ne démarre pas, ça m'ennuie de ne pas aller voir mon médecin, c'est la croix et la bannière pour avoir un rendez-vous, je viens d'attendre trois mois !

— Prends ma voiture, Tonia.

— La décapotable ? Tu me vois en train de conduire ce bolide ?

— Tu n'es pas obligée de t'en servir comme d'un bolide !

Par la fenêtre de son bureau, Juliette vit Tonia s'éloigner au volant de sa voiture, et elle s'amusa de ses ratés.

Une heure plus tard, c'est un véhicule de gendarmerie qu'elle vit remonter l'allée. Elle ouvrit la porte sans attendre le coup de sonnette et, au regard de l'adjudant Sylvie Fairol, elle devina que quelque chose d'effroyable s'était produit.

L'adjudant lui demanda à qui elle avait prêté sa voiture.

— Cette dame a eu un accident aux abords de la colline de Prignac, il semble qu'elle n'ait pas pu amorcer le virage, elle n'a même pas freiné et la voiture est tombée dans le ravin.

— Où est Tonia ? À l'hôpital ? Comment va-t-elle ?

— Je suis désolée, madame, les pompiers n'ont rien pu faire, elle est décédée.

18

Depuis le 15 août, la fille de Tonia était en Grèce avec sa famille, et les services de recherches de la gendarmerie tentaient de la joindre. En son absence, l'adjudant Fairol demanda à Juliette de bien vouloir reconnaître le corps. Isabelle et Thomas l'accompagnèrent au centre médico-légal, mais elle tint à entrer seule. Tout son être refusait d'admettre la réalité, tandis qu'elle suivait le médecin légiste à travers les couloirs. Pas elle, pas Tonia… Dans la morgue régnait un froid saisissant malgré la température extérieure. Des tiroirs métalliques s'alignaient sur tout un pan de mur ; le médecin tira l'un d'eux. Juliette regarda le corps inerte enveloppé jusqu'au cou d'un drap blanc, et le visage de Tonia apparut, couvert d'hématomes, le sommet du crâne dissimulé sous des bandages.

— Est-ce bien Antonia Moralès ? demanda le médecin.

— Oui.

Elle aurait voulu hurler : « Non ! » Cette masse informe, ça ne pouvait pas être Tonia. Où étaient sa chaleur, ses sourires qui creusaient ses joues de rides ? Plus de frémissement, plus de vie. Elle ne reconnaissait pas celle qui l'avait tant chérie, qu'elle avait aimée plus que sa mère. Toutes ses pensées se heurtaient à une seule et cruelle évidence. Tonia était morte.

Le drap fut remonté sur le visage. Juliette sentit un poids briser ses épaules tandis qu'elle rejoignait Isabelle et Thomas qui l'attendaient dehors. Isabelle lui prit la main.

— Nous allons te conduire chez toi, maman, tu vas préparer une valise et tu viens aux Alizés. Pas question que tu restes seule.

Juliette ne protesta pas.

En arrivant aux Cèdres, elle s'y prit à deux fois, tant elle tremblait, pour introduire la clé dans la serrure et ouvrir la porte. Dans l'entrée, un vertige la fit chanceler. La veste de Tonia était posée sur la banquette, et sur la desserte le bouquet de fleurs qu'elle avait apporté le matin même des Alizés. L'aspirateur et les produits de nettoyage étaient restés au milieu du salon, dans l'attente de son retour. Partout flottait son parfum, des fragrances de violette et de lilas. C'était injuste, révoltant. Elle éclata en sanglots.

D'un clin d'œil, Isabelle demanda à Thomas de ranger l'aspirateur et elle entraîna sa mère dans la cuisine. Ce fut pire encore, la présence de Tonia s'imposait partout, son cabas débordant de légumes frais qu'elle avait cueillis dans le potager, les tasses vides du café qu'elles avaient partagé étaient encore sur un coin de l'évier, et, jetées à la hâte sur la table, les clés de la voiture qui n'avait pas démarré.

— C'est ma faute, Isa, tout cela est ma faute, je ne me le pardonnerai jamais.

— Mais non, maman, tu n'y es pour rien.

— Bien sûr que si ! Elle appréhendait de prendre ma voiture, on en a même plaisanté. J'aurais dû la conduire à son rendez-vous. Pourquoi n'y ai-je pas pensé ?

Isabelle lui tendit un verre d'eau et lui proposa un café qu'elle refusa.

— Ne restons pas là, maman, viens, je vais t'aider à préparer quelques vêtements et ton vanity-case. As-tu appelé Nicolas ?

— Pas encore, je vais le faire.

Juliette cherchait son téléphone mobile lorsque la sonnette de la porte d'entrée l'interrompit. C'était la deuxième fois en quelques heures qu'elle se retrouvait face à l'adjudant Sylvie Fairol. Elle la guida jusqu'au salon, lui proposa de s'asseoir et, durant le court moment de silence qui suivit, Juliette se raidit.

— Madame Leroux, ce que j'ai à vous dire est assez délicat, et inquiétant aussi. D'après les premières expertises techniques, il semblerait que les freins de votre véhicule aient été sabotés. Vous m'avez bien dit que personne ne savait que Mme Moralès l'utiliserait aujourd'hui ?

— C'est une coïncidence. Elle avait un problème mécanique avec sa voiture. Je lui ai proposé de prendre la mienne.

— C'est bien ce que je pensais. Il faut donc en conclure que c'est vous qui étiez visée.

Isabelle poussa un cri, et Juliette sentit un froid la glacer jusqu'aux os. Jusqu'ici, elle se jugeait responsable de la mort de Tonia. La vérité s'avérait plus cruelle encore. Tonia était morte à sa place.

— Qui peut vous en vouloir à ce point ? demanda l'adjudant.

Isabelle apporta de l'eau fraîche dans une carafe et des verres. Elle vint s'asseoir sur le bras du canapé et serra sa mère contre elle.

— Maman, il faut expliquer à l'adjudant toutes les menaces que tu as reçues.

Atterrée, Juliette ne pouvait pas imaginer que son père et son frère aient décidé de la supprimer. Pas même Caroit, aussi tordu soit-il. Elle montra les dernières lettres anonymes, le cercueil dans la boîte à chaussures, raconta son impression d'être épiée par quelqu'un dans une voiture dont elle fit une description détaillée, et ces appels en pleine nuit, suivis d'un bruit de respiration rauque. Elle relata les différends familiaux, les manœuvres des opposants au thermalisme, depuis leurs premières démarches avec Nicolas au Conseil régional.

— Et ce M. Valès, le responsable du service économique, demanda l'adjudant, il vous a clairement menacée ?

— Pas clairement, je ne dirais pas ça, mais ces conseils sonnaient comme des avertissements.

Dès le début, Juliette et Nicolas avaient eu la certitude que leur projet de centre thermal contrecarrait d'autres entreprises, notamment le complexe d'œnotourisme prévu par les collectivités locales. Et que la lutte serait féroce.

Elle expliqua comment ils avaient été confrontés au refus des prêts bancaires.

Tout en prenant des notes, l'adjudant Fairol reprocha à Juliette de ne pas lui avoir confié ces éléments plus tôt.

— Vous voulez dire que nous aurions pu éviter ce qui s'est passé ce matin ?

— Peut-être pas. Nous allons entamer une série d'auditions. Il faut connaître le fin mot de tout cela, car, apparemment, celui ou celle qui vous en veut ne s'arrêtera pas après avoir constaté son échec. Bien au contraire.

Du haut de son promontoire, l'église de Saint-Louis dominait la ville. C'était un édifice classé, avec un porche roman entouré d'un cimetière planté de cyprès qui dispensaient de maigres ombrages.

Les funérailles de Tonia s'achevaient par les condoléances à la famille rassemblée autour du cercueil où s'amoncelaient les gerbes de lys et de roses. Danièle, la fille de Tonia, demanda à Juliette et à Isabelle de venir près d'elle, et celles-ci se retrouvèrent au milieu d'autres personnes qui leur étaient inconnues.

— Elle vous aimait autant que nous, dit Danièle entre deux sanglots.

Thomas rejoignit Nicolas, qui se tenait à l'écart de la foule. Juliette voyait défiler des visages, répondait par des mots dénués de sens aux formules de compassion rituelles. Danièle lui avait pris la main. Leur chagrin devait être si proche. Parfois, son regard s'attardait sur d'autres tombes fleuries, ou des stèles abandonnées recouvertes de mousse, et elle songeait à tout ce qui avait fait de Tonia un être si précieux dans sa vie. Danièle était secouée de sanglots, elle serra sa main plus étroitement. Elle-même n'arrivait pas à pleurer, et pourtant c'était sa mère adoptive qu'elle enterrait, c'étaient les souvenirs des caresses, des rires, des mots durs parfois, émaillés de plaisanteries, et de ce perpétuel mouvement qui l'animait. Le mot « absence » cognait dans son cœur, elle s'attardait sur les syllabes, sur la lettre A comme amour, comme adieu.

À la fin de la cérémonie, la foule se dispersa rapidement. Pas un souffle d'air ne s'échappait de l'estuaire. En cette fin de mois d'août, la chaleur était accablante. Lorsqu'ils rejoignirent leur voiture, Isabelle fit un faux pas et s'écroula dans les bras de Thomas. Elle surmonta vite ce malaise et avoua en souriant :

— Je n'ai pas pris le temps de déjeuner ce matin…

— Peut-être, mais ça fait quand même la deuxième fois en quelques jours que tu te sens mal.

— La deuxième fois ? reprit Juliette. Et tu n'as pas vu le médecin ?

— Ce n'est rien, maman, je te l'ai déjà dit, je suis un peu fatiguée en ce moment, pas la peine de t'inquiéter.

— Eh bien moi, je m'inquiète, répondit Thomas, on va voir le docteur Paulin tout de suite ! Je t'y conduis.

Juliette l'approuva et décida de regagner l'entreprise Courson-Frémont avec Nicolas et Grégory Sanchez.

— Dès que vous sortez du cabinet médical, vous m'appelez !

Thomas n'avait pas parcouru deux kilomètres qu'Isabelle posa brusquement une main sur son bras.

— Arrête-toi, vite !

Elle se précipita à l'extérieur jusqu'au pied d'un talus et s'accroupit pour vomir. Thomas la rejoignit et lui tendit un mouchoir en papier. Il appuya sa main contre son visage livide et lui caressa les cheveux.

— Mais qu'est-ce qu'il t'arrive, mon cœur ? Tu dis que tu n'as pas déjeuné et tu vomis, c'est contradictoire tout de même.

— Je vais bien, Thomas, ce n'est pas si grave.

— Ah non ? dit-il en sortant son téléphone, je préviens le docteur que nous arrivons tout de suite, je veux qu'il te reçoive en urgence.

Elle interrompit son geste en prenant sa main qu'elle porta à ses lèvres.

— Je t'assure que ce n'est rien, j'ai besoin de me poser une minute, viens.

Elle s'assit sur le bord du talus et l'attira près d'elle, puis elle se blottit contre son épaule. La fatigue, le dégoût pour certains aliments, les seins douloureux, le réveil en sueur accompagné de nausées... Son impatience à consulter le calendrier en catimini, en proie à des sentiments confus. Enceinte. Une petite chose à laquelle elle était bien incapable d'imaginer une forme puisait déjà sa vie au tréfonds de son corps. Parfois elle éprouvait de la joie, une puissante envie de refaire le monde, et à d'autres moments de brusques crises de larmes qu'elle avait du mal à réfréner.

— Je ne suis pas malade, Thomas, je vais avoir un bébé.

Elle eut peur qu'il lui demande des explications et qu'elle soit contrainte de raconter combien la récente brouille avec sa mère l'avait perturbée au point qu'elle en avait parfois oublié de prendre sa pilule.

Pourtant, lorsqu'elle regarda Thomas, il lui adressa le plus merveilleux des sourires et pencha vers elle un visage ébloui.

— Un bébé ? Tu vas avoir un bébé ?

— Oui.

— Et tu as l'intention de le garder ? De le mettre au monde ?

— Évidemment ! Que veux-tu que je fasse d'autre ? Thomas, tu ne crois quand même pas que j'aie pu envisager un seul instant de me débarrasser de cet enfant, de notre enfant ? Tu réalises ce que tu dis ? Je t'aime trop pour cela.

Elle se jeta dans ses bras, et ils restèrent un long moment enlacés, sans rien dire. Isabelle suivait des yeux les sillages roses qui fissuraient le bleu du ciel. Elle admirait le paysage qui les entourait, avec le parfum envoûtant des raisins gorgés de sève, des pins, des herbes sauvages, des arômes piquants qui l'enivraient. Septembre approchait, la maturation progressait, la couleur des grappes évoluait vers des teintes grenat. Au cœur des grains, l'acidité diminuait tandis que le sucre gonflait la pulpe. Cette année, les vendanges seraient précoces.

— Est-ce que je t'ai dit à quel point j'étais fou de toi ? murmura-t-il dans son cou.

Thomas. Il l'avait secourue, ouverte au bonheur en compagnon attentif, aimant. Elle lui devait son épanouissement de femme, elle lui devrait l'enchantement de la maternité. Fille ou garçon, elle tirait déjà des plans sur la comète. Quant à Thomas, il pensait à l'infime part de sang noir que porterait cet enfant.

— Es-tu sûre d'accepter ce bébé ?

— Bien sûr que oui, puisque c'est ton enfant.

— Tu as une si haute opinion de moi ?

— Heureusement, puisque je t'épouse !

Il en resta bouleversé, incrédule.

— Tu acceptes de passer toute ta vie avec moi ?

— Oh oui, Thomas, je t'aime tant !

Une émotion soudaine l'envahit, plus rien n'existait que l'instant présent, qu'elle vivait comme un cadeau inespéré, à partir duquel ils construiraient leur vie d'amants, d'époux, de parents. Une vie, tout simplement.

D'un commun accord, ils décidèrent d'attendre quelques jours pour annoncer la nouvelle à Juliette.

19

Trois jours après les funérailles de Tonia, Juliette regagna Les Cèdres. Rassurée sur la santé d'Isabelle qui lui avait parlé d'un peu d'anémie, elle put enfin s'abandonner au chagrin infligé par l'absence de sa nounou, sa confidente, son amie. À plusieurs reprises, elle s'était rendue sur sa tombe, cédant à un besoin irrépressible, presque viscéral. Ce matin-là encore, elle n'y résista pas. Le cimetière disparaissait dans la brume que le fleuve poussait vers les terres. L'ambiance feutrée du petit matin conférait aux dalles de pierre des formes adoucies. Le long des allées, de petites flaques d'eau reflétaient les nuages qui moutonnaient dans le ciel. Juliette se dirigea vers le monticule de terre. Immobile, elle laissait ses souvenirs dériver. Elle revivait ces minuscules bonheurs quotidiens qui n'existaient plus. Un flot d'images jaillissait de sa mémoire, accablant. Le plus terrible était d'accepter l'irréparable. Les liens qui les unissaient s'effaceraient un peu plus chaque jour, et elle était obsédée par l'idée que c'était sa faute.

Les jours suivants, elle s'étourdit de travail dans l'attente des premiers fonds canadiens, consacrant tout son temps au centre de thermalisme avec les ingénieurs qui mettaient en place le premier forage. Les techniciens essayaient les treuils, installaient les mâts et les câbles, tandis que se multipliaient les tests de résistance des pompes et des tubages. Elle passait de longues heures avec Grégory Sanchez, peaufinant les plans, vérifiant les devis, les délais. Chaque jour, il apportait une idée nouvelle, et Juliette constatait combien ce jeune homme était surprenant. Il se comportait comme un écolier, pourtant, ce garçon dégingandé était l'un des esprits les plus brillants qu'elle connaissait. De son côté, elle répondait aux interviews des journalistes et aux questions des cabinets médicaux, de plus en plus intéressés par le futur centre.

Nicolas, provisoirement libéré de sa mission d'élu, travaillait d'arrache-pied à la gestion de la société Courson. Grâce à l'attrait économique représenté par les thermes, les demandes d'études affluaient. Il n'avait jamais connu de si belles perspectives et dut procéder à l'embauche de quatre personnes supplémentaires. La trésorerie de l'entreprise était enfin sortie du rouge. Depuis que Juliette était rentrée aux Cèdres, ils s'étaient revus deux ou trois fois. Après dîner, elle s'endormait dans ses bras, harassée par ses journées. Il avait vite compris que c'était là sa thérapie. Tout en la réconfortant, il respectait son désir d'être seule la plupart du temps. Il n'avait toujours aucune nouvelle de Françoise, les recherches des gendarmes ne donnaient aucun résultat, et il ne savait plus ce qu'il pouvait entreprendre pour la retrouver. Des conversations houleuses l'avaient opposé à ses beaux-parents qui le rendaient responsable de tous les maux qu'endurait leur fille. Nicolas était père aussi, il comprenait leur inquiétude et ne pouvait vraiment leur en vouloir.

Toutefois, ce matin-là, à peine arrivé au bureau, la secrétaire lui communiqua un appel prioritaire.

— La gendarmerie, dit-elle à voix basse.

Ce ne fut pas sans une certaine appréhension qu'il entendit la voix abrupte de l'adjudant Fairol.

— Monsieur Frémont ? Notre section de recherches de Bordeaux vient de m'apprendre qu'on a retrouvé votre femme.

— Où est-elle ?

— Au CHU de Bordeaux-Pellegrin.

— Et comment va-t-elle ?

— J'ai peu d'informations. Elle a été admise au service des soins intensifs.

— Je peux la voir ?

— Je ne sais pas, mais l'équipe médicale vous attend.

— Où était-elle durant tout ce temps ?

— C'est assez embrouillé. Il semblerait que sa voiture ait été « empruntée » par deux jeunes gens qui l'avaient repérée sur les quais. En suivant cette piste, nos confrères ont fini par retrouver votre femme errant dans les rues, dépouillée de tout, au milieu des SDF et des prostituées.

En arrivant au CHU, Nicolas ne fut pas autorisé à approcher Françoise. Il l'aperçut à travers une porte vitrée, harnachée sur son lit, hérissée de tuyaux, d'aiguilles, et il put voir les griffures sur son visage et sur ses mains, ses cheveux cisaillés à la diable et teints en rouge.

Il fut aussitôt reçu par l'interne qui avait accueilli sa femme et qui le questionna sur son état, l'évolution de son alcoolisme.

— Ça fait plus de deux ans qu'elle boit, elle a toujours repoussé l'idée d'une cure de désintoxication. C'est ma faute, j'aurais dû l'y contraindre.

— Ne culpabilisez pas, monsieur Frémont, ça n'aurait sans doute servi à rien. Elle a dépassé le stade de la cure de désintoxication, c'est un internement dans un hôpital psychiatrique que nous devons envisager.

Nicolas le regarda, abasourdi :

— Pour un problème d'alcool ?

— Sa pathologie est plus ancienne et d'une autre nature. Votre femme a très certainement présenté des symptômes de schizophrénie dès son adolescence, cela n'a jamais été détecté, donc jamais soigné. Ce qui a provoqué toutes les autres maladies, dépression chronique, alcoolisme, et maintenant addiction à la drogue.

— Est-elle consciente ?

— Elle souffre de troubles neurologiques graves, outre les crises convulsives, elle est atteinte d'amnésie antérograde.

— Ce qui veut dire ?

— Qu'elle n'est pas en état de se rappeler ce qu'elle a fait au cours des derniers jours, elle est incapable de fixer ses souvenirs les plus récents. Elle présente aussi des troubles de la parole, de la vision, et de l'équilibre.

— Est-ce qu'elle va guérir ?

— On peut espérer la stabiliser, mais je ne vous cacherai pas que le traitement sera long et éprouvant.

— Que puis-je faire dans l'immédiat ?

— Étant donné son état, c'est à vous qu'il incombe de décider de son internement.

Nicolas essaya d'imaginer ce que Françoise avait fait et ce qu'on lui avait fait pendant ces dernières semaines dans les quartiers les plus mal famés de Bordeaux. Tout ce qu'elle ne lui raconterait jamais, parce qu'elle l'avait sans doute oublié. Et c'était mieux ainsi. Il donna son accord pour son internement et passa deux longues heures à s'acquitter des démarches. Puis il suivit l'ambulance qui la conduisit dans un centre spécialisé près de Dax, dans les Landes.

En fin d'après-midi, Nicolas rentra chez lui. Il n'avait pas appelé Juliette qu'il savait occupée aux thermes à l'approche des premiers travaux. Il avait le temps de lui parler, elle ne lui en voudrait pas de donner la priorité aux enfants. Il s'était contenté de signaler son absence au bureau. En roulant, il cogitait à toutes les manières d'aborder la conversation avec les jumeaux et Marion.

Lorsqu'il arriva, Charles et Lucas préparaient leurs sacs ; ils étaient invités à dîner chez un ami qui fêtait son anniversaire, et il était convenu qu'ils resteraient sur place pour la nuit. Sur la terrasse, Marion épluchait des poires pour préparer de la confiture, en compagnie de sa grand-mère. La chaleur était pesante malgré une légère brise venue de l'océan. Nicolas rassembla son petit monde au bord de la piscine, à l'ombre du marronnier, et il leur apprit qu'on avait retrouvé Françoise.

Les enfants poussèrent un grand cri de joie et il fut difficile à Nicolas de tempérer ce débordement en expliquant qu'elle était malade et qu'ils ne pourraient pas la voir avant un certain temps. Il réfléchit, évalua le poids des mots pour décrire l'établissement psychiatrique.

— Elle ne va pas mourir ? demanda Charles, brusquement inquiet.

— Bien sûr que non.

— Tu le jures ? insista Lucas.

Les jumeaux étaient anxieux, mais il parvint à les rassurer.

— Je vous promets, les garçons, elle a seulement besoin d'un très long repos. Dès que le médecin donnera son accord, nous irons tous la voir.

Marion l'observait en silence, et Nicolas comprit qu'avec elle, les choses ne seraient pas aussi simples. Il ne pourrait pas éluder la vérité.

— En attendant, mamie Gisèle va s'installer ici, si elle veut bien.

Il échangea un regard avec sa mère qui l'approuva. Elle était si heureuse de le seconder, de choyer ses petits-enfants avec un sentiment de rédemption, elle qui avait tant souffert de l'enfance martyre de Nicolas. Elle serra ses deux petits-fils dans ses bras et les embrassa en leur ébouriffant les cheveux qu'ils avaient tous les deux denses et bouclés, comme leur père.

— C'est chouette que tu sois là, mamie.

— Allez ouste ! Enfilez vos chaussures et je vous conduis chez Anthony.

Après leur départ, Nicolas rejoignit Marion sur la terrasse. Il s'installa près d'elle, prit un couteau pour l'aider à éplucher les poires.

— Papa, quand tu dis que ce sera long la guérison de maman, ça veut dire combien de temps ?

— Le médecin a parlé de plusieurs mois, et après l'établissement spécialisé, elle fera un long séjour dans une maison de repos.

— Et elle sortira guérie ?

— Je ne sais pas, je ne suis pas médecin, tu sais.

— Où est-ce qu'elle a vécu pendant son absence ?

Il dissimula du mieux qu'il put le sordide de la réalité, tout en se demandant si Marion n'en avait pas déjà deviné l'essentiel.

— Papa, dis-moi la vérité, elle est folle ?

— Non, ma chérie, folle ça ne veut rien dire, elle a besoin de soins et d'isolement, au moins durant un temps.

— Je sais bien ce qui s'est passé, je sais que tu as fait tout ce que tu pouvais pour nous, et pour elle, mais elle t'a rendu malheureux, n'est-ce pas ?

— Ce n'est pas aussi simple. Nous ne devons pas oublier qu'elle a su nous aimer pendant des années…

Et lui aussi l'avait passionnément aimée, mais elle avait fait de leur amour une guerre qu'il avait perdue au fil de conflits stériles et de batailles exténuantes.

— Ce n'était pas vraiment sa faute, elle était malade depuis très longtemps, et elle ne s'est jamais fait soigner. Mais nous étions heureux quand nous nous sommes mariés.

— Pourtant, c'est Juliette que tu aimais.

Nicolas se figea, le couteau et la poire restèrent un instant suspendus devant lui. Il croisa enfin le regard de sa fille qui le sondait.

— Nous avons pris des chemins divergents, elle et moi.

— Et quand maman sera sortie, qu'est-ce que tu feras ? Tu divorceras ?

— Je ne sais pas, Marion, la question ne se pose pas pour l'instant.

— Mais si la décision ne dépendait que de toi ? insista-t-elle.

Le tremblement de sa main autour de la poire dont le jus dégoulinait le long de ses doigts et le son de sa voix l'avaient déjà trahi.

— Je suis incapable de répondre à ta question ma puce, j'aime beaucoup Juliette, mais maman et moi, nous sommes mariés. Une chose est sûre, je te jure que vous resterez ma priorité, je ferai tout pour que vous n'en souffriez jamais.

— Et on irait vivre où, avec Charles et Lucas, si tu divorçais ?

Il se rendit compte combien les incertitudes de leur quotidien devaient la tourmenter, et à quel point elle avait dû les ressasser.

— C'est difficile de prédire ce qui se passera dans les mois ou les années à venir, mais si nous devions nous séparer, maman et moi, la garde partagée est chose banale aujourd'hui.

— Je sais, j'en ai déjà entendu tous les avantages ! Une semaine chez l'un, une semaine chez l'autre, doubles cadeaux, doubles vacances... Mamie Gisèle m'a expliqué.

— Qu'est-ce qu'elle t'a expliqué ?

Marion planta son regard dans celui de son père.

— Mamie Gisèle est sûre que tu divorceras pour vivre avec Juliette, et moi aussi j'en suis sûre.

Nicolas demeura bouche bée.

— Je n'ai jamais envisagé cette éventualité avec elle.

— Tu as peur qu'elle ne veuille pas de nous ?

Brutalement, il se posa la question pour la première fois. Avant même de savoir si Juliette accueillerait ses enfants, voudrait-elle de lui ?

Certes, ils avaient un long passé commun d'enfants, d'adolescents. Il y avait aussi les récents événements, la découverte de leur amour, tendre et charnel à la fois, mais aussi fulgurant, déconcertant. Il n'en pouvait plus d'associer des qualificatifs à ses sentiments.

Tout cela suffirait-il à leur dessiner un avenir ?

20

Recroquevillée dans son fauteuil préféré, Isabelle attendait que passe la nausée. Elle avait entrouvert les portes-fenêtres du salon et l'air frais du petit matin agitait les rideaux. Elle venait de prendre deux cuillerées de sirop et s'était préparé une tasse de thé en résistant à l'envie de beurrer des toasts. Elle mourait de faim mais elle avait tellement peur d'être malade. « C'est l'affaire de quelques semaines », lui avait déclaré le docteur Paulin, en se voulant rassurant. Elle avait pourtant l'impression que cela ne s'arrêterait jamais.

Elle n'avait toujours pas annoncé à sa mère qu'elle attendait un enfant. Elle la voyait si triste depuis la mort de Tonia, et même si elle ne se confiait pas, Isabelle devinait que son amour pour Nicolas n'était pas simple, surtout depuis l'internement de sa femme. Elle savait sa mère capable d'affronter bien des difficultés, elle l'avait vue lutter jusqu'aux limites du supportable lorsqu'elles avaient failli perdre Les Alizés quelques années auparavant. Envers et contre tout, et surtout contre tous, elle avait tenu bon. Néanmoins, il arrivait à Isabelle de s'inquiéter pour elle.

Un bras replié sur son estomac, elle essayait de maîtriser son malaise, tout en feuilletant son album de bébé qu'elle avait retrouvé au milieu de documents archivés. Des photos d'elle à la clinique dans les bras de sa mère, de son père ou dans son berceau transparent. Partout, l'écriture de sa mère. Celle-ci avait répertorié le nom des visiteurs, la liste des cadeaux, rempli les petits carrés fleuris de son arbre généalogique. Et sur les pages suivantes, elle avait immortalisé des instants de sa vie dont elle ne savait rien : son baptême avec ses parrain et marraine : sa tante Fabienne et le docteur Jean-Pierre Deltec, tous les deux disparus aujourd'hui.

Isabelle continua de tourner les pages, les dates de son premier repas autonome, ses premiers pas, ses maladies infantiles, des photographies de son premier Noël, ses anniversaires et sa découverte apeurée des vagues de l'océan à la pointe du Cap-Ferret. Puis la rentrée des classes à trois ans. Sur une page, Juliette avait même collé son premier bon point ! Parmi tous ces mots-bonheur, ces images-tendresse, la jeune femme mesurait une fois encore l'amour de sa mère. Dès son premier souffle, son cri originel, elle était devenue le pôle d'attraction de toute sa vie, comme si elle avait voulu, à travers cet attachement inlassable, lui signifier à chaque instant combien elle avait eu raison de venir au monde, de venir jusqu'à elle. Isabelle reprit l'arbre généalogique, et à côté du nom de son père, elle nota « décédé ». Elle prit conscience avec une infinie tristesse qu'il ne connaîtrait jamais son petit-fils ou sa petite-fille. De ses quatre grands-parents, il ne resterait que Juliette. Thomas avait perdu ses parents alors qu'il était adolescent. C'était son oncle Erwan qui avait fini de l'élever. Elle but quelques gorgées de thé, reposa la tasse et se surprit à sourire. Elle anticipait déjà l'attachement de sa mère pour son bébé, elle était capable d'un amour si excessif qu'elle saurait remplir le rôle des quatre grands-parents à elle seule.

Au fil de nombreux retours sur elle-même, Isabelle se reprochait quelquefois d'avoir été une fillette capricieuse, égoïste, parfois. L'amour maternel pouvait se révéler si complexe. De l'abandon d'enfant à l'amour-prison, le gradient était large. Où placerait-elle les sentiments de sa mère ? Elle avait si souvent jugé oppressante sa présence attentive, vigilante. Elle se rappelait son premier jour au lycée. Elle était la seule élève de son cours que sa mère attendait à la sortie, et elle avait laissé éclater sa colère. Pourtant… Ce petit être qui prenait vie en elle, elle savait déjà que ce serait ainsi qu'elle l'aimerait. À la folie…

Elle prit sa tasse, la renversa et se précipita dans la cuisine à la recherche d'une éponge.

Elle s'immobilisa, prête à appeler Tonia pour lui demander où elle rangeait les éponges neuves. Elle imaginait la joie qu'elle aurait éprouvée avec la venue du bébé, et elle fondit en larmes. À elle aussi, Tonia manquait cruellement. Et de cette absence naissait son impression d'abandon, de solitude face aux incertitudes de la grossesse, que seule une femme pouvait comprendre. Elle s'aperçut alors combien sa mère lui était devenue proche. Elle avait besoin d'elle. Il était temps de lui parler du bébé et du mariage.

Elle composa le numéro des établissements Courson-Frémont mais la standardiste lui apprit que Grégory Sanchez venait juste d'appeler Juliette et qu'elle était partie précipitamment sur le chantier.

Juliette remarqua d'abord la voiture de Grégory arrêtée près de l'entrée principale des thermes. Elle l'appela, fit le tour du bâtiment et finit par le découvrir étendu de tout son long au milieu de bidons métalliques. Par chance, il était seulement évanoui et lorsqu'elle lui souleva la tête en lui tapotant les joues, il ouvrit les yeux. Reprenant ses esprits, il lui expliqua qu'il s'était affolé en apercevant une silhouette encapuchonnée portant des bidons.

Elle l'aida à se relever, ses boucles blondes collaient au filet de sang poisseux qui glissait sur son visage. Il chancela et s'accrocha aux bras de Juliette.

— Ça va aller, Grégory ?

Elle le soutenait, et il lui adressa un sourire contrit en s'appuyant sur elle.

— Je me suis conduit comme un imbécile, j'aurais dû vous prévenir et appeler les gendarmes au lieu de jouer au héros ! Je me suis pris un de ces coups sur le crâne...

— En effet, vous avez une sacrée bosse. J'appelle l'adjudant Fairol, et je vous conduis à l'hôpital.

— Ce n'est pas la peine, une petite visite au cabinet médical suffira. Il vaut mieux que je parle d'abord aux gendarmes.

— Vous avez reconnu la personne qui vous a agressé ?

— Oh oui, c'est le petit jardinier de la mairie, Guy Martin.

— Vous en êtes certain ?

Juliette ne doutait pas de lui mais elle était dubitative. Guy Martin, que tout le monde surnommait « Guitou », était un jeune homme solitaire, un peu retardé mentalement et qui souffrait d'un sérieux problème d'élocution. Il vivait seul avec sa mère, et Nicolas l'avait engagé dans l'équipe technique de Saint-Louis pour entretenir les jardins autour de la mairie.

— Et ces bidons, savez-vous ce qu'ils contenaient ?

— Sans l'ombre d'un doute ! J'ai reconnu le logo d'une marque renommée de pesticides particulièrement dangereux.

En aidant Grégory à marcher, Juliette fit le tour des bâtiments et découvrit les bidons suspects, heureusement intacts. Quelle que soit la destination du produit, il n'avait pas été utilisé. Juliette et Grégory en déduisirent qu'effrayé d'avoir été surpris, le gamin avait dû prendre ses jambes à son cou, sans demander son reste.

Dès qu'elle arriva sur place, l'adjudant Sylvie Fairol délégua des experts pour saisir les bidons et relever les empreintes autour du bâtiment. Moins d'une heure plus tard, Guy Martin était conduit à la gendarmerie. Juliette et Nicolas s'y retrouvèrent, car l'adjudant les autorisait à assister à l'interrogatoire depuis une pièce adjacente, séparée par un miroir sans tain. Le jeune homme était boudiné dans une chemise en toile trop petite, et il portait un treillis acheté dans les surplus de l'armée. En attendant l'adjudant, il se rongeait les ongles.

— Mes médicaments, s'écria-t-il dès qu'elle entra dans la salle d'interrogatoire, quand j'ai mal à la tête, je dois prendre mes médicaments.

— Nous avons appelé un médecin. Je dois vous poser quelques questions en l'attendant, vous voulez bien ?

Il acquiesça d'un signe de tête, et croisa les bras en s'appuyant sur la table.

— Est-ce vous qui avez saboté les freins de la voiture de Mme Leroux ?

— Non, c'est pas moi.

— Alors, c'est vous qui la surveillez, et qui l'appelez en pleine nuit ?

— Non, moi j'ai juste pris des photos d'elle et du maire. C'est M. Caroit qui me l'a demandé. Il m'a dit que c'était pour faire une blague. Je ferais pas de mal à Mme Leroux, elle est gentille avec moi. Elle me dit toujours bonjour, elle me demande le nom des fleurs que je mets dans les massifs, et des fois elle me donne un petit billet.

— Et les pesticides ? l'interrompit l'adjudant Fairol.

— M. Caroit et ses amis arrêtaient pas de me dire comme ça que quand la ville serait devenue célèbre avec les thermes, je serais renvoyé parce que le maire voudrait pas d'un débile comme moi dans les jardins de la mairie.

Derrière la vitre, Nicolas prit la main de Juliette, elle tremblait.

— Quelle pourriture, ce type. Ne t'inquiète pas, ma chérie, c'est fini, murmura-t-il en lui enserrant la taille.

— Tu crois ? J'imagine mal ce pauvre gamin trafiquer les freins de ma voiture.

— Caroit aura soudoyé quelqu'un d'autre.

Dans la salle d'interrogatoire, l'adjudant tendit un gobelet au jeune homme.

— Un café, ça vous tente ? Revenons aux pesticides. Qui a eu cette idée, vous ?

— Oui, enfin non, pas vraiment. M. Caroit et ses amis m'ont invité au restaurant la semaine dernière. Qu'est-ce qu'il y avait comme bons vins... Et M. Caroit a dit comme ça que si un petit malin versait quelques bidons de pesticides dans cette maudite source, ça ferait les affaires de tout le monde, et la paix reviendrait dans la ville.

— Et vous en avez déduit que c'était à vous de vous en charger ?

— Ben… Oui, M. Caroit m'a souvent dit que même si tout le monde me prenait pour un fou, lui il pensait que j'étais un petit malin. Il me l'a dit quand j'ai pris toutes les photos.

— Où avez-vous trouvé les pesticides ?

— Dans le hangar à Claude Rousseau. C'est M. Caroit qui a dit que c'était pas dur de trouver des pesticides dans les hangars des viticulteurs, surtout celui de M. Rousseau qui n'est jamais fermé à clé.

Le téléphone portable de l'adjudant vibra sur le coin de la table.

— Le médecin vient d'arriver, dit-elle en raccrochant, ce sera tout pour l'instant. Je vous signifie votre garde à vue à partir de ce jour, dix heures trente. Vous comprenez ce que je vous dis ?

Il hocha la tête et recommença à se ronger les ongles.

— Nous continuerons cet interrogatoire un peu plus tard en présence de votre avocat.

L'adjudant rejoignit Juliette et Nicolas et tous trois se dirigèrent vers le distributeur de boissons.

— Qu'en pensez-vous ? demanda Juliette.

— Édifiant, mais pas concluant. Je ne crois pas que ce gamin soit assez compétent en mécanique pour saboter une voiture, surtout avec la technologie moderne.

— Caroit avait certainement quelqu'un d'autre sous le coude, répéta Nicolas.

— C'est possible. En tout cas, qu'il ait manipulé ce gosse ne fait aucun doute.

— C'est bien dans ses façons d'agir, ajouta Juliette.

— Et apparemment, ça a fonctionné. Nous allons le ramener dans nos locaux pour l'interroger séance tenante. D'autre part – elle s'adressa à Juliette –, je voulais vous dire que nous avons enquêté auprès de votre père et de votre frère. Ils ont formellement nié être impliqués en quoi que ce soit dans les lettres et les appels anonymes que vous avez reçus. Et tous les deux ont un alibi irréfutable pour la matinée où Antonia Moralès est décédée.

21

C'était la première fois depuis la mort de Geoffrey qu'il pleurait ainsi. Erwan n'en pouvait plus d'avoir mal, et pour que cette douleur se cristallise, il frappait violemment du poing l'angle de son bureau, puis il laissa tomber sa tête sur le bras de son fauteuil en sanglotant.

Sans nouvelles de Juliette depuis des semaines, il l'imaginait consacrant tout son temps à ce projet de thermalisme et il savait combien elle pouvait se laisser accaparer par ses passions. Il anticipait déjà tout ce qu'il pourrait entreprendre pour l'aider à son retour en France. Impatient à l'idée de partager ses émotions, de se rapprocher d'elle par-delà l'océan, il avait cherché le site Internet du quotidien *L'Aquitaine*, remonté sur plusieurs semaines, et découvert tout ce que Juliette ne lui avait pas dit. La dénomination du projet, « Aquaval », les vestiges romains, les travaux, les investisseurs canadiens... Il se la représentait orchestrant toute cette activité. En naviguant d'un site à l'autre, Aquaval le renvoya vers d'autres réseaux d'information qu'il parcourut avec curiosité.

Soudain, il tomba sur une revue de presse se faisant l'écho des articles parus dans *L'Estuaire*. Étalée sur trois colonnes, largement commentée, lui apparut la liaison de Juliette et Nicolas Frémont. En une fraction de seconde, le silence de Juliette s'expliqua. Un autre amour avait grandi en elle. Comment était-ce possible ? Il avait cru leurs sentiments éternels alors qu'ils s'effaçaient déjà.

Tant de fois il s'était vu bouclant ses valises, courant presque dans le couloir d'embarquement de l'avion. Il s'asseyait près du hublot et contemplait Montréal disparaissant au milieu des nuages. Cramponné à ces images, il avait surmonté toutes les épreuves. À présent, cela n'avait plus de sens, il ne repartirait jamais.

Peu importait que la maladie de Karen arrive en phase terminale. Hier encore, il avait donné son accord au médecin pour l'hospitaliser dès le lendemain, l'assistance respiratoire étant devenue inévitable. Encore quelques heures enchaîné à son chevet. Que ferait-il après ? Il ne retournerait pas en France, et il n'éprouvait aucun désir de rester à Montréal. Reprendre son ancien poste ? Errer seul dans cette immense demeure ? Dans ces lieux hantés par les souvenirs, les regrets, il reviendrait sans cesse en arrière. Il ne pouvait plus rien espérer de personne. Quoi qu'il tente, il était condamné à souffrir, et il voyait des pans entiers de sa vie partir en morceaux.

Un coup de vent passa dans le jardin et la rumeur assourdie de la ville monta jusqu'à lui.

Pour la première fois depuis qu'il était tombé amoureux d'elle, Erwan éprouvait un vif ressentiment à l'égard de Juliette, de son silence qu'il associait à une forme de lâcheté.

Néanmoins, dans un élan de lucidité, il dut admettre qu'il avait plus que sa part dans ce dénouement. Comment lui en vouloir ? Au fond, le destin avait tranché. Il eut en cet instant la perception de ce que la vie avait d'éphémère, d'injuste aussi, au point de se dire qu'il donnerait tout pour échanger sa place avec celle de Karen. Il résista à la tentation de téléphoner à Juliette, et pensa à joindre Thomas.

Par une curieuse coïncidence, ce fut le jeune homme qui l'appela un peu plus tard. Il demanda des nouvelles de sa tante puis il lui apprit la grossesse d'Isabelle et leur prochain mariage.

— Est-ce que tu viendras pour la cérémonie ? J'aimerais que tu sois mon témoin.

La noce aurait lieu fin octobre. Erwan se sentit perdre courage devant cet avenir réduit à quelques semaines.

— Je ne crois pas, Thomas. Quand ta tante ne sera plus là, il se peut que je parte en voyage. J'aimerais entreprendre un tour du monde.

— Comment ?

— Je n'ai aucune idée du moyen de transport. J'ai seulement besoin de liberté.

Il savait qu'il hériterait des biens de Karen. Il procéderait à leur liquidation sans attendre, et après… Après, il se voyait simplement partir, marcher droit devant lui. La solitude, l'espace… Respirer, oublier. Peu importe où cela le mènerait. Un instant, Thomas crut que Juliette lui avait parlé, et il y eut un long silence.

— Prends bien soin de toi, Thomas, et de ta future famille, c'est important, tu sais.

— Toi aussi, mon oncle, prends soin de toi, et merci de tout ce que tu as fait après la mort de mes parents. Je n'oublierai jamais. Si je peux faire quelque chose…

— Je compte sur toi pour entretenir la tombe de Geoffrey.

— Je le fais depuis que tu es rentré à Montréal, je continuerai.

— Merci, Tom, bonne chance.

Thomas ne parla pas de Juliette, et par une sorte de convention tacite, Erwan non plus, pour éviter des larmes qu'il savait ne pouvoir contenir et qui le terrorisaient.

Émus, ils se dirent adieu à voix basse. Puis Erwan posa les coudes sur son bureau, et le visage dans ses mains. Il sentait que l'ultime lien qui le retenait encore à Juliette venait de se rompre.

En entrant dans la chambre, il trouva Karen éveillée, mais calme et presque détendue. Il lui proposa quelques gorgées d'eau qu'elle but lentement et il essuya le coin de ses lèvres avec un mouchoir en papier.

— Quand l'ambulance vient-elle me chercher ?

— Demain matin.

— Tu m'accompagneras ?

— Bien sûr.

Elle perdit sa respiration et s'étrangla avec sa salive avant de murmurer :

— Est-ce que tu resteras un peu avec moi ?

— Oui, ne t'inquiète pas.

Il avait pitié d'elle et il lui mentait, elle le savait. Quand elle ne serait plus capable de respirer, on la plongerait dans un coma artificiel. Alors demeureraient un dernier geste, un dernier regard... Elle ne le verrait même pas partir, elle ne se verrait même pas mourir.

— Je sais tout ce que je te dois, Erwan, pourtant je voudrais que tu m'accordes une dernière faveur.

Elle lui mendia un ultime dîner en tête à tête, avec du vin, du champagne, des bougies. Comment pouvait-il refuser ? Il lui demanda seulement ce qu'elle désirait manger.

Elle pouvait à peine bouger les avant-bras, cependant, après qu'Erwan eut quitté la chambre, elle recompta les comprimés de somnifère dissimulés dans un mouchoir. Depuis deux semaines, elle ne les prenait plus, au prix de nuits entières de supplice.

Erwan n'avait rien dit, mais elle avait compris. Elle savait lire sur son visage depuis si longtemps ! Quelque chose avait mal tourné avec sa catin. Elle avait deviné que c'était fini entre eux, qu'Erwan ne repartirait sans doute jamais en France.

C'était fini. Karen était surprise de la facilité avec laquelle tout s'était déroulé. Son plan avait bien fonctionné. Erwan et elle resteraient ce qu'ils avaient été depuis toujours, un couple maudit. Au prix d'abominables efforts, elle avait réussi à l'éloigner au milieu du repas, et elle avait glissé les somnifères dans son verre, donnant au vin un fond d'amertume. Erwan l'avait quittée peu avant onze heures en s'assurant qu'elle n'avait besoin de rien, il s'était penché, l'avait embrassée sur le front. Elle avait entrevu, et c'était nouveau, de la tristesse dans son regard. Elle crut un instant qu'il lui souriait, mais cette ombre de sourire se perdit ailleurs.

À présent, il devait dormir. Elle sentait ses paupières devenir lourdes, de plus en plus lourdes, plombées. Elle n'avait pas peur de mourir. Depuis des années, en proie à sa déchéance, elle savait que c'était pour vivre qu'il fallait du courage. La souffrance l'étreignit, elle s'accrocha à l'oreiller, suppliant la douleur de lui laisser un instant de répit, juste un instant pour regarder le portrait de son fils sur la cheminée. Les minutes s'écoulèrent, sans bruit, effrayantes. Une déchirure lui broya les entrailles, elle gardait les yeux rivés sur le visage de Geoffrey. L'air lui manquait, elle se souleva brusquement, elle suffoqua et sa tête retomba sur l'oreiller.

Robert Caroit fut appréhendé à son domicile et conduit devant l'adjudant Sylvie Fairol. Celle-ci lui présenta les faits qui lui étaient reprochés après la déposition de Guy Martin. Elle lui signifia sa garde à vue et mit aussitôt fin à l'entretien. Une manœuvre qui lui était coutumière et qui avait un double objectif : déstabiliser le prévenu et se ménager un délai dans l'attente des résultats de la perquisition qu'elle avait ordonnée à son bureau et à son domicile.

Le lendemain matin, ce fut un homme ébranlé et inquiet qui prit place en face d'elle dans la pièce réservée aux interrogatoires. Il ne fallut pas longtemps pour lui faire avouer qu'il avait bien ordonné à Guy Martin de surveiller le maire et Juliette Leroux et de les photographier dès qu'il les surprendrait ensemble.

— Mais ni mes amis ni moi nous ne lui avons demandé d'empoisonner la source.

— Lui en avez-vous parlé, même de façon indirecte, oui ou non ?

— Nous en avons parlé en riant, sur le ton de la plaisanterie.

— Vraiment ?

— Je vous assure, et il aura sans doute mal interprété nos propos, il avait bu ce soir-là.

— Parce que vous l'aviez fait boire. C'est aussi sur le ton de la plaisanterie que vous lui avez « suggéré » de saboter la voiture de Mme Leroux ?

— Jamais de la vie ! Pour qui me prenez-vous ? Je n'ai guère de considération pour Mme Leroux, elle représente même tout ce que je déteste le plus au monde ! L'assurance, l'arrogance liées à la fortune qu'elle n'a pas eu la peine de gagner elle-même. Mais jamais je n'aurais envisagé un tel acte.

— Mais vous savez peut-être qui en est à l'origine ?

Il eut un mouvement de tête en signe de dénégation. Malgré ce qu'il affirmait, l'adjudant Fairol prenait au sérieux les déclarations du jeune Martin. Il avait bel et bien été manipulé par Caroit et sa bande, cela ne faisait aucun doute. Elle l'observa un instant. Mal rasé, il dégageait une forte odeur de transpiration. De temps à autre, il se frottait le bas du visage de la main, comme s'il voulait détendre ses mâchoires. Il lui donna l'impression d'être plus voûté depuis la veille, de s'être replié sur lui-même. Elle ouvrit le dossier posé devant elle.

— Dans votre bureau, mes collègues ont découvert les statuts d'une société d'exploitation de croisières fluviales. Or je vois que votre épouse est actionnaire de cette société ainsi que Jérôme Valès, directeur adjoint des services économiques au Conseil régional d'Aquitaine. J'en déduis donc que vous vous connaissez bien ?

— Oui.

— Mme Leroux a rapporté des menaces que M. Valès aurait proférées à demi-mot lorsqu'elle lui a présenté le projet de création d'un centre de thermalisme. En fait, ce projet concurrençait les vôtres ?

— Pas seulement les nôtres, ceux de toute une région. Cette idée absurde de thermes était rejetée par une partie des habitants de Saint-Louis.

— Et soutenue par une majorité d'entre eux, si je ne me trompe. Vous en êtes donc arrivés à fomenter un complot ?

— Je récuse ce terme. Nous souhaitions seulement retarder les travaux de forage, afin qu'Aquaval perde toute crédibilité auprès des investisseurs canadiens. On connaît leur rigueur en matière de respect des délais, d'engagement. Rien de plus.

— Et l'agression des gamins qui collaient les affiches pendant la campagne municipale, c'était une « action de diversion » ?

Depuis un moment, Robert Caroit ne comprenait pas ce qui lui arrivait, cette transition soudaine, insensée, de la considération de ses congénères à la vindicte publique. Il tentait désespérément d'échapper au vide dans lequel il se sentait glisser et pour cela il se serait agrippé à la première corde offerte. Alors il parla, s'engluant dans des explications trop détaillées, comme s'il mettait toute sa conviction à mentir.

— C'était l'idée de Valès. Il avait envoyé des jeunes de la banlieue bordelaise. Mais les événements ont échappé à son contrôle, il avait prévu d'effrayer les militants, pas de les faire tabasser.

— Dans quel but ?

— Nous voulions ternir l'image du maire auprès des habitants de Saint-Louis et discréditer sa campagne électorale. Après tout, lui et Mme Leroux étaient assez fous pour entrer en guerre contre le monde politique et le monde viticole réunis. Pourquoi ne pas en profiter ? Ils avaient toujours fait preuve d'une telle suffisance tous les deux ! Finalement, ils se sont bien trouvés.

L'adjudant Fairol l'écoutait et ce prévenu lui apparut soudain indifférent au sort de ses complices, détaché de tout. Elle savait d'expérience que les gens qui ont ce comportement n'ont plus rien à perdre, ou ont déjà tout perdu. Dans les deux cas, ils sont fragiles, et elle décida d'en profiter.

— Vous pouvez prévenir votre avocat, ensuite vous serez déféré au parquet avec tous les chefs d'accusation dont vous aurez à répondre.

— Je veux que vous notiez, dit-il, que je me suis opposé à cette agression contre les militants. Mais c'est Valès qui décidait.

— En somme, si je vous suis bien, vous avez été manipulé vous aussi ?

— On peut le dire, et croyez-moi, je n'avais guère le choix.

Il expliqua que sa femme était la demi-sœur de Jérôme Valès, dont la famille possédait des terrains sur les berges de l'estuaire et un vignoble côté Médoc, en face du Blayais. Pour toutes ces raisons, le projet d'œnotourisme était primordial pour leurs intérêts.

— Une fois le complexe d'œnotourisme lancé et financé par les collectivités locales, il ne nous restait plus qu'à mettre en place nos propres circuits de visites viticoles, via le fleuve. La Garonne offre une multitude d'escales possibles dans différentes appellations, du Médoc au Sauternais.

— Et vous ? Outre l'enrichissement par le biais de votre épouse, qu'auriez-vous gagné dans toutes ces magouilles ?

— La mairie ! Je pouvais espérer récupérer le siège à court terme.

Après son départ, l'adjudant Fairol appela ses collègues du Centre régional de gendarmerie à Bordeaux afin qu'ils interpellent Jérôme Valès.

Malgré les déclarations de Robert Caroit, des zones d'ombre subsistaient, le sabotage de la voiture de Juliette Leroux, notamment. Elle décida de la convoquer pour l'informer de l'implication de Caroit et de Valès, en se demandant si ce dernier n'était pas responsable du sabotage. Après tout, selon les dires de Caroit, ce fonctionnaire qui tirait les ficelles dans l'ombre apparaissait déterminé et sans scrupules. Autrement dit, capable de commanditer un meurtre.

22

Erwan patientait depuis une bonne demi-heure dans la salle d'attente du notaire. La tête appuyée sur le dossier du fauteuil, il ferma les yeux et se laissa aller à se détendre. Karen s'était suicidée en avalant des somnifères... Elle avait juré qu'elle n'irait jamais à l'hôpital. Il aurait dû deviner que ce dîner cachait quelque chose. Ce qu'il ne comprenait pas, c'est pourquoi elle ne s'en était pas prise à lui. Elle avait accumulé tant de rancune, tant de haine à son égard. Les funérailles s'étaient déroulées dans la plus stricte intimité et jamais une expression ne fut mieux adaptée. Il avait marché derrière le convoi funéraire et les deux neveux de Karen, venus de Toronto, s'étaient résolument tenus à vingt pas de lui. Pourquoi cette distance teintée de mépris ? C'est Karen qui avait coupé les ponts avec toute sa famille après le décès de Geoffrey. Après les funérailles, ils s'étaient séparés sur une brève poignée de main, mais sans un mot.

En attendant le notaire, Erwan pensa à sa conversation avec Thomas. Il était plus que jamais disposé à liquider la succession de Karen, et ensuite ? Partirait-il à l'aventure ? Oui, sans doute. Pourtant...

La porte du bureau s'ouvrit et le notaire s'avança vers Erwan la main tendue.

Depuis la fenêtre de sa chambre, Erwan vit le taxi s'arrêter devant la porte. Il prit sa valise et descendit en jetant un ultime coup d'œil dans la maison où il n'était plus chez lui, désormais. Ainsi en avait décidé Karen. Le dernier coup qu'elle pouvait lui porter ! Elle avait légué tous ses biens à ses neveux. Il avait loué un garde-meubles, entreposé les quelques biens lui appartenant, essentiellement des livres, des bibelots.

Il prit place à l'arrière du taxi. « À l'aéroport, s'il vous plaît. » Le taxi quitta la ville et Erwan oublia de regarder autour de lui. Il avait les yeux rivés sur son billet d'avion. Montréal-Paris-Bordeaux... L'aventure, le tour du monde, ce serait plus tard peut-être. Avant, il devait revoir Juliette, croiser son regard, l'entendre dire que tout était fini entre eux. Car tout en lui refusait toujours d'y croire. Une histoire d'amour comme la leur ne pouvait pas s'achever ainsi.

Avant d'assister à la cérémonie officielle scellant la première pierre du centre Aquaval,

Juliette fit un détour par Les Alizés. Elle avait trouvé le temps de passer chez le coiffeur et elle se sentait bien sans son ensemble rouge et blanc. Elle se surprit à sourire en songeant à toutes ces années où elle s'était vêtue de gris. La vitre entrouverte, elle respirait l'air frais. Cette belle matinée de la fin septembre présageait de superbes vendanges.

Les travaux du centre de thermalisme commenceraient la semaine suivante, et déjà le site grouillait d'animation. Le téléphone et l'électricité étaient raccordés. Les techniciens ajustaient les colonnes télescopiques et Juliette avait vu jaillir le tout premier jet d'eau. Ce fut un moment inoubliable qui la récompensa bien au-delà de ses efforts et de ses angoisses. Dans le bâtiment principal, des pièces avaient été aménagées en bureaux provisoires en attendant les travaux de réfection : Aquaval vivait. Juliette était présente chaque jour : le contrôle, les finances, les relations avec les investisseurs et la presse. Toutefois, elle savait que désormais elle devrait s'en remettre à Grégory Sanchez, à Nicolas en tant que maître d'œuvre, et aux chefs de chantier pour l'avancement des travaux. Au fond, elle s'en réjouissait car cela lui permettrait désormais de dégager du temps pour aider Isabelle.

Isabelle qui attendait un bébé. Depuis qu'ils étaient venus avec Thomas lui annoncer la merveilleuse nouvelle de sa grossesse et leur intention de se marier après les vendanges, Juliette ne pouvait se détacher de cette idée : dans quelques mois, elle serait grand-mère. Sa fille qu'elle revoyait tantôt adolescente, tantôt petite fille avec ses couettes, ou bébé avec son pouce serré entre ses lèvres... Sa fille allait transmettre la vie. Elle guettait la moindre marque de fatigue sur son visage, elle l'appelait trois fois par jour pour prendre de ses nouvelles, et elle composait déjà la liste des invités, et divers menus pour le mariage.

En arrivant aux Alizés, elle trouva la jeune femme prête à partir au chai. Elle était vêtue d'un tailleur-pantalon vert bouteille qui lui allait à ravir.

— Nous recevons des importateurs des pays de l'Est, expliqua-t-elle, nous avons de gros marchés en perspective à Moscou et à Varsovie.

Elles s'embrassèrent et Juliette tendit à sa fille un grand paquet enveloppé de papier kraft. Celle-ci le défit en hâte et découvrit le tableau *Carpe Diem* que Juliette gardait dans son bureau. Elles se penchèrent ensemble pour l'admirer, jusqu'à se toucher, et Juliette glissa son bras autour des épaules de sa fille. Elles contemplèrent les jeux d'ombre et de lumière, les courbes des corps, l'embrasement des couleurs.

— Tu pourras l'accrocher dans la salle de dégustation, il porte le nom de notre cuvée spéciale, celle que nous avons créée toutes les deux.

— C'est superbe, maman, mais tu veux vraiment t'en séparer ?

— Je l'ai acheté en décembre dernier, je pensais l'offrir à Erwan…

— Tu n'as pas de regrets ?

Comme fascinée, Isabelle ne pouvait détacher son regard de la toile. Évanescence des formes, chatoiement des couleurs sous les reflets du soleil.

— « *Carpe Diem* », ça veut dire quoi ?

— C'est tiré d'Horace, je crois, et ça signifie à peu près : « Cueille le jour sans te soucier du lendemain. » Un précepte auquel je suis devenue sensible au fil des années, j'en ai presque fait ma devise. Tu as l'air épuisée, Isa, ça va aller ?

— Je dors mal. Tu vas me prendre pour une idiote, maman, mais je crois que l'idée d'être mère me fait peur.

— C'est un univers inconnu et déroutant, la maternité. Et tu es bien trop intelligente pour être inconsciente, c'est normal que tu ressentes de l'appréhension. Mais, crois-moi, le moment venu, tu n'auras plus le temps de te poser des questions. Et puis, je suis là. Les vendanges commencent bientôt ?

La machine à vendanger était prête, l'équipe des ouvriers, déléguée aux parcelles de vieilles vignes cueillies à la main, attendait. Dans le cuvier, tout le matériel avait été passé en revue, la table de tri, l'égrappoir, les presses… Et même les circuits électriques.

— Les circuits électriques ? répéta Juliette.

— Oui, c'est Thomas qui en a eu l'idée. La demande en courant électrique est si forte en cette période que pour pallier les inévitables coupures nous avons investi dans un groupe électrogène.

Chaque jour, Isabelle surveillait la maturité des raisins dont la peau s'affinait au point de devenir translucide. Jean Soriac, le maître de chai, prélevait de la pulpe des grains, afin de mesurer le taux de sucre. L'un et l'autre savaient que la date des vendanges était cruciale. À mesure que mûrissait le raisin, son acidité diminuait, tandis que la teneur en sucre augmentait. Trouver le parfait équilibre était tâche délicate. Les vins rouges exigeaient moins d'acidité et davantage de couleur, de concentration, et les tanins des fruits récoltés tardivement étaient toujours exceptionnels. Jean Soriac lui avait conseillé d'attendre encore un peu.

« La météo annonce plusieurs jours de très beau temps, si nous pouvons gagner quelques dixièmes de degré, ça n'en sera que mieux. »

— Nous patienterons encore un peu, dit Isabelle.

Comment expliquer à sa mère que pour la première fois, elle redoutait les défis, la justesse de ses décisions, pour la première fois, les doutes l'assaillaient. Tout en elle réclamait sa mère, l'appelait au secours.

— Justement, je voudrais te demander quelque chose... – elle hésitait –, c'est un peu délicat... Veux-tu revenir vivre aux Alizés ?

Juliette ne put cacher sa surprise.

— Mais Les Cèdres sont à trois kilomètres, ma chérie.

— Je sais, mais je crains de ne pas m'en sortir toute seule. Par exemple, il faut que j'engage quelqu'un pour remplacer Tonia – sa voix trembla un peu –, une nounou ce n'est pas rien, et je sais que je peux être maladroite dans mes exigences. Je risque de passer à côté de l'essentiel.

Juliette rit en découvrant ces incertitudes qui ressemblaient si peu à sa fille.

— Je n'ai pas besoin d'habiter ici pour t'apporter mon aide. En ce moment, ma vie privée est un peu compliquée : Nico, ses enfants, sa mère viennent souvent chez moi.

— Ce n'est pas comme s'ils étaient des étrangers pour moi, j'ai toujours connu Nicolas. Et il y a bien assez de place aux Alizés pour respecter notre intimité. J'ai besoin de toi, ajouta-t-elle en murmurant, tu y réfléchiras ?

— Oui, tu me donnes combien de temps ?

— Trois minutes ? Je plaisante. Prends ton temps. Il faut que je me sauve, Thomas va m'attendre. Si je peux, je te rejoins aux thermes pour le cocktail.

Nicolas accompagna ses enfants au centre de soins psychiatriques. Françoise était en traitement intensif et ils durent se contenter de la regarder de loin, à travers une porte vitrée. Les parents de Françoise étaient présents. Ils embrassèrent rapidement leurs petits-enfants et, consterné, Nicolas comprit qu'ils ne souhaitaient pas les voir, ni s'occuper d'eux. En revanche, lorsqu'il se dirigea vers la sortie, en compagnie des enfants, son beau-père lui emboîta le pas.

— J'ai à vous parler !

Nicolas n'avait jamais apprécié Robert Marchand, mais il ne l'intimidait pas. Il installa les enfants à l'arrière de la voiture et les deux hommes s'éloignèrent de quelques pas.

— Je vous écoute.

— Je suppose que vous êtes satisfait ? Vous voilà débarrassé de Françoise ? hurla Marchand.

— Je vous interdis de me parler sur ce ton !

— J'emploierai le ton qui me plaira, et je vous préviens... si vous avez l'intention de divorcer, ça ne se passera pas comme ça. Je vous rappelle que les époux sont soumis à un devoir de soins et de soutien, et en règle générale les juges considèrent comme une faute lorsque le conjoint d'un malade ne respecte pas ses obligations de secours et d'assistance.

Nicolas ne put réprimer un petit sourire narquois.

— Vos menaces ne me font pas peur, je peux prouver que j'ai toujours été là pour ma femme, ça fait des années que je la soutiens, et...

— Vous oubliez juste un petit détail, coupa Marchand un ton plus haut, pour divorcer par consentement mutuel, il faut l'accord du conjoint. Et le fait que Françoise présente de profonds troubles psychiatriques, son consentement *libre et éclairé* comme le précise la loi, vous ne l'obtiendrez jamais ! Ma fille aura les meilleurs avocats, et sans l'option du consentement mutuel la procédure de divorce durera une éternité ! Et croyez-moi, avec votre liaison scandaleuse étalée dans les journaux, nous ne vous ferons pas de cadeaux !

— Ma liaison date de quelques semaines à peine, et vous ne trouverez pas l'ombre d'un faux pas à m'imputer avant cela. En revanche, il sera facile d'établir que cela fait des années que Françoise met la sécurité de nos enfants en danger à cause de son alcoolisme. Et c'est vous qui en êtes responsable. Les médecins sont unanimes à reconnaître qu'elle aurait dû être soignée dès son adolescence.

Aussitôt, Nicolas s'en voulut d'entrer dans le jeu de son beau-père. Il lui tourna délibérément le dos et regagna sa voiture au pas de course.

En arrivant au centre de thermalisme, Juliette remarqua la présence des maires des communes avoisinantes et d'élus régionaux. Après la mise en accusation de Robert Caroit et de Jérôme Valès, ils avaient quasiment tous rallié la cause du thermalisme, et ils avaient accepté de bon cœur l'invitation. Nicolas avait eu vent d'un projet d'œnotourisme dans la région de Langon, sur les terres des Graves et du Sauternais. Devant les caméras des chaînes de télévision nationales, Nicolas, Gary Stafford et le président du Conseil régional posèrent solennellement la première pierre du centre Aquaval. Le discours de Nicolas fut sobre, et très applaudi.

Pendant le cocktail qui suivit, Blandine Clément chercha Juliette dans la foule. Elle avait vainement tenté de la joindre par téléphone, et elle était très inquiète. Depuis des semaines, elle menait ses propres investigations, confortée dans son enquête par la certitude que c'était une femme qui en voulait à Juliette au point d'attenter à sa vie, et que cela n'avait rien à voir avec le thermalisme ou la politique. En surveillant discrètement son amie, elle avait fini par surprendre cette voiture qui la filait. Cela n'avait pas été facile de remonter jusqu'à la conductrice, mais elle voulait demander à Juliette si le nom de Caillaud signifiait quelque chose pour elle.

Elles se retrouvèrent un instant devant le buffet pour trinquer, une coupe de champagne à la main.

— Il faut que je te parle, dit Blandine d'un ton grave, c'est sérieux et urgent. Je viens de découvrir quelque chose qui me tracasse.

Elles décidèrent de partir ensemble à la fin du cocktail, mais, entre-temps, Nicolas demanda à Juliette de raccompagner Marion.

— Le promoteur qui veut ouvrir le premier hôtel de luxe à Saint-Louis souhaite avancer notre rendez-vous d'une heure.

— C'est le début du triomphe. On se voit ce soir ?

— On se voit ce soir.

Au cours du trajet, Marion pressa Juliette de questions sur les travaux qui allaient débuter, puis elle s'arrêta brusquement.

— Pourquoi Isabelle n'est pas venue ? Vous n'êtes pas encore fâchées ?

— Non, mais elle est un peu souffrante, elle attend un bébé.

— C'est vrai ? C'est génial ! Est-ce qu'elle va se marier avec Thomas ?

— Oui, dans quelques semaines. Tu voudras être demoiselle d'honneur ?

— Génial ! répéta-t-elle.

Elle se tut et Juliette respecta son silence.

— Elle sera comment, ma robe ?

Juliette sursauta.

— Pardon ?

— Ma robe de demoiselle d'honneur.

— Oh, je ne sais pas encore, Marion, mais je te propose d'aller la choisir ensemble à Bordeaux la semaine prochaine. Qu'en penses-tu ?

— C'est une bonne idée. Et toi, tu te marieras avec papa un jour ?

— Nous n'en sommes pas là, ma puce.

Juliette savait que la dernière discussion entre Nicolas et ses beaux-parents avait été particulièrement houleuse. Le père de Françoise avait juré qu'il ferait tout pour empoisonner la vie de son gendre. Et la veille, Thomas avait appris à Juliette que la femme d'Erwan était décédée. Qu'allait-il faire à présent ? Elle n'avait plus aucune nouvelle de lui depuis des semaines.

Marion gardait le silence, elle contemplait le paysage qui défilait sous ses yeux. Ses pensées suivaient un cheminement précis, tandis que son regard se perdait au loin.

— Malgré tout, j'aime beaucoup maman, tu sais, dit-elle enfin.

— Heureusement ! C'est le contraire qui serait triste. Marion ? Si tu as quelque chose à me dire, tu peux parler.

— Je me demande ce qui va se passer pour nous pendant la maladie de maman, comment on vivra, avec qui... Papa nous a dit que ça pouvait durer très longtemps.

— Je suis sûre que ton papa fera tout son possible pour que tout se passe bien, et que vous soyez heureux.

— Pour ce qui est de papa, j'en suis sûre. Et toi aussi, je sais.

— J'espère bien ! Mais tu dois savoir que quoi qu'il arrive, je ne prendrai jamais la place de ta mère, elle est unique et irremplaçable, même si je serai toujours là pour vous. Parce que je vous aime beaucoup.

Elles arrivaient chez Juliette qui arrêta la voiture devant la maison. Puis elle accompagna sa filleule près de l'arbre où elle avait laissé son vélo et lui posa un baiser sur la joue.

— Tu es certaine que tu ne veux pas entrer manger une glace ?

— Non, je n'ai pas le temps. Je vais aider mamie à faire le ménage.

— D'accord, dis-lui qu'Isabelle nous attend vers dix-neuf heures.

D'un commun accord, Nicolas et Juliette avaient décidé qu'elle ne viendrait pas chez lui, elle refusait de s'immiscer dans leur cocon familial. Mais deux ou trois fois par semaine, ils dînaient tous aux Cèdres ou aux Alizés. Était-ce la bonne décision ?

Marion enfourcha sa bicyclette et remonta l'allée. Elle croisa une voiture qui roulait trop vite et faillit la percuter. Intriguée, elle posa pied à terre pour observer le véhicule qui se gara devant la maison de Juliette, et elle vit la femme descendre armée d'un fusil.

Juliette était tellement perdue dans ses réflexions qu'elle ne vit pas la femme s'approcher d'elle. Elle tressaillit en sentant un coup violent dans la hanche et devina le canon d'une arme.

— Avance ! cria-t-elle en la poussant violemment.

Elle obligea Juliette à grimper les marches du perron et elles entrèrent dans le séjour.

— Qui êtes-vous ? demanda Juliette. Qu'est-ce que vous voulez ?

— La ferme ! Assieds-toi.

Juliette prit place sur le canapé et la femme s'assit à côté d'elle, le canon de son arme pointé sur elle. Effrayée, Juliette cherchait désespérément dans sa mémoire où elles avaient pu se rencontrer, pourquoi elle semblait lui en vouloir au point de la menacer ainsi. Elle était de forte corpulence, brune, les cheveux courts. Pourtant, le regard noir et dur qu'elle dardait sur Juliette lui rappelait quelqu'un, et l'intonation de la voix…

— Qui êtes-vous ? répéta Juliette.

— Alors, tu ne me reconnais pas ? Bien sûr, j'imagine que tu t'es empressée de m'oublier. Pourtant, à la façon dont tu m'as regardée il y a quelques mois à Bordeaux, quand tu m'as bousculée sur le trottoir, j'aurais juré que tu avais un doute.

Devant le mutisme de Juliette qui s'efforçait de remonter dans ses souvenirs, elle s'écria :

— Laurence Marot ! Tu te souviens, quand même ? La femme de Philippe Marot que tu as envoyé croupir en prison. C'est drôle, tu ne trouves plus rien à dire ! Tu as oublié toutes tes simagrées bon chic bon genre. « Comme cela me fait plaisir de te revoir, tu n'as pas changé ! » Il est vrai que dans mon cas, avec trente-cinq kilos de plus…

Juliette fixait les fenêtres qui donnaient sur le jardin. Comment aurait-elle reconnu la superbe femme blonde, aux traits fins, à la démarche féline, celle que son mari avait un jour traitée de « poupée Barbie ménopausée » ? Elle essaya de ne pas se crisper, de dissimuler la peur qui grandissait en elle.

— Je ne comprends pas ce que tu me veux, Laurence. Et encore moins pourquoi tu as besoin d'une arme pour le demander.

— J'ai tout perdu à cause de toi, sale garce. Tous nos biens ont été saisis après la condamnation de Philippe.

— Tu ne peux pas me rendre...

— Tais-toi ! Si, c'est ta faute. Tout est ta faute. Mes enfants sont partis en Australie pour éviter le scandale, ils n'ont même pas attendu la fin du procès, et depuis ils refusent de me voir. Moi-même, j'ai dû reprendre mon nom de jeune fille.

— Je suis désolée.

— Vraiment ?

Le canon de l'arme s'enfonça profondément dans le flanc de Juliette, elle se mit à trembler.

— Tu veux me faire croire que tu es désolée de me voir dans cet état, moi, l'ex-mannequin reconnu, adulé... Aujourd'hui, je vis de l'aide sociale, dans un meublé minable.

Marion ne pensa pas une seule seconde aux risques, elle fit demi-tour, laissa son vélo à distance et s'approcha de la maison à pas de loup. Elle jeta un coup d'œil furtif par la fenêtre du salon et vit la femme menacer Juliette, la frapper avec la crosse de son arme. Elle eut une pensée furtive, mais reconnaissante pour son père qui lui avait appris à contacter les services d'urgence dès son plus jeune âge, et elle composa le numéro de la gendarmerie. Puis elle essaya de créer une diversion en appelant Juliette sur son téléphone mobile.

— Laisse tomber, n'y pense même pas ! hurla Laurence Marot en voyant Juliette tendre la main vers son portable.

À cet instant précis, ce fut le téléphone fixe qui résonna, et le répondeur se mit en route.

— Juliette ? C'est Blandine. Tu es partie sans me parler tout à l'heure, je te jure que c'est important. J'ai trouvé qui est la femme qui te suit, je voulais te demander si le nom de Caillaud te disait quelque chose, mais je viens de découvrir que c'est le nom de jeune fille de la veuve de Philippe Marot. S'il te plaît, rappelle-moi de toute urgence, quoi qu'il en soit, je préviens l'adjudant Fairol.

— Trop tard, ricana Laurence Marot.

Juliette ne savait pas ce que Laurence avait en tête, mais si elle avait l'intention de la tuer, il n'existait pas de meilleur endroit que cette maison isolée au cœur de la forêt. Et soudain, elle eut peur. Isabelle, Thomas, Nicolas… personne n'avait la moindre raison de s'inquiéter pour elle avant l'heure des retrouvailles aux Alizés. Elle regarda encore en direction du jardin et Laurence devina ses pensées. Avec le canon du fusil, elle lui asséna un coup violent dans les côtes.

— Ne pense même pas à t'échapper. Tu n'as aucune chance. Si tu n'étais pas partie au Canada, je t'aurais tuée depuis longtemps, salope. Si tu savais comme je regrette de t'avoir ratée l'autre jour.

Un instant, Juliette cessa de réfléchir à une issue possible et poussa un cri :

— C'est toi qui as trafiqué ma voiture ?

Le coup fut plus violent encore dans son rein, elle gémit.

— Parmi tous mes stages de reconversion, j'en ai fait un dans un garage, très utile. Dommage qu'une innocente ait payé à ta place, mais je ne vais pas te manquer, cette fois.

Juliette revoyait le corps inerte de Tonia, son visage à moitié dissimulé sous les bandages ensanglantés.

— C'est toi, la salope ! s'écria-t-elle.

Elle sentit à peine les coups, et malgré le danger, elle tenta de se rebiffer. Elles se jetaient des injures, Juliette se débattait en se disant que tant qu'elle serait en état de lutter elle conservait une chance de s'en sortir. Mais que pouvait-elle espérer ? Autour d'elles régnait partout une tranquillité effrayante. Elle imaginait un miracle, quelqu'un déboulant brusquement chez elle. Un simple et beau miracle. Peut-être devait-elle gagner du temps ?

— C'est une solution facile de t'en prendre à moi. Je n'ai tout de même pas poussé ton mari à corrompre son entourage, à escroquer de pauvres gens déjà au bord de la faillite, à tuer, même !

— La mort de Geoffrey Morris était un accident, quant à ta sœur, on n'a jamais rien pu prouver et jusqu'à son dernier souffle, alors qu'il était en train d'agoniser en prison, il m'a juré qu'il n'y était pour rien.

Juliette se retint d'avouer qu'elle savait que c'était son ami d'enfance, le docteur Jean-Pierre Deltec, qui avait tué Fabienne dans un accès de jalousie démesurée. Ainsi, elle allait payer pour s'être tue à l'époque.

— Et la mort de sa maîtresse, cria-t-elle, il n'y était pour rien ? Il a regardé Élise Renan se noyer sans rien faire pour l'aider, parce qu'elle en savait trop sur ses magouilles. Et tous ces vignerons qu'il a poussés au suicide ?

Laurence agrippa le bras de Juliette, ses ongles pénétrèrent sa peau, la lacérèrent, et elle la frappa plusieurs fois au visage.

— Qu'est-ce que tu t'imagines ? Que tu vaux mieux que lui ? Tu as cogné sur ton père, tu t'es tirée au Canada avec ton mec, quand ton ami le toubib était en train de crever de son cancer. Et aujourd'hui, tu détournes un homme de sa famille malgré sa femme alcoolique, tu détruis tout, espèce d'ordure, même l'économie de la région. Tu vas payer ! Viens, on va aller faire un tour dans tes fameux thermes ! Et puisque tu aimes l'eau, tu vas être servie.

Juliette se leva et Laurence la projeta en avant. Dans la violence de son geste, elle bouscula un vase. Les bris de verre se répandirent sur le tapis. Ce fut comme un catalyseur. Ivre de rage et en gardant l'arme pointée en direction de Juliette, Laurence Marot brisa tout ce qu'elle avait à portée de main. En quelques minutes, le séjour ne fut plus qu'un immense chaos.

Puis elle revint vers Juliette et lui intima l'ordre de sortir. Juliette savait que si elle suivait cette folle jusqu'aux thermes, elle allait mourir. Elle se sentait atteindre les limites de la terreur et pourtant, tout en elle refusait de se résigner. C'était trop bête de mourir maintenant, alors que la vie se dessinait plus magnifique, plus exaltante que jamais. Elle pensa à Isabelle. Jamais plus elle n'enfoncerait les mains dans ses cheveux soyeux en contemplant les yeux d'ambre qui illuminaient son visage. Jamais elle ne connaîtrait le bébé qu'elle portait.

Abandonner la partie serait la pire de ses défaites. Elle imagina tout ce qu'elle n'avait pas dit à sa fille, tout ce qu'elle ne lui dirait pas. Aux vendanges qui allaient débuter, et à toutes les récoltes qui attendaient Isabelle. Soudain, elle se rappela la ballade des vendanges qu'elle chantait, enfant, avec Jean-Pierre et Nicolas. Au seuil de ce qu'elle vivait comme les ultimes instants de sa vie, elle en saisit le sens. Derrière des mots simples, elle disait que tout était accompli et que tout renaîtrait par la seule passion des hommes. Alors, elle sut qu'elle serait revenue aux Alizés malgré toutes ses tentatives pour s'en échapper, elle avait tant vénéré cette terre. Et rien n'était plus important que d'avoir retrouvé Isabelle, que ce bonheur poignant de l'avoir tant aimée, tant chérie, d'être en paix avec elle.

Elle pensa à Nicolas et comprit qu'elle l'aimait depuis si longtemps. Mais quels étaient ses sentiments réels ? Et ses pensées la ramenèrent à Erwan. Elle revoyait ses yeux, son visage, ses larges épaules. Un homme-offrande, capable d'aimer avec tendresse, avec une générosité sans limite, un don de soi sans retenue qui toujours la surprenait. Ils s'étaient trouvés, retrouvés, éblouis par la profondeur de leur attirance, la certitude de vivre des étreintes qui sommeillaient en eux depuis toujours. Elle entrevit ce qu'aurait pu être leur existence et s'aperçut que rien n'aurait pu la combler davantage que le retrouver, finir sa vie près de lui, si le destin n'en avait décidé autrement.

Ce n'était pas possible, elle refusait de mourir ainsi, aussi stupidement, sous les coups d'une folle furieuse. Elle tenta une ultime mesure de défense, joua des poings, des pieds, mais une douleur fulgurante la secoua. Elle s'évanouit.

La première chose qu'elle perçut fut un brouhaha de voix autour d'elle. Elle était allongée, quelque chose lui obstruait la bouche, qu'on lui ôtait par intermittence. Une voix d'homme lui parvenait comme à travers un voile de coton.

— Madame, madame ! Respirez... Ça va aller... Dites-nous votre nom.

Elle commença à retrouver des sensations, un rayon de soleil sur son visage, et pourtant elle avait froid, à côté d'elle quelqu'un pleurait. Un sentiment de bonheur l'envahit, elle était vivante. Ses paupières frémirent, s'entrouvrirent sur Isabelle, elle se raidit, retint son souffle une fraction de seconde. Isabelle, dont les larmes s'irisaient dans la lumière.

— Ne me laisse pas, maman, je te défends de m'abandonner.

Elle fit un effort héroïque pour murmurer :

— Ça va, ma chérie, ne t'inquiète pas, je vais bien.

Puis elle aperçut Nicolas un peu en retrait et se rendit compte que c'était lui qui broyait sa main. Ses yeux étaient brouillés de larmes. Un bonheur énorme l'enveloppa.

— Est-ce que tu vas bien, Juliette ?

Elle se dit que si on lui accordait un siècle elle pourrait peut-être s'arrêter de trembler.

— Comment m'avez-vous retrouvée ? murmura-t-elle.

Elle entendit quelques bribes de phrases : « Marion a vu la femme qui te menaçait... Gendarmes... »

Elle sentit que l'on soulevait la civière sur laquelle elle était étendue. Bouleversée d'avoir le privilège de vivre encore, elle se laissa glisser dans l'inconscience avec une dernière pensée pour sa fille.

Épilogue

À sa sortie de l'hôpital, Juliette s'installa aux Alizés, sous la pression d'Isabelle qui tenait à veiller sur elle. Elle ne protesta pas. Laurence Marot avait été arrêtée alors qu'elle tentait de traîner le corps de Juliette sur la terrasse. Elle avait avoué être à l'origine du harcèlement de Juliette dès son retour du Canada. L'adjudant Fairol lui avait relaté les faits en concluant :

« Vous allez pouvoir récupérer maintenant, il n'y aura plus cette menace autour de vous, tout va rentrer dans l'ordre. »

Mais rien ne serait plus comme avant. Tonia ne reviendrait pas, et Juliette porterait toujours le poids d'un remords en l'évoquant.

Ce matin-là ressemblait à l'été indien, avec un beau soleil qui embrasait le parc. Juliette et Isabelle prenaient leur petit déjeuner dans le jardin d'hiver. Elles parlaient des vendanges, qui avaient débuté dans des conditions climatiques exceptionnelles.

Thomas les rejoignit, il beurra une tartine qu'il tendit à Isabelle en lui glissant un baiser dans le cou, et avec beaucoup de douceur il posa la main sur son ventre. Juliette les observait en souriant, elle pensait aux épreuves surmontées, à son retour en France dix mois plus tôt, à tout ce qui avait modifié le cours de leurs vies en si peu de temps. Elle but son thé et en reposant la tasse, elle s'adressa à Thomas.

— Merci d'être là, et de rendre ma fille si heureuse.

— Tu comptes beaucoup toi aussi dans le bonheur d'Isabelle.

Un silence s'installa, à peine troublé par le tintement des tasses dans les soucoupes et le bourdonnement d'un insecte autour des orchidées. Juliette pensa aussi à ce qu'elle devrait faire sans tarder.

— Il faut que je parle à Erwan, j'ai tenté de l'appeler à plusieurs reprises mais personne ne décroche.

Thomas hésita un instant avant de répondre.

— Il est peut-être parti, Juliette. La dernière fois que je lui ai parlé, il avait l'intention de voyager après le décès de ma tante.

— Tu crois qu'il sait pour Nicolas et moi ?

— J'ai eu l'impression qu'il avait compris, oui.

Juliette ne dit plus rien, son esprit happé par les souvenirs, tout ce qui l'avait rapprochée d'Erwan quatre ans plus tôt, combien ils s'étaient aimés, et ce temps passé à Montréal, leurs trop brèves rencontres. Aujourd'hui, ils auraient pu revenir ensemble en France. Et sans doute auraient-ils été heureux.

Que devait-elle faire ? La raison voulait qu'elle le laisse décider, mais son cœur lui intimait l'ordre d'aller vers lui, de lui parler, de lui expliquer. Mais que lui expliquer exactement ? Qu'elle pensait trop souvent à lui tandis qu'elle assumait publiquement ses liens avec Nicolas ? Nicolas qui s'était montré honnête envers elle en avouant qu'il était incapable de lui offrir une vie de couple, incapable de prévoir ce qui se passerait lorsque Françoise sortirait des nimbes où la dépression la tenait prisonnière. Quand elle serait guérie, si jamais elle guérissait, que ferait-elle ? Quelle serait la position des enfants vis-à-vis d'elle, vis-à-vis de lui, de Juliette ?

Isabelle avait servi une autre tasse de thé à sa mère, et elle lui dit que Nicolas et ses enfants venaient d'arriver. Aussitôt, les jumeaux entourèrent Juliette, et Marion s'interposa.

— Laissez-la tranquille, elle doit se reposer.

Nicolas et Juliette échangèrent un regard amusé. Dès qu'elle s'était sentie mieux, Juliette avait appelé sa filleule de l'hôpital pour la remercier :

« Heureusement que tu as réagi quand tu m'as vue avec cette femme armée, tu m'as sauvé la vie, ma puce. »

Depuis, Marion avait adopté un comportement très protecteur à l'égard de sa marraine, comme si désormais elle lui appartenait un peu. Isabelle décida de laisser sa mère et Nicolas seuls, et elle entraîna tout le monde pour une cueillette des dernières prunes mûres.

— Tu vas bien ? demanda Nicolas.

Il s'assit près d'elle, et elle s'appuya contre son épaule.

— Oui, j'ai complètement récupéré. Je sens que j'ai besoin de bouger, tu es d'accord pour une promenade ?

Ils quittèrent Les Alizés en prenant la direction de la citadelle de Vauban et longèrent le coteau de Moulinblanc. Les vendanges manuelles des vieilles vignes avaient débuté le matin. Les vendangeurs avaient revêtu des vêtements légers et exposaient leurs bras nus aux derniers assauts du soleil d'été. Armés de sécateurs, ils coupaient les grappes en éliminant les feuilles et les grains abîmés puis ils remplissaient leurs paniers. Les porteurs de hottes passaient dans les rangs pour enlever la cueillette qu'ils portaient ensuite dans la benne du tracteur au bout du rang. On entendait des rires, parfois des chants, et l'air était pesant de l'odeur lourde, enivrante des fruits mûrs.

Ils abandonnèrent le chemin et coupèrent à travers champs pour gagner la citadelle. Juliette aurait pu ne jamais revoir ce paysage. Un frisson la saisit. Il lui faudrait longtemps pour effacer les moments d'épouvante qu'elle avait vécus au cours de son ultime corps à corps avec Laurence Marot. Elle s'imposa une longue respiration et ferma un instant les yeux. En les ouvrant, elle admira de nouveau les vignes au feuillage ocre, les pampres ondoyant dans la clarté automnale. Un vent léger s'était levé, portant des senteurs d'iode, Juliette releva une mèche de cheveux qu'elle glissa derrière son oreille. Elle marchait doucement, et Nicolas avait mis ses pas dans les siens.

— Nicolas, je vais revenir vivre aux Alizés.

— Je sais.

— Comment peux-tu le savoir ? Je n'ai parlé à personne de ma décision.

— Isabelle m'a dit qu'elle te l'avait demandé, et je savais que tu accepterais.

Ils firent halte et s'embrassèrent longuement avant de reprendre leur promenade, main dans la main. Juliette aimait la sensation que lui offraient ses doigts noués aux siens. Pourraient-ils jamais bâtir ensemble une vie de couple ? Pour l'heure, ils ne pouvaient que rêver leur avenir.

Mais il leur restait le présent, disponible, grisant, et elle devinait chez lui, comme chez elle, ce fervent désir de vivre l'instant comme un don de la Providence.

Elle resterait aux Alizés. Elle était impatiente de retourner aux vignes de son enfance, de retrouver les sillons de terre brune qui garderaient toujours la mélancolie de ses souvenirs. Il lui faudrait aussi seconder Nicolas à l'entreprise et ne jamais perdre de vue le centre de thermalisme pour lequel elle s'était tant battue. Une immense vague d'enthousiasme l'enveloppa, elle ne s'était jamais sentie aussi heureuse, aussi forte. Quoi que lui réserve l'avenir, elle ferait face. Mais pour l'instant, elle devait organiser le mariage d'Isabelle, être auprès d'elle tout au long de sa grossesse… N'était-ce pas là ce que la vie pouvait lui offrir de plus merveilleux ?

Elle crut entendre un long murmure au-dessus des vignes, comme un souffle venu de l'océan. Et ce souffle la traversa comme la plus belle des promesses.

13825

Composition
NORD COMPO

Achevé d'imprimer à Barcelone
par CPI Black Print
le 21 mai 2023

Dépôt légal mai 2023
EAN 9782290376799
OTP L21EPLN003327-448077

ÉDITIONS J'AI LU
82, rue Saint-Lazare, 75009 Paris

Diffusion France et étranger : Flammarion